U0597636

把人物写活

THE ART
OF CHARACTER

［美］**大卫·科比特** 著

David Corbett

易汕 译

九州出版社
JIUZHOUPRESS

写小说时，作家应该创造活生生的人，而不是角色。人不是角色，角色是漫画式的。如果一个作家能够让人物在自己的书中活过来，即便书中没有伟大的人物，他的书依然是整体的，实在的，称得上是一部小说……小说中的人物，不应该是技巧堆砌的结果，而应该是作者的经验、学识、大脑、心灵以及与他相关的一切的投射。如果他足够幸运、认真，能够赋予人物生命，那么他所塑造的人物必然是丰富的，能够流传的。

——欧内斯特·海明威《死在午后》

目 录

引 言

一个人可以在孤独中获得一切，除了角色。

——司汤达，《爱情随笔》

每一个故事都值得讲述，每一个故事都能折射出我们的生活，帮助我们探索生命的核心问题。

我是谁？

我从哪儿来？

到哪儿去？

生命的意义是什么？

注意，我是说"探索"而不是"回答"。讲故事是一门艺术。它没有科学的范本，我们也不应该试图找到这样的范本。尽管存在大量关于创作小说的指导，但从根本上说，这些指导依然是探索而不是回答，是关于"如果"的假设而不是终极的结论。

只要我们还活着，我是谁以及我们该如何生活的问题就一直存在并等待我们去回答。再没有比一个人说"我知道生活的答案"这件事情更不靠谱的了。讽刺的是，这也恰好解释了为何小说比任何学科更能描述人类生活的图景。

生活的这种不确定性，也是欲望在人物塑造过程中如此关键的原因。我们所听说的第一个神话故事就告诉我们，人的欲望能让冷漠的人变得充满激情，让愚蠢的人变得聪明，让意志坚定的人动摇信念。但欲望的满足总是转瞬即逝（或者说具有迷惑性）。欲望不断涌现，日日夜夜、年年岁岁推动我们向前。尽管多数故事都会提供皆大欢喜的解决方案，但就算是小孩也能够根据结尾的暗示揭露出等待续写的故事，比如"然后……"或者"但是……"。

人物之所以对故事如此重要，是因为不确定性是生命的核心命题。那些强调观点或问题的哲学难题、历史问题、科学真相、宗教发展的故事，只是在人物的边缘游走。大多数时候，观点与我们混乱的生活关联甚少，它们只能给人提供一种错误的拯救。但是生命最核心的真相依然没有得到解答：我们终会死去。无论多么永恒的观点都不能拯救我们。我们只能够老老实实地与死亡并存，也就永远也无法确定生命的真相。这就是为什么当我们心怀疑感，或者正如康斯坦丁·斯坦尼斯拉夫斯基（Konstantin Stanislavski）所言，身处建立在"如果"的假设之上的世界中时，最能够深刻地感受到自己的存在。

人物塑造是借由讲故事而向人类天性的真相致敬和探索的尝试。我们在所塑造的人物中看到自己，无论故事是荒诞不经、黑暗还是华丽，都能让我们更好地了解自己的生活。有什么比我们的生活更值得探讨的呢？

构思可以为我们提供故事的提纲——场景设置、基本问题、道德冲突——人物则让这一切呈现。人物塑造让故事变得可信。通过描写那些与众不同、不可模仿的行为方式、信念、错误、决定与失败……让人物的日常神秘莫测。

我们每一个人，正如赫布·加德纳（Herb Gardner）编剧的电影《一千个小丑》（*A Thousand Clowns*）中的人物默里·伯恩斯一样，终其一生不过是想弄明白那个微妙、难以捉摸而又重要的问题：他为何生而为人，而不是一把椅子。这听起来有些高深，但这就是人物塑造的基本问题。答案不在于我们相信什么，而在于我们做了什么。让我们感触最深的故事中难以忘怀的总是人物，无论是在《圣经》、希腊神话、文艺复兴时期的戏剧和小说，还是影视中。人物总是"微妙，难以捉摸而又重要"。

这本书是我在写故事和小说时，总结出来的有关人物塑造方法之结晶，这些方法也与开头司汤达的见解不谋而合：

人物塑造不是孤立的，而是形塑于人和世界互动的过程中。或者存在于独立挣扎中——一种艰苦卓绝的身体考验，那个想要投降的自己和想要坚持下去的自己之间的战争。

这本书中所提到的方法包括：

·塑造人物时，首先要对自己有一个诚实的、不偏不倚的认识。

·人物所处的环境以及人际冲突所发生的场景，对于人物发展的每个阶段都至关重要。基于特定背景所著的人物传记比那些只包含特定信息的文字更有意义。

·清晰的视觉形象是开始，而不是结束。人物塑造的过程中，如果你的想象局限于脑海中的可视化形象，你就会把它变成一个观点，而失去了与之心灵沟通的可能性。

·人物的自觉性把控来源于对情感反应的深刻领悟——例如无地自容的时刻，开心、恐惧、骄傲、悔恨、宽恕的时刻。

·要塑造一个具有深度的独特人物，不仅仅要关注欲望的满足，更要关注人物如何处理欲望得不到满足的情况，以及他的脆弱、秘密，尤其是内心的冲突。人物的发展要在一定的场景中塑造，最好利用你的直觉而不是知识来做这件事。

·对直觉的依赖是应对我所说的靠知识和观点写作的最佳方式：需要明白人物的需求以及行为的内在原因。如果对人物缺乏直觉性的把控，很容易掉进一个陷阱：把他们简化为根据观点或者因故事需求而机械行动的提线木偶，而不是像真正的人一样，有深层复杂的心理。

·人物会因为成长或者改变而发生变化，如果他展示出强大的意志并克服了人类的极限问题，那么这个人物一定引人注目。

·人物的变化范围以主角最常思考的问题为基础：

我是否能够得到自己想要的？

我是谁？

为了得到想要的东西，我是否需要做出改变？

当然书中还有更多问题，数量之多看上去让人望而生畏。但如果你把这本书当成一套工具，那么你就不会觉得不堪重负了。没有人会在做项目时用到自己所拥有的一切工具，也没有人会采用必要工具之外的其他东西来完成手头的工作——在这里，我们的必要工具是：赋予人物生命，让他艺术化地呈现于纸上。

影视创作同理。不做任何研究，就能独立创作艺术作品的艺术家很少见，除非他离经叛道。因此了解不同创作媒体之间人物塑造的异同尤其重要。

小说比影视创作提供了更多内心描写的机会，而影视要求更多对话和动作描写，除此之外，二者皆旨在塑造一个个性鲜明、让人过目不忘的人物。创作之路没有捷径。

你必然会遇到歧路与绝境，这是一条漫长的路。为了避免陷入困境，我们可以把这些经历当作是机遇，而不是结果。过多的描述会让故事显得烦冗，让你情不自禁地在细节处生硬地加入不必要的场景、回忆或者意见。

写作时要有辨别必要和不必要描述的直觉，这是最为关键的写作原则。在人物塑造的过程中，这意味着明白何时让人物跃然纸上，与读者见面。同时，即便文字再优美，也不要絮絮叨叨地说个没完。还有一个让人悲伤的基本事实是——所有可爱的人都必然会死去，有些人物尤其如此。但你最好冷血无情些，让悲痛停留得短一些。

说易做难。我发现当我们所创造的人物似乎真正地拥有了生命时，要做到这些尤其不易。而这又正是我们真正要追求的。每个作家所期待（甚至说需要）的，是让自己所创造的人物全然呈现，使他们看起来更像是同伴而不是虚构之物。

我知道这样说的话，写作就好像功能性神经症和控制性幻想，或者专业的白日梦。但有的时候，你会感觉到，脑海中会涌现出一些活跃神秘而无法言明的东西，它们似乎来自你的内心，又似乎来自其他地方，可以简单地把它称之为创作灵感。灵感的获取，是你此刻正在读这些文字的原因，甚至这就是你为何活着的原因。无论你所创造的人物是魔鬼还是天使，是幽灵还是别的什么，他们都无法与你分割。这本书将帮助你更自信地与他们共处。

第一部分

构思人物形象

第一章

拨开迷雾：
人物是被创造的还是被发现的？

　　米开朗琪罗认为，他的工作是把雕塑从困住它们的大理石中解放出来，真正的创造者，在他看来，其实是上帝。剧作家马丁·麦克唐纳（Martin McDonagh）也有相同的经历。在他创作剧本的六个月构思期里，那些人物就像某种抽象但可以感知的存在，在他房间里徘徊，断断续续地跟他说着含糊不清的话——他不得不叫他们闭嘴，好把那些话写下来。

　　与他情况不一样的是，杰克逊·波洛克（Jackson Pollock）喜欢一直在画布上敲打，涂抹，喷绘，直到某个关键而又莫名的时刻，身体里的某个声音叫他停下，把这种体验延续到创作上。想象一下：在创作伊始，创作者的状态和波洛克的空白画布如出一辙，渐渐地，通过不断的尝试、不断犯错及持续的改善，才能够看见一些实实在在的称为作品的东西，这非常不可思议。

　　第一种方法似乎指向发现，而第二种则指向创造。然而两种方法都有问题。

　　假如我们用波洛克创作油画的方法塑造人物，我们怎么能够保证自己能和波洛克一样体验到那种感觉，知道什么时候停下来？而约翰·科川（John Coltrane）有一个有待考证的传言，他曾在自己职业生涯的后期向迈尔斯·戴维斯（Miles Davis）坦白，自己越来越不知道何时该停下独白。戴维斯的回答大致是，"放下号角，约翰"。

　　这不是唯一的问题。如果我们确实需要以物理结构、自传性数据、可触摸的形态为基础创造人物，那么又该如何解释马丁·麦克唐纳所感受到的碎碎念的幽灵呢？这难道不是每个作家所梦寐以求的吗？人物在想象中整合完善，好像他们有了自由意志与独立性——有了自己的生命。

　　然而认为人物是我们发现的，也很难说没有问题。除非我们有米开朗琪罗或马丁·麦克唐纳那样的天赋，否则永远不清楚自己到底在寻找什么。正如搜救队在茫茫大海中寻找传说中的沉船碎片，我们也许将会花一生的时间在一成不变的黑暗中寻找，最后却一无所获。

　　神话至少给出了一种方法。假设人类的抱负、恐惧、希望和怀疑都有一个安身之处。无论称之为精神、潜意识、瓦尔哈拉殿堂，还是故事中的人物，当它足够有意义且深刻的时候，似乎都散发着另一个世界的光辉。

对此，我们该如何应对呢？写作本身完全有可能就是一种召唤缪斯的魔法，继而缪斯又从黑暗中把那些转瞬即逝的人物召唤出来。从这个角度来看，这件事情既让人倍感欣慰，又让人有些后怕。然而灵感确实总是在欣慰和恐惧之间切换。艺术，即使再现实，也依然是神秘的，描绘人类的生活如同拨开迷雾，尤其不可捉摸。

然而即使我能在脑海中清晰地勾勒出人物的形象，清楚地听到他的声音，看见他依照自己的意志行事，我也无法保证自己能创造出某种特别、甚至有趣的东西。许多人物之所以如此精准地呈现于创作者的想象中，不过是因为它简单，可预测且老套——与其他书籍或者电影中的人物几近雷同。人物塑造若是归于平庸，绝对不会是人物本身的错。

除了少数幸运儿外，对所有人来说，写作不仅仅是记录下想象中的人物的话语。也不能把细节拼凑到一块，就说这是一个人物。

我们不仅仅要做一个见证者，更要充满想象，询问他尖锐甚至尴尬的问题，一次又一次地塑造他，否定他，甚至毁掉他又让他复活，同时又要保持从头来过的好奇心，允许他再一次从我们脑海中溜走，除去身上的灰尘，确定他那变幻不定的独立性。

艺术创作的过程，介于刻意和无意、有目的和无目的、有意识和无意识、创作和发现之间，是灵感的涌动，输入和输出的过程。

就我个人而言，我觉得人物的雏形源于某一个印象，有时候很清晰，大多数时候模糊，有时他源于某一个真实存在的人，有时源于一张照片。

即便我能够清楚地看见他或对他有特别的情感，但对人物的行为依旧所知甚少。只有当我创造那些关键场景的时候，才会逐渐刻画出与第一印象相似，却更为精妙复杂，情感更为深入，更富戏剧性且有趣的东西来。

简单来说，我在发现和创造之间自由切换。通过写作实践，我获得了一种印象，它在潜意识中为人物的进一步塑造提供了养料。"当我放下喇叭的时候"，第二天早上我总会获得比前一天更加丰富且具体的印象，当然前提是我为他提供了基本的原材料。

威廉·詹姆斯（William James）说我们应该学会在夏天滑冰，在冬天游泳。他举这个例子就是想告诉我们，只有通过艰苦卓绝，有时甚至是无效的努力，潜意识才会具备解决新难题的能力。讽刺的是，有时问题只有在我们远离它的时候才能得以解决。人物塑造也是如此。只有通过艰苦的，有时甚至是让人沮丧的努力，创造出详尽的有关人物的历史、生活环境、处境，我们才能够为潜意识提供所需要的原材料，而这些东西最终会变成某种不那么笨拙，不那么刻意，更为生动的东西，就好像一种直觉。

在某种意义上，人物塑造的工作和木匠葛派特的故事有些类似。作为一个创作者，最开始手头不过只有一些自己感兴趣的原材料，经过夜以继日的、有计划的、专注的，甚至是充满爱意的努力，它最终像匹诺曹一样，经由某种奇怪的魔力，拥有了属于自己的生命。

我对人物原型的说法，一直有些怀疑。如果它对你有用的话，继续用。艺术家们都是饶舌的人，我们搜集一切有趣的行为。你可以把人物定位为指导者或大骗子，骑士或迷途的羔羊，影子般的跟随者或者是发号施令者，但记住，戏剧效果不是由名字创造出来的。大多数情况下，名字不过是破旧稻草人身上新的标签而已（新瓶装旧酒）。即便这个新标签能够激发出某种象征性或者神话式的共鸣，它也不能制造欲望，而欲望总能激发行为，行为则可以定义人物。没有深刻且具有创造性的想象以及直觉的参与，一个基于某种观点的人物只是一种粗浅的构思，哪怕灵感来自古老的英雄传说或者米莉阿姨的话。如果你往深处挖掘，直抵原始的、狂野的、波涛汹涌的灵魂深处，神话才会自然而然地显现。

练　习

　　从你正在创作的人物中选取两个人物。在每一天工作结束的时候，针对他们给你留下的印象做一些记录。第二天早晨，在你开始写作之前，再一次在你脑海中拜访他。你是否能够看到或是听见 —— 最好是感觉得到这个人物有什么不一样的地方？相较于你昨天拜访他的时候，他是否具备了某种新的能力？不时地记录下这些改变。对于人物的直觉思维是否有所改进？这种转变有多少是你刻意努力的结果？有多少是无意识中产生的？

第二章

召唤幽灵：人物的素材

一般来说，人物的素材主要有五种：

- 故事
- 潜意识
- 艺术或大自然的启发
- 真人
- 复合角色

每一种素材都有独特的优劣及局限性，互相融合可以彼此完善。

更重要的是，素材不过是开端。第一印象并不是整个故事的全部，哪怕这种启发再原始和激烈。人物塑造的过程中最常见的一个错误就是局限于素材最初呈现的情感、精神或者是心理印象。结果是对人物只有平铺直叙的记录，而没有发展。这样一来，无论想象如何精细巧妙，文笔如何优美，故事迟早——无一例外——都不再有趣。一个发展的人物注定要有所改变，也必须要给人带来惊喜，与第一印象有意味深长且让人信服的反差。

与使用其他方法一样，我们应该把人物素材当作机遇而不是必须使用的东西。随着时间的推移，你可能会发现别的方法更可靠、更有深度和价值，但是请一定要避免急功近利。写作需要持续的追寻，拥抱那些不熟悉的、异域的、让你感到不舒服的东西，创造力常常只有当我们离开舒适区时才会产生。

以故事作为人物素材

人物素材来源于故事时，作者难免会从故事的角度来塑造人物，这样做是存在问题的。结果就是，人物要么显得平庸，要么扁平化。例如坚强的家庭主妇、艰苦的警察、浪漫的自恋者、对小孩子很温柔的妓女等——这些人物常被别人笑称为提线木偶。

这样的人物只能扮演一种身份，在故事之外并不具有作为一个独立个体的需求、恐惧、感情。人物并不是你叙事机器中的齿轮。最好把他们当作活生生的人，而这些故事正好发生在他们身上。

看一看以下三个故事构思：

□一位日本商人受邀参加一个贫穷落后的拉丁美洲小国的总统在家里举办的生日宴会。这个商人是狂热的歌剧爱好者，参加宴会的唯一原因在于主人恰好邀请了他最爱的女高音歌剧表演者。宴会中途，一支游击队占领了总统官邸，商人和女高音在这场漫长的僵局中成了关键人质。

□第二次世界大战期间，在列宁格勒大包围战中，一位饥肠辘辘的17岁年轻人因为从一名死去的德国伞兵家中偷了巧克力和白兰地酒而被判死刑。执行暂缓的唯一原因在于一位俄国内务部上校为他提供了一次几乎无望的挑战：让他和一队逃兵一起在一个星期内找到一打鸡蛋——用于制作他女儿的结婚蛋糕。

□一个发誓再也不被骗的侦探又一次被人设计，陷入一起伪造的通奸案。在他努力找出陷害他的黑手的过程中，发现了美国历史上最大的丑闻，同时他也发现了自己隐藏在自负而又愤世嫉俗的面具之下的真实人格。

以上段落分别是安·帕契特（Ann Patchett）小说《美

声》(*Bel Canto*)，大卫·贝尼奥夫（David Benioff）小说《贼城》(*City of Thieves*)，和电影《唐人街》(*Chinatown*)的主要情节。

这些描述只是故事大致的轮廓。要进入下一个阶段，必然要深入了解如何定义人物及其他相关知识，只有这样故事才会活起来。事实上，这正是如何从核心构想出发构建故事的例子。

安·帕契特的《美声》灵感来自 1997 年发生在秘鲁首都利马的日本大使馆人质僵持事件。之后的书中，把相对简单的情节发展成一个完整世界的例子，《美声》毫无疑问是最完美的。这本书获得了许多褒奖——引人入胜的场景、别开生面的设置、文笔优美、叙事精巧，然而这些优点都无法与对故事中人物那充满感情的审视相比较。

日本商人小泽一郎第一次找到生命的意义是在他 11 岁生日的时候。那时候他坐在父亲旁边，在黑暗中听了一场激情四射，让人心神激荡的威尔第·利戈莱托舞曲。这种经历孵化了他终其一生对于歌剧的热爱，这种情感以及他对女高音歌唱家罗克珊·蔻丝的钟情激发了他的英雄主义情怀，这既出人意料又在情理之中。

小泽一郎的工作需要一名翻译，帕奇特就塑造了渡边将军，这是一个无私的人，乐于助人却总是被自己的需求困住，他能够流利地说许多种语言，瑞典语很差——他是通过观看英格玛·伯格曼（Ingmar Bergman）的电影学的。

罗克珊·蔻丝有一头红发，非常美丽，有着所有日间歌剧女主角那种孤芳自赏的性格，对那个命中注定陪伴她的人的真诚感到愤怒和慌乱，同时她相信游击队员必须放了她，因为她是女高音歌剧演员。随着时间流逝，她的声音让身处这座被困官邸里的所有人都发生了变化——无论是人质还是游击队员，而她也对自己的天赋和内心有了更深的了解。

每一个人物都得具备细微的人物特性，作者不想被自己的思想困住，还需要有丰富的细节描写。

《贼城》的主要场景和基本背景来自两本用不同的编年法编辑的书：哈里森·索尔兹伯里（Harrison E. Salisbury）的《900天：围攻列宁格勒》（*The 900 Days: The Siege of Leningrad*）以及库尔奇奥·马拉巴特（Curzio Malaparte）的《完蛋》（*Kaputt*）。那时，列宁格勒的居民正处于德军的可怕围困之中。虽然这些信息给了作者启发，但是具体细节则来自作者对人性的深刻了解。比如那个内心充满恐惧，饥肠辘辘，倒霉透了的17岁少年和他那个浮夸、性欲旺盛、一心想要成为文学家的同伴科利亚。少年列夫想要失去自己童贞的愿望一下子就被科利亚发现了。他对于性总有无限的热情，也总是忍不住发表意见。这一切与那个陌生而致命的任务形成一种滑稽搞笑的反差。科利亚对自己正在写的那本晦涩难懂的小说《庭院猎犬》十分痴迷。这让他对列夫产生了一种复杂而又微妙的需求。这种需求把这两个年轻人联系在一起。最重要的是，科利亚那不计后果的勇敢，表现出一种超然的乐趣，它激发了列夫之前所缺乏的勇气。

无论素材多么丰富，它所能提供的讯息仅限于此。想象力和同理心才是最终让故事拥有生命的关键。同理心不仅仅指人对于基本事实的把握，也包括对人物需求、恐惧的理解。

罗伯特·汤（Robert Towne）的电影剧本《唐人街》的故事背景是"投机者对欧文斯山谷的掠夺"。据说，投机者们利用长 233 英里的高架渠向洛杉矶供水，挣了数百万美元，然而在高架渠附近区域生活和工作的人却被驱逐。汤在威廉·马尔霍兰的基础之上设计了霍利斯·莫雷这个角色。他是一个工程师，不仅负责高架渠的建设，还负责圣弗兰西斯水坝的修建——正是它的失败导致了将近 500 人死亡。将"唐人街"作为真相永远不可捉摸的隐喻则是受到汤在洛杉矶见到的一个侦探的启发。这个侦探说的一句话，作者直接搬到了电影当中：每当人们问他在唐人街做什么的时候，他总是说"没什么"——因为没有什么东西和它表面上看上去一模一样。

这些资料也给我提供了相当丰富的线索，但是站在汤的角度来看，仅仅知道我们需要一个愤世嫉俗的侦探和一些被冷酷无情的土地掠夺者迫害的受害者并不能让自己走得更远。我们无法在故事大纲的基础上获得对于杰克·吉茨的完整认识。只有经由想象，我们才能够想到他有努力往上爬的纨绔气（讨厌的弗洛斯海姆鞋），冷酷无情的自我标榜（即使在停尸房也会向媒体献殷勤），背后故事的伤痛（在唐人街他想帮助的女人之死加快了他离开警察局的速度，然而他也一辈子都处于不知究竟发生了何事的恐惧中）。

我们通过细致的人物塑造工作刻画了这些细节，推动着最初的故事往前发展，构建出更为完善的小说世界。首先勾勒出杰克的工作室，然后是他的朋友达菲和沃尔什，他们分别反射了侦探愤世嫉俗和具有同情心的本性。探索杰克的过去，我们发现了警察卢·艾斯克巴尔和洛奇，他们是杰克在唐人街的同事，一个机警而可敬，一个多疑而自鸣得意。还发现了伊芙琳·莫雷，她是杰克想要拯救的女人。当我们把注意力放到她身上的时候，会发现乱伦的一面，它让整个故事有了邪恶的内涵：微妙的权力和那些能够免于责罚的有权势之人，比如她的父亲诺亚·克罗斯。

据说，类型小说，尤其是犯罪小说的人物塑造很糟糕。然而，实际上几乎所有的故事不是属于这种类型，就是属于那种类型：复仇、冒险、爱情故事、战争故事、家庭类、社会题材类、历史类、惊悚、科幻片、讽刺、传记等等。

类型只是故事的一种形式，它有特定的要求，通过经年累月的演变而最终确定下来。作者既要尊重约束，又要有所超越。要想对某一类型小说中某些被反复描写的人物和场景进行有意义的再创造则需要技巧和想象力。比如，有多少《唐人街》中的看客在杰克·吉茨的身上看到了俄狄浦斯的影子？问题不在于类型，而在于结构，即，我们应该把类型约束看作是限制而不是指南，看作是目的而非可能性。

写作的关键，是通过赋予人物创造惊喜的自由，来逃离故事的限制，让人物走出故事，按照自己的规则存活——同时不违背故事的核心主题和事件。任由人物自由行事，同时又用故事的要求来限制它，实现这种摆动的基础在于，了解人物如何呈现主题。

人物素材来源于潜意识

亚历山德拉·索科洛夫（Alexandra Sokoloff），既是作家又是老师，她鼓励所有学生记录下梦境："如果不这样做，你就太累了。"

我羡慕那些有清晰梦境的人，也羡慕那些能够在梦被忘记之前记下足够多的细节的人。大多数时候，我做梦的经历和儿童作家、插画家莫里斯·森达克以下的经历类似。

小时候的森达克，因为得了非常严重的病，总是被要求躺在床上。有一次，他的父亲突然特别担心这个小男孩可能会死去，就希望分散一下他的注意力，不让他那么难受。于是他告诉儿子，如果他死死地盯着窗外，眼睛一眨也不眨，就有可能看到天使走过。如果他真的看到了，就是一个非常幸运的男孩。

森达克挣扎着盯着窗外，时间在不断流逝，但是他一直没能坚持到看见天使走过。有一天，眼睛因为紧张而酸痛，他终于看见了：它像飞船一样大，还在不停地燃烧。他无法确定那是一位女天使还是男天使，天使也没有看到他，但是很多年以后，他依然能够清楚地回想起它曾经多么缓慢地从他窗前走过。

如果梦为我的小说提供了原材料，那么我确实感觉很幸运。大多数情况下，正如我在前文所说的，我依赖于潜意识，并不是想看见天使，而是希望它能够给我提供一些更为微妙、更为复杂、更为细致的关于人物的感受，而这在我醒着的时候一般很难描画。

梦若是给了你一些启示，把它拒之门外是不理智的。问题可能在于，它似乎与我们之前讨论的内容相反。比如说如果人物来自梦境，那故事在哪里？在某种角度上来说，故事大纲和梦境有着全然不同的需求。从前者的角度来看，你必须超越故事和场景对人物的要求。从后者的角度来看，你要超越梦境的影响而创造一系列由原因和后果所驱动的事件，由它们来推动主题发展。

法国小说家娜塔丽·萨洛特（Nathalie Sarraute）说，也许对于她最特别的方法，在于刻画一些简单、奇怪而又具有迷惑性的人物，此谓"向性"。"向性"指的是有机体对于外界的刺激，比如说对热量、光所做的反应等。萨洛特在她所谓"运动"——即不成熟的戏剧情境雏形的基础上勾勒人物轮廓。在她看来，这种不易察觉的运动潜伏在潜意识中，很难被发现。比如说权力的角逐，缺失的需求，不诚实的承诺，尴尬的情境等。在萨洛特看来，这些意象只有在她处于安静的冥想状态时才会涌现，就像植物的向光性，它和梦境一样不可捉摸。她怀疑这些是她小的时候，观察身边的大人复杂的人际交往时所形成的心理定式。不管怎样，她从中发现了自己以后可以用于写作生涯的素材。

人物素材来源于艺术或自然

我们看到一棵山上的迎风树，它歪七扭八，却年复一年地顽强生长，不由得对它倍加赞赏。它的挣扎也如人类本身的挣扎。又如，我们看见一只老鹰掠过牧场，既对它优雅的飞行感到熟悉，又觉得它专注的捕猎行为与人类有共通之处。

作者若是利用这种拟人化的灵感作为人物的素材，不可避免地会建立与第一印象一致的人物特征，因为脑海中所形成的画面是静止的。树和老鹰很大程度上会保持原本的形象。

如果要进行更为微妙的人物塑造，则需要在第一印象的基础上做出一些改变。让原始画面或者灵感作为起点，而不是终点。

其他艺术创作也是如此——绘画、摄影、雕塑。可以打开一本画册，比如说卡拉瓦乔或者弗米尔的作品，想象你所看见的那些人物正在你的房间里。他们给了你什么样的影响呢？他们说了什么？他们想要什么？最好是，想象他们正在与你打架，同你一块歌唱，问你要钱，把你的冰箱掠夺一空。如果你想让他们成为你灵感的来源，就要打破对艺术的敬畏之心。

通常，当我无法以一种足够微妙或充满感情的方式想象人物的时候，我就会去翻阅相册，相册总是拥有我所寻找的那种力量感及暗示的深度。罗伯特·弗兰克（Robert Frank）的《美国人》（*The Americans*）是我反复翻阅的一本相册，重要的不是里面的图片，而是它们对我的心灵和思想所产生的影响。苏珊·梅塞拉斯（Susan Meiselas）、盖瑞·温诺格兰德（Garry Winogrand）以及康斯唯诺·卡纳加（Consuelo Kanaga）也对我有同样的启发。

我也会上网或从新闻中捕捉一些让人印象深刻的照片。有的时候，人脸确实是最为直接和真实的灵感来源，这是一个简单的真理。我存了许多这样的照片，便于以后参照。同样的，这些图片只是一个开始。

从音乐中寻找人物灵感有时会更有用，音乐总是能激发人的情绪，而且它们会随着时间而改变，这预示着人也有同样的流动性和改变的能力。

在我的小说《他们知道我在跑步吗?》（*Do They Know I'm Running?*）中，为了捕捉一名叫作福斯蒂诺的萨尔瓦多卡车司机温柔、忧郁的一面，我借助福尔的一首轻快而悲伤的钢琴曲来寻找感觉。我没有把它写进人物自传里，福斯蒂诺永远不会知道福尔是谁。这个作品之所以对我有所启发，原因是它与我对这个男人的模糊的第一印象有反差。这音乐让我看到了他性格中更善良、更有爱心、更懂得反省的一面，而他几乎从没有向别人展示过这一面，这与人们对他的印象截然不同。

最后，无论是从艺术、自然、音乐、占星术、九型人格、荣格学说、古迹四元素还是其他非人的素材中寻找人物塑造的灵感，关键是要记住我们可以塑造任何人格特征，但是对于人物的潜能，必须保持开放的心态，只有这样人物的行为才能保持自由及让人惊喜的特质，只有这样才能让他趋于完善。

基于真人的人物

最为明显，最为直接的人物素材来源于你的生活，还有什么比你身边那些真实的、三维的人物更好的素材呢？

注意：关于生活中的人，我们所知甚多，但并不是全然知晓。这也是真人为何是极好的素材，却不是最完美的素材的原因。

无论我们认为自己多了解他人，也没有办法进入别人的内心生活。理解内心的最好资源是我们自己。至少在小说和回忆录的特许下，我们相信我们所写下的是真实的内心生活。

然而仅仅依赖对行为的洞察远远不能得到清晰的指示。只有佛陀才不会被错觉误导，而我对此也有所怀疑。

通常我们会认为自己比真实的自己更勇敢、诚实、有魅力、受欢迎。更多的时候，我们的行为会基于各种各样的动机，对此我们常常不愿意承认。我们很少意识到自己的慷慨里有虚荣、自我喝彩或是被人需要的成分。

并不是所有的自我憎恶都是有意的。人类绝大多数的行为，高达 90%，都是无意识的，这是一个我们将会经常提及的主题。可能，我觉得自己是一位能够驾驭马队的专业驾车者，但事实上，我更像一个坐在大象身上的小孩，或者说横渡大西洋的汽船上某个小小的乘客。

我们可能会发现，我们对人物的了解会比对真实世界中的任何人都多——也包括我们自己。故事的吸引力事实上很可能就在于此，它给我们这种对于洞察行为的虚幻自信，认为人的行为也和电影或书中的人物一样一目了然。

然而这不过是一种误解。如果说，我们对人物内心生活的了解比对我们身边的人或是自己的了解更多，这并不是因为真人和人物截然不同，而仅仅是相对于我们的朋友、亲戚、邻居和敌人，我们总会花更多的时间理解人物。也许，这么说很可悲。当然了，也许虚构的人物更有趣。

不管怎样，不要混淆信息和了解的概念。如果你对人物有充分的了解，认为他就像困在琥珀中的苍蝇一样，但无论我们多么努力地想把它们困在自己的认知里，它们总会无一例外地溜走，并给我们带来惊奇。

请看以下列表，回想在你的生活中谁最符合以下描述。把他的名字写下来，让他在你脑海中定格，回想一些与他有关的细节：生理特征，他对你的影响，以及其他你认为重要的东西；假设你要向一个不认识他的人描述他。

尤其需要注意的是，首先要关注那些在你看来最为基本的特征，然后才是那些让你惊讶或是感兴趣的特质。

可能的话，尝试回想一下那些与你及人物有关，让你记忆深刻，或对你来说重要的事情。

（a）一个与你尤其亲近的家人

（b）一个与你关系疏远或你特别讨厌的人

（c）上周与你擦身而过的陌生人

（d）一个你所倾慕的熟人

（e）一个你所惧怕的熟人

（f）一个离你而去的爱人

（g）一个你希望离你而去的爱人

（h）初恋

（i）最爱的人

（j）孩提时代最大的仇敌

（k）成年以后最大的仇敌

（l）孩提时代最讨厌你的人

（m）现在最讨厌你的人

（n）最喜欢的邻居

（o）最不喜欢的邻居

（p）最喜欢的同事

（q）最不喜欢的同事

（r）快递员或是每天与你有业务往来的人

（s）一个对你有所启发的长者

（t）一个崇拜你的小孩

（u）一个你对他有所隐瞒的人

（v）一个你信任却背叛你的人

（w）一个信任你的人

（x）一个你绝不依靠的人

（y）一个你羡慕的人

（z）一个你永远也不会与之交换生命历程的人

这项工作的首要目的是，激发你与那个你记忆中的人物产生更为深刻、更为精准的感情联结。花一分钟的时间让那种情绪的影响力完全地被记录在你的脑海中。在日常生活中，那些不间断的混乱需求，大部分内容我们都已忘记。这个练习则是从遗忘的泥沼中把那些我们已经忘记但未曾失去的东西挖掘出来。

针对你人生的每一个阶段提出这些问题，也会让你有所收获。那个在你读小学时给予你信任的人是绝佳的人选；在你20多岁或中年时能够相信你的人同样如此。

在你做完这些之后，试着找出这些人物之间的相关性。比如说，我发现自己孩提时期的敌人总是那些完美主义的哥哥，他们总是因为我行为轻率、粗心大意而指责我。我长大之后的宿敌是我的邻居，你猜怎么着，他是一个行为轻率、粗心大意的人。

　　了解这些与自己相关的事情非常重要，因为它能够告诉我们自己的情感倾向和界限，以及矛盾点。它还为我们提供了选择人物的框架，更向我们揭示了可以进一步拓展的情感边界。

　　写这样一份人物清单的时候，我们会得到一份数量庞大的人物表，它的数量远远大于我们原先所认为的。有时候我们不知不觉周而复始地刻画同一个人物，比如说蛮不讲理的父亲或母亲、一无所有的爱人、忍无可忍的骗子等。约翰·厄普代克（John Updike）晚年写了一首诗，名字叫《佩吉·卢茨，弗雷德·穆思》（*Peggy Lutz, Fred Muth*），他在诗中感谢了自己孩提时代的朋友和同学们（有可爱的人，也有恶霸、胖子……），"为了他们给自己提供了那么多的人物原型……所有的作者都需要这个"。

　　之前的人物清单强调了那些对你而言有特殊影响的人，但是也不要忽视那些可能深藏于你心灵深处的人，尤其是孩提时代的邻居和同学。早期生活中，我们的大部分时间都被这些人围绕着，即使我们未曾留意，他们对我们的情感和心理都产生过重要的影响，因此对这些人的记忆可能会比我们自己所认为的更为清晰。比如说喜欢又不敢搭讪的姐姐、孤寡的邻居老人、学校里的野蛮女孩、野蛮女孩的闺蜜、安静的人、班级里的小丑，等等。很快，我们就会明白我们的内心装着一整个世界，随时等着被挖掘。

同样，在我们探讨那些与你有亲密关系的人时，也不要忘记那些曾经给你启示的陌生人。演员萨拉·琼斯（Sarah Jones）在塑造人物时，为了激发自己的想象力、寻找人物形象和故事灵感，会到纽约大街上闲逛，寻找那些有意思的人，偷听他们的谈话。在你的世界里，有些地方，比如咖啡馆、教堂、杂货铺、精品店、社会福利办公室、游艇俱乐部等，可以观察到的奇人异事尤其多。到那里吧，去观察，去聆听。

不要担心你的生活一成不变或者风平浪静就没有可以引起读者兴趣的人物原型。如果是这样，只是因为你缺乏想象力、激情或洞察力，而不是因为缺乏体验。正如乔治·艾略特（George Eliot）在《亚当·彼得》（Adam Bede）中所言：

> 生活在平凡朴实的人中的许多日子，让我明白人类的天性是良善可爱的——我更懂得那深层的悲伤和高尚的神秘。

这是艾略特经常涉及的主题，那些生活在她小说中的人物，折射出她所生活的时代，不仅值得尊重或是钦佩，更值得珍爱。《米德尔马契》（Middlemarch）中对此有总结性的文字：

> 这世界日益增添的良善，部分取决于那些没有
> 历史意义的行为，对你我而言，生活没那么糟糕，
> 可能有一半得归功于众多满怀信念走过平淡一生、
> 沉睡在无名之墓中的人。

复合人物

之前谈到的那些人物素材并不互相独立。把从某一种素材（音乐或者照片）中所获得的人物元素与另一种元素（真人）相结合，就为我们的想象提供了一种最终的新形象，就能创造出一个超越各个组成部分的复合形象。

以真人作为人物素材的时候，这样的方法尤其实用，它能避免任何人物因为孤立而被剥削、被歪曲或者被戏弄。（据说，这是人们很少认识到的一种小说之谜，无论刻画得多么直白也不可避免。）

复合角色的缺点在于，如果我们尝试把一些自己不理解的特质融合到一起，就会创造出没有说服力的整体。在观看动作片的时候，我们经常会看到这样的情况，比如让女人来充当男性角色，作者既没有考虑到成千上万女性的法律权益，也没有想到也许军队中就可以提供某个真实的

人物原型。相反，我们总会看到穿着婴儿套装的男人。

另外一个例子就是深沉的万人迷。我们没有办法愉快地把一个万人迷的各种优点与一个长相平庸的人结合起来——后者在很多情况下都会担心被人轻视。有时丑小鸭确实会变成白天鹅，但是如果不清楚何时、如何让这个改变发生，以及人物对改变的反应如何，所有一切不过沦为华丽的噱头。

另外一个例子：假如你同时认识一位谦逊的神父和一位荣誉退伍军人，然后你想根据这两个人物创造一位神父。你需要了解退伍军人的性格在多大程度上是由最初的愧疚之心和杀戮的满足感造成的。假如你不考虑这些问题，那被整合后的人与原型有何不同？如果摒弃了这些经验，你是否就违反了至关重要的原则？同样地，你也需要问一问自己，牧师的谦逊多大程度上是因为他没有亲眼见过战场的杀戮？把他放到一场残忍的战斗中，他是否能依旧如此谦逊？那些向他寻求建议的士兵是否能继续尊重他？

我绝不是说永远不要进行这种尝试，事实恰好相反。这样做，人物会因为存在矛盾会变得生动迷人，更贴近现实。然而简单地把两种互相冲突的人物特质拼凑到一起，并不能创造一个让人信服的人物，即便巧妙的描写也不能让人物立住。要创造一个具有说服力的复合型人物，必须特别关注那些对他有影响的经历。而如何深入这个过程，将会在接下来的章节讨论。

练 习

1. 选择一个你目前正在创作的故事创意，把那些能够让故事活起来的人物组装起来。对于这些人物，你已有的了解是什么？缺少哪些明显的信息：名字、年龄、外表、家庭背景、工作类型、恐惧、爱、仇恨、欲望……？为了让这个故事活起来，你还需要了解哪些知识？哪些信息没有相关性？

2. 在一个安静的地方心无旁骛地待上一段时间。让那些每日占据你大脑的思想负担沉下去，变成背景。等待，直到梦想中的场景或人物在脑中形成。如果你只是看到一个身体，尝试着引导他做一些动作。如果你看到一个场景，跟随着这种感觉让它更为完善。把你所观察到的东西写下来。尤其要注意场景设置——你已经有想法了吗？是怎么想的？同样要关注场景中人物的能量流动以及情感基调。这个场景是否让你觉得有非同寻常的意义，是否让你有所触动？如果不是，你是否知道该有意识地增加哪些元素让场景更有感染力？

3. 翻阅一本画册或相册，从中选择一个人物；把那个人物加入你正在写的某个场景中，艺术性越少越好。会发生什么呢？其他人物是如何反应的呢？兴趣点产生了哪些变化？哪些没有变化？如果说这种插入感觉上有些牵强，你可以做些什么改变或者增加一些什么内容让他更为自然？

4. 选择你最喜欢的一段音乐，让它在你心中形成一个人物印象，或者让它作为你正在塑造的某个人物的重点或矛盾点。把这些新的或有所改变的人物放到你正在创作的场景中。再一次问一问发生了什么？其他人物的反应是什么？兴趣点有了什么变化？哪些没有变化？

5. 对比一下以上两种练习所塑造的人物。哪一种素材——音乐还是绘画——运用起来更容易，更清晰，更有效？为什么？

6. 选择至少五个，我们在 31—32 页中所罗列的那些人物，然后像文章所建议的那样进行以下练习：回想一下你生活中的哪些人最符合所给的描述，写下他或她的名字，让他或她在你脑中定格。描述一下你所认为的基础的特质，然后是那些让你惊奇的特质。回想一下某个包含你和他在内的难以忘怀的或重要的场景，用一两分钟把这种情感影响写下来。

7. 给你生活中的三个人写一个简单的自传式简介，不一定和清单上的特点一模一样。是什么让你难以忘怀？

8. 选择练习 6 ~ 7 中所勾勒的人物中的一个，找一种方式把他或她放到你现在正在写的一篇文章中。这个人物是让文章更丰满？还是更空洞？无论是哪一种结果，为什么这样？

9.选择两个（如果你野心勃勃的话也可以选择三个）在之前的练习中所塑造的人物，然后把他们打造成一个复合人物。这个新人物是否会有一些原型人物所没有的行为和冲突？人物的某些特征是否契合得不是很好，是否不可调和？为了让人物更自然、可信，是否需要对人物的背景和内心生活进行更深入、细致的描绘？

第三章

被审视的生活：
利用经验与人物产生直觉联结

安东·契科夫（Anton Chekhov）有一个很中肯的观点："一切关于人性的经验都来源于自己。"然而也许最让人窒息、最无用的建议莫过于"写你所知"。关于这点，尤多拉·威尔第（Eudora Welty）有一些特别睿智的见解——"写你所知道的东西中那些你所不知道的"。

作者只有四种工具：调查、经历、同理心和想象力。从这个基础上能构建出整个世界。

在之前的章节中，我已经说明了了解内心生活的最佳素材是我们自己。我也数次提到要对你的人物形成直觉般的感知。在这一章，我将要讲述一种糅合二者的方法——如何利用那些在情感上对你有特殊意义的生活事件来打磨你的直觉，从而更好地理解感知人物。

纯粹的信息并不能为塑造人物提供有意义的洞察，信息有时十分让人头晕。我们对人物形象的清晰认识需要一种灵魂上的联结，与人物的内心生活间建立一种想象的、情感上的联结。

对于我们自己的伤口、悔恨、安慰和喜悦，如果没有深入且细致的理解，就不能完成这项工作。自我认知是我们与人物进行交流的语言背景。语言本身不能带领我们到达目的地，我们需要进一步深入记忆的黑洞、慌乱的情绪，以及每天在我们的皮肤之下涌动的欲望和恐惧、骄傲和羞耻。

在这一章中，我们将要探究如何拍打皮肤之下的血管——只有这样我们才能把涌动的情绪注入人物塑造中。在戏剧领域，这是所谓的"人格化"，是把个人的情绪和感觉记忆带入某一个人物的努力过程。

这种方法的局限性很快就会显现出来。当人物的生活与我们的生活截然不同的时候，个人记忆和经历又有什么用呢？你如何描写多动症的孤儿（《没有妈妈的布鲁克林》）、挣扎着想要回家的受伤的同盟军步兵（《冷山》）、孟买街头的孤儿（《贫民窟的百万富翁》），或者是腐败的文艺复兴时期的教皇（《波尔亚斯》）？

写作要求我们探索未知的领域，男人必须会写女人，反之亦然；受过教育的人也要会描写目不识丁的人，害羞的人要能刻画外向的人，等等。关键就在于，在你所知道的事物与你不知道的事物之间建立一座桥梁，但必须承认，不是任何时候我们都清楚该如何开始。

伟大的演员兼老师斯特拉·阿德勒（Stella Adler）几年前在一次周末场景分析研讨会上，朝一位年轻女演员大声说："抬起头来，你是一个女王！"当时她正用一种激烈的对抗式表演法演绎席勒《玛丽一世》（*Mary Stuart*）中的独白。

这个女演员在剧中的对手是伊丽莎白——皇位的竞争者，但她却错误地以自己的视角来诠释苏格兰的玛丽女王，寄希望于让席勒的语言带领她表演。

解决这个问题的第一步，就是简单地认识到一个女王如何看待自己的权力——她能够畅所欲言，无须顾忌任何人，任何违抗她的人都会得到惩罚。这样一个小小的洞察，就能够让表演者更加全面地演绎角色。

这就是研究在构建想象之桥时如此关键的原因。任何时间、任何地点，我们都需要了解那些与我们不一样的人的社会关系（特别关注谁有权力以及谁没有权力），主流的格言（了解那个世界中人的道德观念），日常生活中的细节（事物、舒适度、卫生、天气）。只有这样我们才能打开同理心和想象力之门，才能本真地理解生活在那个世界的人物。

我们探索不熟悉的事物时，不应该，或者更直白地讲，不能够抛却自身的情感。相反，我们必须探索我们的经验与虚构世界交汇的点。关键在于，无论我们是否与人物有同样的经历，都应该给予对方同等的尊重。要做到这点，我们首先得深入了解自我，也就是说理解我们生命中的那些核心事件。

对内心生活的探索也避免了简化的写作。不深入自己的内心世界不仅无法让人物的行为生动而有意义，也无法写出自己的声音。即便功成名就的作家也有可能犯这样的错误，德朱娜·巴恩斯（Djuna Barnes）就热衷于把单纯的情感写成令人费解的恐惧，或用华丽而程序化的语言来描写人类的情感。

探索人物的生活时，须关注如下最为重要的情感经历（也是对你而言最重要的经历）：

（a）最害怕的时刻

（b）最有勇气的时刻

（c）最悲伤的时刻

（d）最喜悦的时刻

（e）最羞愧的时刻

（f）最内疚的时刻

（g）宽恕的时刻

（h）最骄傲的时刻

（i）最大的成功（可能和最为骄傲的时刻指的并非同一件事情）

（j）最大的失败

（k）最难以忘怀的温柔时刻

（l）最震撼的暴力事件

（m）改变一生的激情时刻

（n）最危险的时刻

（o）病得最严重的时刻

（p）第一次死亡的经历

（q）最揪心的死亡经历

（r）除了死亡之外，最沉重的丧失

不要纠结于这些极端的描述词汇——最棒的，最多的等。让所有经历充分地涌现出来，不要纠结于数量。诚实地分析这些经历，不要带有任何批判思维。你也许会感到模糊不清或难以确认，再详细一点，细到你的身上穿着什么衣服、其他人的身上穿着什么衣服、你在哪里、什么时间。正如大家所言，淘气鬼总是藏在细节之处，但在这种情况下，淘气鬼正是你的朋友。

这些特殊的事件对我们的启示是非常重要的，因为它折射出了真实的我们。即便只是短暂的瞬间——突然感受到的原始情绪，自我的面具掉落下来的时刻。除去控制或伪装，我们就能遇到自己隐藏的另一面，它有好也有坏。我们会从习惯的生物变得纯粹。我们面对无助的状态（如何被彻底击垮，又如何迅速恢复冷静，是通过逃跑，抗争还是自我辩论）更能反映出自我的特性，虽然我们通常不会承认这点。即便这些时刻不能揭示我们的"本性"，也能揭示我们更为原始，更少修饰和伪装的一面。故事就是建立在这样的自我揭示之上的。

以下是体验关键情绪的补充：

（a）你第一次向他或她表白

（b）你希望那句"我爱你"从未说出口

（c）你被打击或者被打败的经历

（d）你打击或打败别人的经历

（e）最难以忘怀的与父母亲、兄弟姐妹、孩子相处的时刻

（f）最难以忘怀的与陌生人相处的时刻

（g）停下来，我很害怕

（h）不要伤害我

（i）把那个给我

（j）我正在说

（k）按照指示行事

（l）我不能相信自己刚刚那样做了

（m）我可能会杀了你

（n）我不是那种人（或者你不能叫我做那样的

事情）

（o）我以为你爱我

（p）无论我做了什么，都不可能足够好

同样，尽可能详细地刻画这些场景，这十分重要。不要评判或者躲避那些不愉快的记忆。相反，要尽可能地去寻找那些冲突最激烈的场景，这些经历能最好地服务于写作。这么说也许有些无情，但艺术家们通常不会后悔自己曾经历过不幸。心碎的经历是一种礼物——自我怜悯没什么好处。

与之前章节所列举的清单一样，不要局限于我已经给出的建议。你该毫不迟疑地回想生命中那些意义深远、痛彻心扉、富有启发、刻骨铭心的经历。拥抱它们，心怀感激。

一旦你把一系列经历联系起来，就可能会发现一个主题贯穿其中：这个主题就是把相互独立的经历串联成一个故事的线索。

同样地，你也可以把两个情绪体验截然不同的经历串联起来——极其丢脸的事情和十分自豪的事情；情不自禁的喜悦和可怕的经历。回忆自己的经历可以成为旅途中的小插曲，明白这一点对人物塑造或者你自己都大有裨益。

当然，我们不可能轻易地从羞愧转变为骄傲，恐惧转变为勇敢，悲惨转变为喜悦。我们的伤痛、悲哀、失误让我们变得心态扭曲，让我们的精神、心灵、良知受到伤害。我们变得脆弱，自我防备。不知不觉中，我们会沉溺在岁月的迷宫里追逐过去的影子。

与兄弟姐妹争夺父母之爱的经历在潜意识中让我们习惯性地追求那些已婚人士，仿佛一遍又一遍重演过去日常的争夺和比赛，但这一次，我们很确信自己将是被选中的那一个。妈妈如果孤芳自赏、浮夸虚荣，会让孩子绝望地想得到关爱和接纳，长大后，我们又会在情人身上寻求同样不可得的东西。

照顾自己所爱之人走过漫长而痛苦的死亡之路，会让人产生一种强烈的情感需求，这是一种日复一日的情感危机——简单温和的接纳再也不能带来满足感。

我们的生活可能变成一种精神或情感上的梦游，让我们不再遵循惯性。对这些关键经历的洞察会让我们产生对生命的核心领悟，从而做出改变。

任何经历过这种顿悟的人，或那些勇往直前的人，都知晓真实的自我。作者当然也需要对它有所了解。

这种"洞察的时刻"以及做决定的时刻构成了戏剧性的基石，它以不同的形式呈现，如果不能对这些事有所了解，我们就不能期望自己能够塑造好人物。

回顾那些失败、羞愧、内疚、失去的时刻，不只要让那些引起你情感波动的经历重新变得鲜活，还要反思它们如何改变了你，让你变得担惊受怕、疑神疑鬼、不知所措、自以为是。

然后要发掘你生命中那些与缺点抗衡、对峙的经历。

找到那些给你启发或让你坚持自我的人。你一旦动笔，那些经历、那些人就会引领你找到真我所在之地。待在那儿，由此出发。

记住，不要因为目前你的生活风平浪静而止步不前。许多作家的生活都很平淡，这样其实更有精力发挥想象力。相对于为了写作素材而经历灾难，培养自己对生活敏锐的分析能力更为有效。

有些伟大的作家曾经做过记者，周游甚广或者从事过艰苦卓绝的工作，这些经历为他们提供了广泛的体验和洞察。生活中的冒险可以转化为写作中的冒险，而写作往往比生活更刺激。

不要逃避充满冒险的生活，不要以为独自一个人待着就可以成为一个作家，但你总需要在椅子上坐着写作，对弗兰纳里·奥康纳（Flannery O'Connor）和保罗·泰鲁（Paul Theroux）来说也一样。

练　习

1. 从这个章节的两个列表中选择五个相关的事件，然后把涌入你脑海中的经历勾勒出来。你是否能够发现连接各种经历的主题线呢？它是什么？

2. 创造三个让你产生非同寻常情感体验的事件。

3. 采用练习 1 或练习 2 中所构建的经历，想办法把它嵌入你现在正在写的文章中。它让你的文章更丰富还是更枯燥？无论是哪一种情况，想一想为什么？

4. 锁定你生命中的某一个时刻，你不得不面对自己不恰当的、错误的或是伤人的行为。探究它带给你的影响以及它如何改变你的行为乃至人生目标。以同样的思维来看待练习 3 中的某一个人物。人物的行为发生了何种变化？如果他的行为没有发生变化，为什么？

第二部分

人物的发展

第四章

戏剧化人物塑造的五个基础

想象一下，早上 10 点，一个穿着晚礼服的女人站在杂货店里：酒会礼服，短上衣，长手套，戴一串珍珠，特制的皮革舞鞋。她的妆容精致而优雅，头发也打理得很整洁。她想拿架子顶端的桃子罐头，但任她怎么伸长手臂都够不着。她环顾四周，发现没有人可以帮她，她再一次盯着那个让人望而生畏的桃子罐头，突然间撩起裙摆，穿着舞鞋的脚丫先踩到一个比较矮的架子上面，然后开始像攀岩一样往上爬。她的舌头在牙齿间尽可能地往前伸，手指尽可能地往上摸索，终于她够到了一罐桃子罐头。罐头摇摇晃晃地掉落地上。更多的罐头随着它一起往下掉。她往后跳下货架，保护头不被纷纷掉落的罐头砸到。也许她受伤了，但是在其他人出现之前，她只能慢慢地跪在地上，捡起地上的罐头，然后把它们紧紧地放在胸口，发出很轻的呜咽声。

除了她的穿着，这个女人长什么样子，并没有任何描述。假设她很矮，但是我们对她的年龄、种族、体重、身高等一无所知。然而读过以上片段的人可能已经对她的形象有了十分清晰的感受。

形象化和代入感可以让人物刻画更有吸引力，要达到这个目的，什么是最重要的？

- 人物想要某个东西。
- 她难以得到自己想要的东西，所以想出了一个克服困难的计划。
- 表面上看，一切互相矛盾：白天，她穿着一件晚礼服站在杂货铺里。
- 意外发生了（她犯了一个错），她因此受伤（甚至有可能她伤得很重，这样能够加强印象）。
- 她的抽泣意味着她的困境比表面上看上去更为难解——这是一个秘密。

除此之外，这段故事没有提到其他方面，而这五个关注点是构成一个完整的人物形象的关键。

但这并不是说我们已经发现了写作的秘密，魔法公式或清单（你们毫无疑问都是好学生）——只要照做你就能够让人物跃然纸上。无论作者多么聪明或有趣，把一堆人物特征拼凑到一起并不能构建出一个人物来。那不过是创作大纲的方法，而不是塑造人物的方法。

　　无论好坏，艺术是一项需要大量试错的工作，正如海明威所言：没有伟大的写作，只有伟大的重写。人物塑造就是需要不断地在外在事件和人物的内心生活之间来来回回。这就要求你训练自己的洞察力，问恰当的问题，不要回避，当你的脑海深处响起"不，还不可以，要更好"的时候，学会听从你内心的声音。

　　也就是说，这五个方面是写作的试金石。无论是构思人物、开始动笔，还是后期润色、评估人物时，你都可以问问自己这五个方面是否有遗漏或不够完善。如果是这样，要么加入特征，要么给已经存在的某个特征更多的关注，然后看它是否与整个故事呼应，是否与这个人物的其他方面呼应，是否能够说明或强化与其他人物的互动或冲突，或者说，是否在某种程度上对你的人物刻画有帮助。

　　这五个方面为何如此重要，在接下来的章节中，随着我们的讨论更为深入，原因也会变得更为清晰。但是任何情况下都很重要的一点是——记住，做任何事情太仓促都只会产生不佳的结果。我最喜欢的一个数学教授给我的启示是：伟大的艺术家和不那么伟大的艺术家之间的差距在于，伟大的艺术家会深入地思考简单的事情。

　　在接下来的章节中，我们将尝试着深入地思考这五件相当简单的事情：

- 欲望的本质和特质
- 欲求不满如何深刻地改变一个人的性格
- 受伤意味着什么
- 秘密的诅咒
- 冲突的不可避免性

在这个基础上，我们会探讨人物生理性、心理性、社会性的表现形式，是它们的共同作用让人物变得鲜活，让人物所存在的世界看起来更为真实。

但是在每一个阶段，还是要保持耐心、寻求孤独和安静、更为深入的思考，同时要尊重藏于这些看似简单的问题之中的秘密。

第五章

欲望：驱动人物的需求、
渴望、野心及目标

以欲求为中心

康斯坦丁·斯坦尼斯拉夫斯基的一大创新，即强调欲望在人物塑造过程中的核心地位。他认为，关于人物塑造的一个基本事实是，人物想要某些东西，这种欲求越深入，戏剧越有说服力。

欲望是锻造人物的熔炉，因为它的固有属性就是制造冲突。如果我们一无所求，也就没有什么可以阻挡我们了，这将带来宗教般的开悟，或习惯性的逃避，但如果戏剧是这样，就成了清汤寡水的燕麦粥。让人物拥有欲望，自然就会让他与某些事或者某些人联系起来——因为这个世界并不是为了满足我们的欲望而设计的。

深藏而难以遏制的欲望总会让我们去做那些正常情况

下未想过的事，即便那与我们的本性看起来毫不相干。在我们追求那些东西的过程中，会遇到难以抗衡的阻碍，这时我们不得不做出改变，去适应、挖掘自己的潜能，寻求启示、激情或力量，让它们赋予我们继续走下去的能量。

在某种意义上，斯坦尼斯拉夫斯基的欲望取代了亚里士多德的终极目标。曾经，人为了某个基本的目的而活，而在斯坦尼斯拉夫斯基看来，人是为了野心、欲望而活。

彼得·布鲁克斯（Peter Brooks）在他的书《为了故事情节而读书》（Reading for the Plot）中认为，没有欲望的故事就是一个死胎。这说明了一个简单的事实：欲望让人物动起来。

也许再没有比这更重要的问题了：在这个场景、这个章节、这个故事中，人物想要的是什么？往更远处想，他的人生追求是什么，他是否已经实现？如果没有实现，为什么？如果已经实现，现在又如何？

欲望的复杂性 —— 澄清的必要性

我们总是想要那些得不到的东西，或那些想象中能让生活变得更好的东西。有时我们并不清楚自己想要的是什么，直到偶然发生的事或偶然遇到的人给我们当头一棒，把我们从昏昏沉沉中震醒。也许我们总是压制、否认或以某种方式隐藏我们的欲望。我们的欲望可以分层，也可以嵌套。一个欲望会悄悄地掩盖住另一个真正的欲望，因为太害羞、不够用心、太多疑虑，我们止步不前。甚至情况可能是——真正的欲望本身就不可言传——它们是天启、涅槃或上帝的显灵。

所有这些情况都呈现出戏剧化的趣味性，但它们总是太狡猾，总是从纸上溜走。欲望很复杂，而复杂性通常又会导致困惑。在叙述故事的时候，如果没有把人物的欲望写明白就会让读者或观众一头雾水。更糟糕的是，可能会导致夸夸其谈，而这是作者永远需要避免的。

解决方法就是，要创造人物可以追寻的东西，一个外在的物体，一个目标或一种探索，甚至是一种癖好。也可以让人物的欲求与那些有可能满足他的人物联系起来。

在朱诺特·迪亚兹（Junot Díaz）的《奥斯卡·瓦奥短暂而奇妙的一生 》(*The Brief Wondrous Life of Oscar Wao*) 中，青年贝利西亚·卡布拉尔 1955 到 1962 年一直生活在多米尼亚共和国的巴尼省，她说不出自己想要的是什么，只是觉得应该是"别的东西"。她能够列举一些相对来说更为具体的渴望：女性化的身体、精彩的人生、帅气的丈夫、漂亮的孩子。但是她真正想要的是逃离——逃离她现在所处的贫穷之地，逃离那些无法改变的曾经，甚至是她"被人轻视的黑色皮肤"。虽然她并不清楚可以逃到什么地方，但是在"有史以来最专制的独裁者"拉斐尔·列奥尼达斯·特鲁希略的残暴统治之下，她和所有同时代的人一样为了逃亡义无反顾。

迪亚兹写出了人物的渴望所导致的行动，也就是逃跑过程中那跌宕起伏的经历。我们都知道逃到某个地方并不会让她感到满足，但是只有在狂热的追求中，作者才能够完全解释清楚她的欲求到底是什么，而读者也更能与之共鸣。在逃亡的过程中，在与情人、家人、工作、新环境的互动中，她的内心不断涌现出各种欲望。

同样的技巧在《白鲸》（*Moby-Dick*）中的亚哈王、《了不起的盖茨比》（*The Great Gatsby*）中的盖茨比、以及《第二十二条军规》（*Catch-22*）中的尤萨林身上也有所体现。每个人物都有一个容易辨认的目标：鲸鱼、黛西、停止战斗。但是很明显，这并不是事情的全部，在某种意义上，杀死鲸鱼、得到黛西、不再参加任何飞行任务只能缓解表面的渴望。有一些更深层的东西在蠢蠢欲动，它更不可知，难以辨认。

写作新手经常会被这种空泛而朦胧的欲求迷惑，而且不愿意确定某个单一的抱负或目标，担心这样故事会变得不够精致。我认为自己所选的两个例子也许能够粉碎这种疑虑。精致并不来源于人物需求的模糊不清——这样说不过是错解了"精致"。欲望并不需要一个名字（给欲望贴一个标签也不会让它显得高级），不需要文字性的表达，只需要一个简单的象征性物体：鲸鱼、黛西。或者你也可以构思一个开放式的目标，比如说贝利西亚的逃亡，或者一个可以代表这种目标的经历——幻想、梦境或生存状态，比如尤萨林对于瑞典的想象，那个他想要投靠的国家。

人物的复杂性及质感，在其实现欲望所遭遇的各种冲突中得以体现。这些冲突说明我们在获得所求之物时会遭遇意外的困难，更说明我们会对自己判断失误。人物所追寻的目标，也许只是浅层地或部分地代表了人物的内心，但只有这样戏剧的复杂性才能得以呈现。否则，情景无处安身，戏剧分崩离析。

与人物的互动让其隐藏的、内在的需求浮于水面。这种方法最好的佐证就是 HBO 电视剧《好运赛马》(Luck)。

切斯特·"艾斯"·伯恩斯坦（达斯汀·霍夫曼饰）做了一辈子赌王，为了保护别人而进了监狱——被关了三年。表面上他的目标是通过购买圣塔·安妮塔跑马场，把它改造成赌场，重回之前他在赌博界的地位。但是通过他与许多人的互动，人物更深层次的需求和欲望逐渐显露出来。

为了得到进入赛马场的资格，艾斯决定买一匹爱尔兰纯种马，它的名字叫"一品脱平原"。因为他是一个重刑犯，所以在进行交易的时候需要戴假胡子，他的老朋友格斯·德米切欧（丹尼斯·法瑞纳饰）正好可以做他的司机、保镖和知己。

为了完成他的复仇计划，艾斯需要形形色色的赌友和生意人帮忙，那些怀疑艾斯可能会报复的人让"信任"变得十分复杂。他的计划就是变成一个"说谎像呼吸一样自然"的人。很显然，那些有所怀疑的人是对的，艾斯有足够的耐心完成他冷漠的复仇计划。

在小偷聚集之地，走进了两个折射出艾斯不同面相的人物：克莱尔·勒切亚（琼·艾伦饰）——一个经营马场的女人，她希望马场可以成为那些囚犯重新适应社会的地方，她让那些人照看年老的赛马和爱尔兰纯种马"一品脱平原"。

克莱尔衣着邋遢、害羞，又因为自身原因几乎算得上是一个修女，她为艾斯提供了表现利他主义的机会，也让他有机会重新认识女性——他觉得自己过了恋爱的年纪，但她的出现让他重新认识到自己年少轻狂的一面。

"一品脱平原"赢得了比赛，但是它被另一匹马的马蹄击中而受了重伤。艾斯很明显被马的精神感动了，坚持要待在马厩外为它守夜。夜晚，艾斯被"一品脱平原"用鼻子轻轻碰醒，艾斯望着那匹纯种马黑夜般的眼睛，匪徒和动物一同体验着某种独特而超然的东西，那是一个纯净无瑕的时刻。

外在的目标，买赛马场，让我们看到了艾斯如何在毒蛇的巢穴中斡旋。我们看到他面对对手时钢铁般的冷静、工于心计的耐心、忠诚被怀疑时的愤怒。而当他与格斯、克莱尔和"一品脱平原"在一起的时候，我们又看到了埋藏在他面具下更平和的一面，他也渴望陪伴、真情、灵魂——没有什么表达比这个更为贴切。欲望深藏于灵魂的碰撞之中，与外在的追求融合在一起。

欲求描写的多样性

有许多方法可以描写追逐。人物的心路历程比追逐本身更有趣、更复杂、更有层次感。以下是一些具体的例子：

冲突改变了欲望或让它变得明朗

在《教父》（*The Godfather*）的开头，麦克·柯里昂为了与父亲及兄弟们划清界限，对自己的未婚妻说："凯，这是我的家人，不是我。"

但当他的父亲几乎被人杀死时，麦克对家族忠诚的血性被激活了。复仇势在必行。麦克，作为平民，是复仇的最佳人选。复仇之后，他不得不藏起来，在那里，他娶了一位意大利妻子，而她却因为他而死去。这次充满血光的远行让他意识到，家人忠诚与爱的纽带才能让人获得平安。因此，他回归家庭，开始报复所有那些伤害过、背叛过或继续威胁他家族的人。那些人认为自己不过是在执行公务，然而对于麦克而言，他所经历的一切改变了他对什么样的家庭才值得自己奉献一切的认识，他从可以自由选择，落入无法逃避的家庭之网。

在电影《末路狂花》（*Thelma and Louise*）中，两个女人来到郊外散心。周末之后故事一步步变成了她们对难以忍受的囚笼的反抗，囚笼是她们之前的生活的隐喻。和麦克·柯里昂一样，她们都有一个首要的渴望——自由，冲突的过程把这种渴望从可有可无变得不可或缺。

人物有两种不可调和的欲望

有时，人物不可避免地要在两个水火不容的选择之间做取舍。这通常需要他做出道义上不可接受的决定或者死去。古典悲剧以及文艺复兴时期的悲剧里面有很多这样的例子：

□俄瑞斯忒斯必须为父亲的死报仇，面对阿波罗的愤怒，他要杀死自己的母亲，忍受复仇女神的愤怒。

□安提戈涅必须在保护家族荣誉、埋葬自己的弟弟，反抗领袖波吕尼克斯和遵守国家制度之间做出选择。她勇敢地选择了前者，最终被执行死刑。

□科里奥兰纳斯身处罗马领事的地位，就必须对欢呼的民众弯腰致意，但是这会损害他作为勇士的骄傲。他坚守后一个准则，结果被流放，最终遭到背叛与谋杀。

戏剧性因主角面对不同选择时的内心挣扎而产生，一旦做出那个决定，道德的僵局就会被打破。没有挣扎和选择，就没有戏剧。乔伊斯·卡罗尔·欧茨（Joyce Carol Oates）的小说《天堂小鸟》（*Little Bird of Heaven*）的核心问题也是与之有关。故事讲的是一位叫佐伊·克鲁勒的少女，生活在纽约北部的一个小镇，她正面临一个难题：要在代表家庭的妈妈、兄弟以及最爱的爸爸之间做出选择，爸爸正因为谋杀而被指控。注意这个词：面临。它是静态的。这个故事没有延伸的空间，佐伊只是简单地对这种境况做出回应，而没有产生逃跑、改变的想法，甚至没有任何情绪波动。她无欲无求。她没有挣扎，只是悲叹自己的命运。

只有让人物为达到某个目标而行动、做出选择，才能表达出情绪或道德的困境。否则，她只是在被动地等待。

不要担心选择失败会让你所塑造的人物黯然失色。在乔治·艾略特的《米德尔马契》中，爱德华·卡索邦也和佐伊·克鲁勒一样死板。他内心敏感，但是没有激情；他内心沉闷无聊，无法跳出自我限制，获得放飞自我的喜悦；他的灵魂只是一直在泥沼里虚弱地振动双翼，想着自己永远学不会飞翔。但艾略特让他去追寻一个不切实际、永远没有结果的东西，从而让他从枯燥乏味的叙述中活过来——这也是所有神话的秘密。多萝西娅（Dorothea）用来抵制嘲笑的力量无他，不过是那一句"经历长时间的坚持而失败也比从来没有努力过的失败好"。

这种故事的另一种形式是人物意识层面与深层次的、无意识的、被否定或压抑的欲望相矛盾。这种故事的冲突可以分为两层：其一，主角在追求目标时的戏剧化行为。其二，结果越来越让主角失望，它所造就的戏剧张力让主角一次又一次直面他试图逃避的真相——心中所求另有他物。

电影《午夜牛郎》（Midnight Cowboy）中的乔·巴克立志成为纽约的万人迷，然而总是失败，最后他发现自己真正渴望的其实是亲密关系。乔发现自己曾经爱过、追求过的人都离开或背叛了自己。母亲把他扔在外祖母家里，从此再也没有回来。外祖母萨利·巴克对他撒了一个甜蜜的谎。那些与他做过爱的年轻人似乎只是享受他的肉体，而从不关心他的内心。

唯一一个似乎真的对他感兴趣的人是萨利的牛仔情人，所以乔决定戴上午夜牛仔的面具，就像印度勇士在举行入会仪式时会拥有一个武士身份一样。这是他的面具，用来抵御拒绝和背叛所带来的痛苦的武器。他前往纽约，成为万人迷、一个爱的勇士、女士杀手，和在场的男士一同迷倒曼哈顿的单身女人。

　　然而乔的每一次追求都以失败告终，这在别人看来毫不意外。只有恩里科·让斯托·里佐，一个小儿麻痹症患者才把他当朋友看。里佐拥有都市人独有的精明，他认为乔幼稚得有些愚蠢；乔英俊帅气，认为里佐的外表让人反感。他们相互证明了表面上所追求的，正是他们自身所害怕的东西。乔需要的是真相，里佐需要的是钱，他们形成一种测试性的相互救济体，而这正一点点催生出友情。

　　但里佐的病变得越来越严重。乔的诡计取得了首次成功，更多的有钱女人接踵而来，然而当他回来的时候却发现里佐正在死亡的边缘，很想去佛罗里达，因为那里对他的肺结核有好处。乔必须在自己的面具和内心之间做出抉择。他的确这么做了，他再一次发现悲伤而又不可逃避的爱之真相：我们所爱的人总是不完美的，他们会离开我们，也会死去。

　　《午夜牛郎》的故事从心理学的角度证明了人所面临的一种状况：如果我们的心灵曾受过伤害 —— 通常是在童年早期，我们就会一直生活在被抛弃、被拒绝或者被欺负的焦虑之中。为了让自己不再受伤害，我们会给自己戴上不恰当的面具，变得充满防备或委曲求全。我们酗酒、嗑药、变成完美主义者、拼命工作、只追求没有结果的感情、困在不称心的婚姻里、不敢冒险追求真正的成功、盲目乐观、愤世嫉俗。通常情况下，这些错误的行为在某种程度上象征性地重演了创伤事件。但是对健康和真相的向往一直暗流涌动，欲喷薄而出。

这些同等重要却又对立的目的定义着我们的存在。决定性的事件往往是遇到某个人，她或者他让你有足够的信心可以放下防备。

当然这并不是说所有事情都会进展得如此顺利，并不是所有人都能像午夜牛郎那样顺利地弄明白这些问题。放下防备，再一次坦然面对真相：爱，就会受伤。意味着我们很可能会因此受伤，也许比以前伤得更重。

最终发现所追求的东西毫无价值

这类故事的典型冲突在于雄心壮志同传统价值观——尊严、家庭、荣誉以及爱之间的矛盾。

埃立克·冯·斯特劳亨（Erich von Stroheim）的《贪婪》（*Greed*，1924），改编自弗兰克·诺里斯（Frank Norris）的小说《麦克提格》（*McTeague*），故事戏剧化地表现了资本冷酷无情的一面，讲述了一张中奖的彩票如何毁掉三个人的生活；这个主题与电影《浴血金沙》（*The Treasure of the Sierra Madre*）有共同之处，《浴血金沙》的导演是约翰·休斯顿，它改编自 B. 特拉文（B. Traven）的小说。

这种冲突的另一种变体可以参照电影《冰冻之河》

（*Frozen River*），女主蕾·伊迪在整部电影中想挣到足够多的钱给孩子们买一辆自己承诺过的双宽拖车。她努力通过合法的途径来赚钱，但是结果不尽人意，于是她开始进行非法的移民走私。最后她面临一个选择，不得不思考她灵魂深处真正的渴望究竟是什么。因为沉迷于得到拖车，她已经违背了自己的初心：保护家人。在这里，渴望的东西被玷污或变得毫无价值并不是重点，重点是主人公终于意识到代价，即家比渴望的东西更重要。

人物想要得到的东西与实际得到的东西不一致

这种类型的故事通常有一种广义的讽刺意味，主角必须接受某种东西，或者它促使主角进一步了解自己的真实需求。

在尼克·霍恩比（Nick Hornby）的《关于一个男孩》（*About a Boy*）中，主角威尔·费里曼参加了一个单亲家庭俱乐部，想在那里结交一些单亲妈妈，为了让骗术更加完美，他甚至创造了一个虚拟的儿子。结果是他并没有在那里找到情人，而是结交了一个名叫马库斯的十二岁朋友。这段友谊让他变得成熟，也最终获得了爱情。

另外一种冲突的变体，情节也差不多，比如电影《震撼性教育》（*Roger Dodger*）。在电影中，情感压抑的成年男士罗杰·斯旺森幸运地拥有一个青年密友，他的侄子尼克。

然而他并没有因此反思自己迷失的欲望，而是把尼克作为找到性爱伴侣的托儿。他的猎艳计划因为尼克让女人们看清了罗杰而失败。

上面这些例子表明，只要我们创造性地看待欲望，就能够创造出各种不同类型的故事，而这种尝试永无止境。如果你不知道人物的欲望或者他为什么有这样的欲望，那么好好地研究不同的可能性，直到发现任何让你有启发的东西——人物想要的东西和真正得到的东西不一样，也许就能够创造出好的故事。

定义核心欲求

很明显，实现欲望的过程并不像表面看上去那么简单，至少在戏剧化写作里是这样。外在的目标与内心的目标遥相呼应，或者互为掩护、相互背叛、相互矛盾。我们通过外在的目标创造戏剧化的紧迫感，制造动作，然而外在目标又经常与人物真正的需求截然相反。

外在目标还是内在目标哪一个更为核心并不是我们需要考虑的事情，我们最需要了解的问题是那个更为深入、更为灵活的目标。如果没有它，人物就会在我们眼前分崩离析。它是一种推动人物往前走的力量，可以很开放，也可以很私密，但是不可或缺。

定义人物的核心需求，要从他的认知出发：恋爱、家庭、复仇、财富、名誉、力量、尊重等。也许所有这些他都想要，也许它们代表了某种深层次的需求，但要做戏剧化的解释就必须选择一个具体的需求，然后开始写，直到你对故事如何发展有了更为清楚的认识。

处理深层次欲望的方法就是把它放到一边，让它变得不可触及，然后满足人物的其他需求。人物会因此感到满意吗？如果不满意，为什么？

不要满足于一个简单的答案：勾画出人物实现欲望的情景，想象一下它如何塑造他的生命，如何改变他与人相处的方式。比如说，想象一下，他认识一个能够满足他欲望的人（他真爱的人、决定他是否成功的老板、他的认同意味着一切的指导者），然而他不愿意付出自己所不能承担的代价，会怎么做？

这样的问题并不只发生在人物身上。当我们诚实地面对自己时，会发现虽然我们有许多雄心壮志，但有的东西明显超越一切。也许是家庭，也许是爱情，也许是社会公正，也许是朋友的尊重。明白这些并不会让你变得更微不足道。相反，它为我们提供了一种不可或缺的视角，让我们懂得珍惜。也让我们走出自己，去设想如果换一种生活会有什么不同。

我的许多学生都不能定义人物的核心欲望，因为他们也不确定或不敢承认自己的核心欲望。每一个作家都要真

诚地面对自己的内心，问自己：我真正想要的是什么？为
了得到它我做了什么？我为什么要得到它？我要如何得到
它？或者说我为什么没有得到它？

　　不要被人类那少得可怜的欲望困住。人们所想要的无
非是名誉、财富、爱情或报仇，然而可以实现或阻碍某种
欲望的方法却不可枚举、千奇百怪。

　　谁说欲望一定精妙、不寻常、复杂？在唐·卡朋特
（Don Carpenter）的《大雨一直下》（*Hard Rain Falling*）中，
流浪孤儿杰克·莱维特加入了波特兰俄勒冈一个青少年街
头组织，他的欲望简单明了而强烈：一些钱、一个女人、
一顿大餐、一瓶威士忌。这些欲望不过是鼠目寸光，预示
了他得到满足之后所将要面临的灾难。

　　人物的核心欲望让故事变得跌宕起伏的例子有：

　　□麦克白一开始对巫婆的预言心存疑虑，但是
随着一半预言成为现实，他成了考德贵族，就变得
对预言深信不疑。在他那野心勃勃妻子的激励下，
他热切地想把另一半预言变为现实：成为苏格兰国
王。赢得王位，保住江山的欲望让他杀死自己的敌
人以及他们无辜的家人。

　　□在《推销员之死》（*Death of a Salesman*）中，
威利·罗曼生活虽然不如意，又没了工作，但是他

心存伟大的美国梦，在他看来这等同于有魅力和被人喜爱。他也希望自己的儿子们能够相信自己能实现伟大的美国梦，并不断地跟他们讲自己的弟弟本如何在非洲和阿拉斯加发财的故事。对于财富、伟大以及被人喜欢的欲望慢慢地消耗着他的能量，最终让他走向毁灭。

□在《尘雾家园》（*House of Sand and Fog*）中，凯西·尼克拉不顾一切想要保留从父亲那儿继承的房子，她这么做不仅仅是因为它能够为她遮风挡雨，更是因为如果它被夺走，自己的一切都将暴露在众目睽睽之下，她的家人就会知道自己一直隐藏的真相：她的丈夫已经离开她，她因此陷入了无法自拔的抑郁之中，已经无法生活在现实世界。

□凯西的情况和《欲望号街车》（*A Streetcar Named Desire*）中的布兰奇·杜波依斯类似。她因为失去了房子而无处而去。她不知所措地跑到新奥尔良找自己的妹妹史特拉，请求得到庇护。

□在杰斯·沃特的小说《市民文斯》（*Citizen Vince*）中，妓女贝丝是女二号，她心心念念想要获得一张房产证，而这几乎不在她的能力范围之内，然而她是如此想得到它，以至于"只要一想到这个就头痛欲裂。我这么想得到它真是傻透了"。但是显然她真正想要的是正常、受人尊重的生活。

□沃特是电视连续剧《绝命毒师》（*Breaking Bad*）的主角，他得知自己已经癌症晚期，想为家人提供一些经济保障，而他也清楚作为一个高中化学老师，这点薪水显然不够，这也激发了他内心更深层次的需求——真真切切想要活下去的欲望。

练 习

1. 选三本（或部）你最近喜欢的书或电影，找出至少三个主要人物的核心欲望。

2. 选择三个你正在写的人物，做同样的练习。同时，选择你在第二章、第三章的练习中所塑造的三到五个人物，做同样的练习。

3. 选择练习2中所罗列的人物，然后问一问自己如果他们的欲望正如以下所描述的那样，会有什么事情发生？故事又该如何发展？

· 欲望因各种冲突而发生变化或变得更为清晰

· 人物有两种不可调和的欲望

· 意识层面的欲望与潜意识中的欲望冲突

· 最终发现追求的目标毫无可取之处

· 人物想要的东西和他所得到的东西不一样

　　不要简单地回答这些问题。好好地构思一下如果故事中的人物呈现出某种性格特征，故事会发生何种变化？通过问这些问题，你对自己所塑造的人物有什么样的认识？

第六章

被否定的欲望：
适应、防御机制、病理性策略

我们如何应对冲突，决定了我们是否获得成功

既然欲望会导致冲突，那么我们不得不问一个问题：当人物的欲望被阻碍并因此产生冲突时，该如何反应？这个问题在戏剧以及生活中都至关重要。

哈佛大学研究学者利用72年的时间追踪了268位1942年到1944年间哈佛大学毕业健康男性的生活。乔治·范伦特连续42年都是首席分析师，他把自己从这个研究中所获得的体验写成了两本书：《适应生活》（*Adaptation to Life*）以及《好好老去》（*Aging Well*）。他发现，决定一个人是否能够过上幸福、成功生活的唯一决定性因素，就是他如何应对失败以及生活中不可避免的挫折。

范伦特借鉴了安娜·弗洛伊德关于适应及防御机制的

研究——我们每个人应对伤痛、压力、丧失、冲突、失望、不确定性、背叛时的想法和行为。

当我们从婴儿变成青少年再变成成年人，这个适应过程一般会随着我们变得成熟而更加社会化。但有些人无法度过某些阶段，以一种不健康的方式与障碍共存，与人相处及面对生活的湍流时会遇到阻碍。

有时候我们所面临的冲突来自内心。比如，不得不忍受讨厌的想法和情绪——我们否定它们或者把它们投射到别人身上。面临危机或严酷考验的时候也需要适应——我们通过喝酒放松自己，固执地握紧手中的枪而不是承认自己需要适应新环境。防御机制也决定了我们如何应对冲突，这从根本上塑造了我们对环境的认识。

范伦特还根据安娜·弗洛伊德的研究，从适应性最差到适应性最好，把适应性分为四个层次：

· 精神病性适应：偏执狂、幻觉、自大狂

· 不成熟的适应：被动攻击、疑病、错误投射、幻想

· 神经症性适应：理智化（把感觉和感受转化为想法）、人格解体（强烈的情感剥离感）、压抑（莫名的幼稚、记忆失误、否定或忽视生理刺激）

· 成熟适应：利他主义、幽默、期望以及抑制

（延迟注意，稍后处理）、升华（为情绪和激情寻找可
接受的排泄口，比如说运动、追求事业、追求爱情）

我发现这种方法在写作的时候非常有用，但是我也清
楚它更侧重于人物的精神世界而不是情感。其测试结果与
概念而不是真实的人更接近。正如我在这本书中经常强调
的那样，过于理性化的解药就是设想一些戏剧化的场景，
让问题呈现于其中。

病理性策略背后

作者们通常把自己笔下的人物塑造成成熟适应型的人，
他们都属于天生乐天派，在面对压力和冲突时自然而然会表
现得充满智慧、耐心、坚定。这也许正是过去大学所普遍传
授的写作模式，但这种模式会失去一些可能性。

作家伊丽莎白·乔治（Elizabeth George）把这些问题
命名为"病理性策略"，认为它们看起来是一种障碍。我非
常喜欢这种说法，从写作的角度来说，这种表述很完美。
刚学会走路的小孩普遍都是精神病性适应，正如青少年常
常显得很不成熟一样。而如果我们定义大多数人应对压力
的模式，很多人都会被贴上神经症的标签。

虽然并不是所有适应问题都是病理性的，但是一些有趣

的行为确实是：着迷、成瘾、否定、幻想、非理性的厌恶或愤怒、伤害自己、伤害他人、躁狂、疑病症。

不要局限于这些花哨的专业术语。从细节处，从人的角度着手是理解这些适应模式的最佳方式，也就是说如果可能的话，应该研究人身上展现出来的各种适应问题。

提到人格解体，我就想到一个我认识的萨尔瓦多女人，她的丈夫在内战中被杀手组织谋杀。这对夫妻晚上在自家门外散步时，一辆摩托车出现了，后座的男人端起手中的枪，射击，正击中她丈夫的心脏——这明显是专业杀手的手法。摩托车扬长而去后，她在奄奄一息的丈夫身旁跪下，试图止住血。之后，她的脑子变得一片空白，站起来，浑身都是她丈夫的血，木然地走过半个街区，而她根本没有意识到自己在走。

找出你生活中类似的例子，重新回到第三章我们已经研究过的那些让你情感起伏的经历当中，特别是嫉妒害怕、羞愧或是内疚的时刻，你的反应是什么？从那以后，对于类似的情况，你的反应又是什么？当你害怕被人指指点点、嘲笑或是拒绝的时候，是不是会喝更多酒？当你遇到自己喜欢的人的时候是不是会结结巴巴不知所云？孤独会不会让你想要寻欢作乐？

把人物置身于同样的压力环境之下，也会让你清楚地看到他的反应。想象一下，人物的脸出现在一个拥挤的房间里，面对一个拿着枪、让他交出钱包和车钥匙的人；从突然着火的厨房里把坐在婴儿椅上的婴儿拯救出来；看着医生抢救死亡边缘的配偶、孩子或父母亲。

有时我们能够完美地处理压力，有时却束手无策。在托马斯·麦格尼（Thomas McGuane）的《没有人是天使》（*Nobody's Angel*）中，帕特里克·菲茨帕特里克是一个前坦克指挥官，在战斗中游刃有余，然而当他脱下军装回到蒙大拿时却因不幸的爱情和家族使命的重负逐渐沉迷于喝酒。相对于他那聪明可爱但是有点神经质的妹妹，行军打仗不过是小菜一碟。

最常见的防御模式就是否定——我们扼杀自己的一切感受，然后假装什么事情都没有发生。但是不管使用什么样的防御方法，一定包含两个最为基础的元素：欺骗和懦弱。欺骗是因为，我们拒绝面对眼前的强烈情感冲击；懦弱是因为，我们无法下定决心回到过去，真诚地面对回忆。因此，要克服所谓的病理性行为通常需要我们既有洞察力，又充满勇气。这也是它成为绝佳戏剧素材的原因。

使适应的成长过程戏剧化——幽灵和亡魂

你可以在故事里讲述人物如何从不适应转变成更为健康，更为成熟的过程。关于恢复、自我成长、救赎的故事都是以这种曲线为基础，但完全按照曲线发展也未必妥当。

在根据托马斯·科布（Thomas Cobb）的小说改编的电影《疯狂的心》（Crazy Heart）中，百德·布莱克［杰夫·布里吉斯饰］是一位年迈的乡村音乐歌手及作曲家，他一辈子都豪饮无度，沉溺于温柔乡不可自拔，然而他遇到并爱上了一位名叫简·克拉多克［玛吉·吉伦哈尔饰］的单亲妈妈。他这一辈子都不愿意做任何承诺，百德和其他醉鬼一样深深地执迷于一个大谎言：这次会不一样。责任及坦诚所带来的压力让他想要出去喝一杯，而他本应该待在家里照看简的小儿子。男孩走失了，这让百德不可避免地重新面对他一直以来都在回避的危机——他注定失败，这让他更有借口喝更多的酒，随之又把一切抛到脑后。这部电影细致地描绘了他作为酒鬼的一面，但是他的恢复却处理得太简单。有一个镜头，他走进戒酒所，接着他清醒地从戒酒所走出来。很遗憾，这样的处理让观众没法看到这个故事的核心冲突：这个男人如何不再害怕让他所爱的人看到自己真实的一面。

电视连续剧《绝命毒师》中的恢复更有说服力，更符合实际情况。杰西·平克曼［亚伦·保罗饰］因为吸食毒品导致大多数人对他的印象都很负面：冥顽不灵的破坏王、坏孩子。他的女朋友简［克瑞斯登·里特尔饰］在他的影响下也开始偷偷地吸毒，最终因为吸食过量而死，这件事情让他的负面形象更根深蒂固。在之后的一个团体治疗当中，他还一厢情愿地认为自己的痛苦和悔恨比其他人都深重，不料却听说团长曾因急着去买伏特加而在倒车时从女儿身上轧过去。团长说："你不是来这里变成一个更好的人，而是在这里学会接受你自己。"杰斯获得了一时的清醒，然而随着他又开始进行毒品交易，他的压力又成了故态复萌的借口。这样的行为模式吞噬了那些用特殊的病理性策略处理日常生活的人。

电影《秘书》（*Secretary*）改编自玛丽·盖斯吉尔（Mary Gaitskill）的小说集《不良行为》（*Bad Behavior*）中的一个小故事。李·霍洛威是一个害羞，几乎还有些病态自我意识的年轻女人，她从精神病院出来发现她那个酗酒成瘾的家庭依然没有发生任何改变。她再一次拿刀割自己，正如她从 12 岁以来所做的那样。这是她应对愤怒的惯常方式。她应聘了一份律师秘书的工作，在那里她遇见了律师 E. 爱德华·格雷，他有些怪异且充满幻想，总是对秘书们吹毛求疵，甚至时常对她们不太尊重。李没有被吓到，相反她觉得在与格雷的相处中找到了自我。她不仅很享受格雷的关注，也让疼痛有了一个出口。她的自我意识和性别意识渐渐浮现，旧的意识像茧一样褪去。然而格雷先生却是一个内心充满罪恶感的人，残酷地把她辞掉。但李已经不再是过去那个自己。她用重新发现的自我意识向他证明自己不讨厌他，反而愿意接纳他。

关于自我救赎，可以参考电影《迈克尔·克莱顿》(*Michael Clayton*)。男主角是一个法律变色龙，一家律师事务所的操盘手。他擅长于做这个，问题越大越严重，他就越有兴致，但每一次交易都会在他的灵魂上留下污点。所有人，包括那些要仰赖他处理案件的律师，他的家人，都认为他是个"人渣"——由于他总是在处理各种事，忽略了别人，他的这种形象就更深入人心。然而他又非常喜欢做那些令人不齿的事，从不考虑这会带来什么样的灾难。与责任所带来的稳定感相比，这让他更舒服自在。因为需要保持高浓度的肾上腺素，他迷上了赌博。但最终总会出现一个无法解决的问题。他开始不计后果地践踏正义时变得很狂躁，他的同事、朋友亚瑟〔由汤姆·威尔金森扮演〕把这解释为道德清理：他再也没有办法为一家造成成百上千个农民死亡的除草剂公司做辩护。这家公司卷入了一起数万亿美元的官司，当他们发现迈克尔没有办法帮助他们时就杀了亚瑟。这一失败让迈克尔决定要忠于自己，做真正需要去做的事情。最为关键的转变发生在迈克尔不得不向儿子解释为什么不能吸毒时。迈克尔决定不再为自己所造成的混乱局面负责，不再做那个"被购买的人"。

在以上例子中，每一个人物的适应性问题（喝酒、吸毒、自杀、赌博）都至少与其他两个人物相关联。一个代表过去的失落的人，一个代表现在面对问题的人。我喜欢把他们命名为"幽灵"和"亡魂"。幽灵因为过去的影响徘徊不去，"亡魂"因为问题未得到解决总会回到当下。

把幽灵和亡魂看作某个人物对写作有好处，但有时幽灵也可能是广义的过去或让主角产生失落感、脆弱感或失败感的一系列际遇。对《午夜牛郎》中的乔·巴克而言，幽灵就是他被爱人抛弃的历史。但有时把所有的伤痛都浓缩到一个人身上更有戏剧效果，也更震慑人心。对于乔·巴克而言，这个人就是疯子安妮。她是镇上的荡妇，而他却天真地以为自己爱上了她，其实不过是因为他的记忆与她产生了共鸣。

而亡魂，最好是把它构思为剧中人而不是一个问题或一种际遇。因此主要人物必然要展现自己内在情绪的冲突，以及无休止的反思。

如果幽灵是某一个人物，他代表人物一直不能成为的人，人物会想方设法压制他的声音，避开他的目光。而亡魂则代表人物无法永远隐藏的真实自我。这与现实生活有一定的差异。

简给了百德·布莱克最后一次回归本心的机会，所以她是他的亡魂。但我们仍能听见他的失败在遥远的过去回响：醉酒、玩弄女人、没有责任感。他一直忽视的儿子更能够代表这种伤痛的过往。百德慢慢回归本心，努力重新接近他的时候，却发现一切早已物是人非，这一切都在提醒他改变并不容易，会付出代价。

在《绝命毒师》中，简既是亡魂也是幽灵。有时她是亡魂，制造机会让杰西看到自己过去的错误选择、懦弱和执迷不悟。但是他没有因此发生改变。在简死后，她成了所有失败的缩影，让杰西永生难忘。

在《秘书》中，李酗酒的父亲代表了她无力的过去，但格雷先生让她有机会变得不同，虽然讽刺的是，她在性别方面屈从于格雷先生——只有把内心的创伤仪式化，她才能理解并接纳自己。过去她悄悄地割伤自己，现在她可以开放地与她所爱的男人分享对伤痛的理解及自己对亲密关系的需求。

迈克尔·克莱顿的律师同行和客户都代表了迈克尔逃避责任的历史，但是真正固化这种认识的关键角色是他的儿子亨利，他知道自己辜负了他。同时，律师亚瑟制造的良心危机也至关重要。迈克尔认识到他要么改变，以符合儿子的要求，要么继续让灵魂沉沦。

如果主角能从故事刚开始不适应的防御中成长，那么他就会与幽灵和亡魂形成新的关系：

　　□百德认识到他永远不可能假装与儿子和解，这让他真实地面对自己酗酒所造成的伤害，接受失去简的伤痛。

　　□杰斯必须接受他再也不可能让简活过来的事
实，而他内心能够有多平静取决于他能否面对自己
的所作所为，毫不夸张地说这是一项艰巨的工作，
正如杰斯在其他续集里所诠释的那样。

　　□李的成长让她追求更为投入、有爱和包容的
关系，这不仅是指格雷先生，也包括她的父亲。

　　□迈克尔·克莱顿虽然没能拯救亚瑟，但是响
应了亚瑟所代表的良知的呼唤，他开始反对之前的
客户和同行，重新获得尊严，让自己能够注视儿子
的眼睛而不感到羞愧。

核心追求和适应与次要追求和适应

　　需要考虑两个层次：人物的核心追求所导致的失落以及
不时遭遇的小挫折。这两者可能有所关联，但也不一定。

　　如果人物的核心追求是爱情，但是目前距离目标还很遥
远，他的反应是什么：苦闷？接受？出去寻欢？酗酒？把这
份感情转移到父母或兄弟身上？寻求柏拉图式的友情？他也
许会跟自己说爱情并不真的那么重要——这可以是否认自
我的象征（神经症性适应）也可以是一种升华（成熟的反
应），取决于他如何有效地利用情感。

　　要回答人物如何面对失恋的唯一方法就是让他置身于心碎的情节中，看他如何应对，然后顺着他的轨迹走：他是否定痛苦、愤怒、绝望、自我憎恨还是笑对人生的荒谬、往前看、另觅良缘呢？不着急，当人物做出反应的时候，静观其变，让所有情绪反应的情节视觉化。你也许会发现你所构思的那些情节对于你想要讲述的故事而言至关重要，所以不可能是白费力气。

　　但是知道人物如何应对让他心碎的事并不代表知道他如何应对偶然的挫折。

　　也许他完全应对自如，会把挫折当作挑战而不是固有的失败。

　　如果人物的爱情生活多姿多彩，那偶然的失落和挫折，一个屋顶上的洞，也许是他不够幸运、优秀、可爱的象征。

　　知道人物如何应对核心追求的落空是基本要求。关于次要情节则有更多的维度，人物对一些事应付自如，对另一些事则无法适应，能带来更丰富的层次，会产生反差，我们在第九章会进一步深入探讨这个问题。

　　回顾在上一章所讨论过的例子，我们在接下来的三章会继续分析它们，我们发现：

　　　□虽然麦克白的适应更为极端（幻觉），但内疚让他无法辨别巫婆最后的话，面对越来越多反对他统治的声音，他深陷于盲目的自信（幻想）和犹疑不决（抑制）中。

□《推销员之死》中的威利·罗曼在面对事业和其他失败时，反而更加坚持自己追逐美国梦的信念，这是一种幻想，同时他也在悄悄地酝酿自杀。

□《尘雾家园》中的凯西·尼克拉把自己不修边幅（投射），消沉遁世归罪于国家、她的律师以及克洛尼尔·贝尔阿尼，当她因为失去家庭而面临越来越重的压力时再一次在酒精和毒品中沉沦。

□布兰奇·杜波依斯是另一个失去家庭而酗酒的女人，她让妹妹丝黛拉成为这一切的替罪羊，逃到幻想中而不愿意承认毁掉她的罪魁祸首正是她自己。

□杰斯·沃特《市民文斯》中的贝丝是一个妓女，她想成为房地产代理人，她知道文斯不可能来参观她（最有可能是唯一的）的房子，她陷入幻想中，用一种虚幻的声音说："好的，你下次来就好了。"

□沃特·怀特在《绝命毒师》中因为他的新职业炼药师而频繁遭受暴力或是被抓捕的威胁，他总是能够找到最可靠的力量（智力）而克服内心极度的恐慌。一旦他能够思考全局，他的恐惧就变得可控，就有办法应对面前的困难。

练　习

1.回顾上一章所做的练习中提到的两个人物。把他们放到高度紧张的环境中：抢劫、打斗、与爱人经历事故，终止重病的配偶、孩子或父母的治疗。他们会如何反应呢？不着急，让情节自然发展。

2.针对练习1所提到的两个人物，问这些问题：人物的核心追求是什么？他们之前的努力受到了什么阻力？有没有一个人可以代表这个没有实现的追求？过去的幽灵如何重新拜访现在的人物？他们采用了什么样的适应方式或防御方式？他困在哪儿？当下是否有一个亡魂能够让主角面对自己？

第七章

创伤的力量：脆弱

当我们面前出现一个受伤或需要帮助的人时，我们的注意力马上就会被吸引过去——这是人之常情。当有人与我们坦诚相对，真诚地向我们袒露自己内心的恐惧或心事时，我们也会更愿意信任他们。

生活是这样，小说也是如此。脆弱会制造一种回流，拉着我们走向那个受伤或不那么完美的人物，这种吸引力比人物本身是否可爱更为重要。人们能够接受一定程度的不愉快，甚至是直率的罪恶，一个人物要有说服力，并不是因为他或她讨人喜欢，更多的是因为他或她经历了有意义的挣扎。

人物可能会脆弱，但脆弱也有独特的魅力。

有一些脆弱是生存层面的——受了重伤、得了重病或面临突如其来的危险。身体上的创伤和致残的疾病有一种奇怪的，难以表达的力量。这些创伤出现时，故事的潜能会立即增强，人们的兴趣也会因此增加，除非创伤或疾病是刻意制造的。为了效果而制造的创伤或疾病，会让观众疏远，而非产生共鸣。关于突如其来的风险，雷蒙德·钱德勒（Raymond Chandler）的确有过这样的建议：只要行动一停止，就把一个拿着枪的人送上去。但是我不建议这样做。读者迟早会知道你是在虚张声势。

有一些脆弱是环境导致的：人物失业、陷入一系列厄运、滞留在路边、突然停电时待在一个奇怪的地方，身处黑暗不熟悉的房间。

有些脆弱是道德层面的：人物做的事让他身处被批判的道德险境（正义也好，错误也罢）。

潜在的脆弱是针对我们的身体、情感、精神或心理的威胁。这些都是让人脆弱的原因，是在故事中揭示危险的关键方式。正如当你受伤时，人们的注意力会被你吸引，同样，脆弱也会吸引读者或观众的注意力。

脆弱让我们重新认识加缪所说的"人对于宇宙微不足道"，也让我们重新认识到自己对他人的需要。当我们真正面临危险的时候，总会吸引别人的关注或让他人因为愧疚、害怕而离开。无论是哪一种情况，它所蕴含的戏剧性都是显而易见的。

如果说现在的脆弱是对过去某种伤害的回应，那么回忆中的人或事，就成了人物的幽灵。而现在那个帮助她，督促她处理那段伤痛的历史，克服历史所带来的影响的人，就是所谓的亡魂。

脆弱和羞耻之间有一种特殊的关系，羞耻是在现实生活和小说里都最有趣的（有用的）情绪之一。

羞耻产生于对与人断绝关系的极端恐惧。当我们做了什么事或我们的秘密被泄露时，我们害怕人们会因此厌恶、轻视、失望、愤怒、憎恨并离开我们——这时感受到的情绪就是羞耻。这会导致无价值感，就好像我们不值得别人真心对待。

与人的联结一直以来都排在人们最珍贵的东西之首，无论亲情、爱情、集体之情或其他情感。任何威胁到联结感的东西都冲击了自我存在感的核心，这意味在人物塑造的过程当中，没有什么比建立联结感更为重要。

许多故事都建立在主角努力获得自我价值感的基础上，它能够超越羞耻。也就是说，主角必须成长到就算把脆弱袒露在别人面前也不会产生强烈的无价值感。

参考电影《珍爱人生》（*Precious*）。刚开始，主角对自己所遭受的虐待浑然不知。她把自己藏在人形堡垒之中。只有其他人才会认真对待她，让她体会到尊严和自我价值，把她当一个人看，妈妈则把她看作不争气的差等生，残疾人。其他人让她意识到了自己的需求：建立一个没有虐待，有尊严的家，每个人都能够爱人，也可以被人爱。主人公还懂得了要想获得价值感就要真诚地面对自己的内心。由于她对错误和美德没有现实的判断，从现实的角度来看，她不能真正地对人敞开心扉，关心人。

关键词是"现实的"。主人公不会傻傻地原谅一切。一旦她明白真正的爱是什么，就不会再绞尽脑汁为她妈妈的行为找借口或否认妈妈对她实施的可怕虐待。

脆弱不是强大的反面。真正的脆弱需要勇气，因为意味着赤诚相对。没有人认为暴露自己的一切是舒服的，只是有些人能够控制这种不舒服的感觉。但是拥有强烈的联结感和价值感并不保证我们就会被爱，爱是礼物，不是权利。爱是给予，不是获得。

因此我们应该问自己的人物以下问题：他是否觉得自己值得被爱？如果是，让人物证明他值得；勾勒出人物的样子，想象一下那个场景。除了羞耻和脆弱，还有什么会制造这样的不安全感？

如果人物觉得自己不值得被爱，是什么事导致了这样的念头？他的内心是否藏着一个秘密，而这个秘密让他没有能力或不愿意变得脆弱？她上一次真正对人敞开心扉是什么时候？结果如何？一个人冒着被伤害的危险向人坦白，却得到自己所最害怕的拒绝、轻视、背叛、憎恶，没有什么打击比这更严重了。

构建情节的过程中，最重要的问题就是了解人物受伤的原因，一般来说它都与人物的需求相关。

回到我们上文提到的例子中：

□麦克白为了登上权力的巅峰所犯下的所有残忍罪行必然导致报复。很显然，他确实应该得到报应，我们希望看到他被自己的罪行折磨，越危险我们对他越有兴趣。他的愧疚、恐惧、揪心的良知、对自己所犯罪行的彻底认识也会让他变得脆弱。

□威利·罗曼是一个喜欢讲口号的人，然而在这种表象之下，他的内心惶恐而孤独，他总是担心自己如果没有做得像自己所要求的那么好，就会不再让人喜欢。

□《尘雾家园》中，在房子被县里强制夺去之前，凯西就是一个无助的人，而这一事件又让她产生了新的无助：她吸毒，需要强壮的男人陪伴，害怕母亲的嘲笑，想要自杀。

□布兰奇·杜波依斯是一个无家可归的人，强烈渴望拥有一个安全的庇身之所。她内心的秘密有些低俗，这让她耻于坦白，因此难以得到救赎，所以她总是不可避免地依赖陌生人的善意。

□《市民文斯》中的贝丝身无分文，与母亲生活在一起，她和小儿子共同挤在一张沙发上。她因为对文斯的爱而内心脆弱，文斯也喜欢她——只是不是那种喜欢。

　　□《绝命毒师》中的沃特有晚期肺癌，预计只能活两年。他知道自己没钱看病，死后也没有足够的钱可以留给家人。他的无助和爱混合在一起，让我们心生同情。

练 习

　　1. 像之前一样，从你正在写的文章中选择三个人物。让他们经历以下任何一种脆弱：生理性脆弱（伤口、疾病或无法去除的疤痕）；社会性脆弱（他们在你的故事里会面临什么样的威胁）；道德性脆弱（他们正因为自己所做的事情承受什么样的愧疚）。如果他们没有经历任何一种脆弱，又会发生什么？

　　2. 如果练习 1 中的任何一个人物身上存在某种脆弱，想一想故事中的其他人物会因此产生什么样的忧虑。受伤的人是否需要其他人的帮助？帮助的结果如何？人物是否被那个给予帮助的人背叛或抛弃？人物是否因为背叛和抛弃感到羞耻而责备自己？

　　3. 就上面所选取的三个人物而言：他们是否认为自己

值得被爱？如果是，究竟是谁让人物觉得自己被爱，是如何发生的？发生在何时？无价值感有哪些基本要素？哪些事或哪些人应该为此负责？仔细地勾勒出那样的时刻，把它们写出来。

　　4.同样，以那三个人物来说：他们最后一次与人坦诚相对是什么时候？结果如何？

第八章

隐藏之重：秘密

伏笔——正如电影制作人莱斯利·斯维林（Leslie Schwerin）所言，"事实之下的事实"——建立在曝光的事实和尚未曝光的事实所导致的张力之上。

它指的是秘密的力量。如果我们认为某人有所隐瞒，那么我们会情不自禁地更加注意他的动向。几乎没有什么东西的驱动力比势必找出真相的驱动力更强。

克里斯多夫·沃格勒（Christopher Vogler）将这称之为"秘密之门法则"：在主角和某个事物之间设置一个障碍，他的好奇心一定会让他清除障碍。秘密的力量指的就是源源不断的求知欲。

虽然很多秘密是羞耻的，有些或许不可理喻，但它们总是指向我们既不能忘记也无法与人分享的一面。

在凯特·阿特金森（Kate Atkinson）所著的《何时会有好消息？》（*When Will There Be Good News?*）中，乔娜·汉

特的妈妈，姐姐还有幼弟在她六岁时被一个疯子杀死，她这样向警察解释为何她没有把这些事告诉任何人：当人们知道你经历过非常可怕的事情后，就会用奇怪的眼神看你。他们觉得发生在你身上的事情很有意思。

我们选择隐藏什么以及隐藏的原因，与我们期待别人怎样看自己及在何种程度上我们依然会被爱和接受有很大关系。

秘密代表我们的恐惧，一旦被人发现，我们在朋友、家人、社会或同伴中的地位就会永远被摧毁。这种恐惧也许毫无道理，但不管怎样，它的存在永远不可忽视，对于作者而言尤其如此。

我们称为"自我"或"人格"的东西也是某种面具，它的存在就是因为我们要隐藏自己的恐惧、脆弱。被曝光，被发现，从而被排斥或被抛弃是对生存而言最恐惧的威胁。换句话说，秘密象征死亡般的孤立，我们之所以要隐藏它，是因为一种魔幻的想法——希望不朽。

大量现代剧本的预设都是如何剥掉那层掩盖自我秘密的面具，以及如何努力攒足勇气应对真实完整的自己暴露时的后果。在短篇故事中，秘密就是幽灵，迫使人物暴露秘密，并为之负责的人就是亡魂。

从戏剧的角度，被刻意隐藏的秘密和被压制的性格，这二者之间只有程度的差别，没有种类的差别。从作者的角度，被压抑的性格是秘密一直被埋藏而成为习惯之后的表现，对被曝光的恐惧让戏剧变得有趣。

无论是被压抑的性格还是隐藏的秘密，只要回望人物的成长经历就会发现真相。人物害怕什么，因什么感到羞耻、愧疚？记住，这些事件总会牵涉到其他人，以此入手构思情节。

没有面具的情况是不存在的，所以摘取一个面具往往意味着戴上了另一个。很可能，我们所认为的真诚的自我不过是另外一副面孔：稍微不那么不诚实，不那么有戒心，不那么容易受骗——或者相反。然而关于每一个面具毋庸置疑的是，它的存在不仅为隐藏，也为保护。

帕特丽夏·海史密斯（Patricia Highsmith）在《天才雷普利》（*The Talented Mr. Ripley*）中呈现了一个让人胆寒的例子。汤姆·雷普利是一个充满秘密的人，也正是他那层出不穷的秘密让这个角色如此引人入胜。这个故事之所以让人内心难平是因为，雷普利内心深处的自我认识，不过是另一个层面的欺骗。

关于雷普利，有一些不可触摸的更深层次的东西，他虽然善于表达，似乎很有自知之明，但事实上这一切不过是在自我欺骗。海史密斯的艺术在于从来不告诉我们事情的真相，而捕捉重心缺失所造成的怪异的不平衡感。

海史密斯描写了雷普利内心深处深不可测的空无，这种空无正是他行为处事如变色龙一样的原因。他只有在做迪奇·格林利夫的时候才真正拥有生命，而他从未了解为何会这样。

比这更让人胆寒的是对邪恶的描写，比如歌剧《托斯卡》（Tosca）中的斯卡皮亚，他公开承认自己用武力获得不属于他的东西的快乐，比获得那些轻而易举得到之物的快乐更多。他甚至能预测将发生的事情。而雷普利的自我欺骗让他完全不可预测，所以更加可怕。

虽然说没有一个人物和雷普利一样，但是弗雷迪·克莱格在约翰·福尔斯（John Fowles）的《收藏家》（The Collector）中呈现了类似的邪恶内心。弗雷迪对自己的邪恶视而不见，而他的内心世界也不比外在更为真实。在他的内心深处没有人类的灵魂，只是一片空白。

但讽刺的是，弗雷迪·克莱克或者汤姆·雷普利同样像常人般害怕秘密被曝光，这再一次证实了秘密的力量。

不仅仅是主角，其他主要人物也会因袒露秘密而得到关注。在电影《蒲公英》（Tumbleweeds）中，放荡的妈妈玛丽·乔和她早慧的女儿阿瓦是戏剧的核心人物。在一次漫无目的的徒步中，她们偶遇了一个叫丹的男人，他既亲切又悲伤。我们渐渐了解到，他是一个鳏夫，其余的我们就不知道了。他辅导阿瓦高中戏剧课，帮她排练莎士比亚剧中的角色，他告诉她五音部诗歌的节奏和人类心脏跳动的节奏一样，他还把帐篷借给玛丽·乔和阿瓦——这个帐篷是他和亡妻为了计划中的徒步全国之旅准备的。朋友们在他们出发前一晚为他们举办了盛大的践行晚会。"那是一个盛大的派对。"他的声音里比平常多了一些渴望。然后他说："我本不应该开车的。"

丹该为妻子的死负责，这样的事实犹如晴天霹雳。现在我们从他的善良中不仅看到了悲伤，还有那永远无法补偿的愧疚。

这说明——次要角色也可以因秘密而增色，而袒露秘密的时机十分关键。秘密自然会制造悬念，一定要到必要的时机才揭露它，如果它是冲突的核心——通常要等到深入故事，快接近尾声的时候再揭露。

让我们来梳理一下最近提到的这些例子：

　　□《麦克白》中，麦克白谋杀国王邓肯，并通过灌醉两个管家把他们设计成犯罪的元凶，是他起伏的一生中想隐藏的秘密之一。他对权力的欲望在他夺得皇位之前也是一个秘密。

　　□《推销员之死》中，威利·罗曼不仅隐藏了他失去工作的事实，还隐藏了他的自杀计划。

　　□《尘雾家园》中，凯西没有告诉妈妈她的丈夫已经离开，她又开始抽烟，为了还税她已经失去了房子。

　　□《欲望号街车》中，布兰奇·杜波依斯的秘密是失去了家族的房子——不仅因为金钱问题（她作为一个老师薪水有限），还因为酗酒和做非法性交易的联络人。她变得情绪化，纵情于声色，再也没有办法忍受苦痛的生活。

　　□《市民文斯》中，贝丝要隐瞒自己对于文斯的爱，因为如果她踏出第一步就有可能被嘲笑。一个妓女怎么能够想要女朋友呢？

　　□《绝命毒师》中，沃特急需用钱，他利用自己的化学知识炼制甲基苯丙胺，他对所有人隐藏这件事情，尤其是特工妹夫。

　　秘密不是刻画人物的必要因素，却是描写人物脆弱的有效方式。如果你打算设置一个秘密，那么就不要让秘密过小——除非是为了喜剧或讽刺的效果。构思一个深藏于心，人物拼命保护的惊天秘密，这个秘密一旦被发现，人物的生活就会永远发生改变。就算是他所爱的人和爱他的人也会因厌恶、恐惧或谴责离他而去。

练 习

1. 从你现在所写的故事中选出三个人物，分析一下他们是否有任何秘密。如果有，这个秘密如何让他们的行为与其他人有所不同？是否有人总想揭露别人的秘密？为什么是或者为什么不？如果一个人物打算向另一个人物袒露自己的秘密会发生什么？（如果没有，就选择一个更丢脸、更可耻或更惊人的秘密）

2. 分析一下练习 1 中所发现的秘密。这个人物隐瞒了多长时间呢？这种隐瞒是否已经成了他的第二天性？如果是这样，什么会让他醒悟？

3. 以上两个练习中所呈现的秘密是否是故事的幽灵？如果是，谁是那个让幽灵曝光，迫使主角把它公之于众的亡魂？

第九章

似是而非的悖论：矛盾

> 富有创造性的灵魂就是冲突矛盾的灵魂——突破表象看到未知的真相。
>
> ——让·科克托（Jean Cocteau）

矛盾的本质及戏剧目的

简单来说，矛盾或反差是指发生在人物身上的事与我们的期待不一致，从而引起我们的兴趣。和秘密一样，它自带激发好奇心的属性，因此在人物塑造的过程中，它是一种被认为比逼真化或创造力更有用的工具。

事实上，一旦一个人通过训练让自己拥有了发现矛盾的眼睛，就会在任何地方找到它。它表达了一种与人类本性类似的悖论：似是而非，一体多面。

有些矛盾或反差是生理性的，比如恶霸短促的尖叫声、芭蕾舞女演员胖乎乎的膝盖或是宝拉·福克斯（Paula Fox）《寡妇的孩子们》（*The Widow's Children*）中妈妈的诡笑，或尤多拉·威尔迪（Eudora Welty）《慈善之旅》（*A Visit of Charity*）中老妇人亲密而带有威胁意味的声音。

有一些矛盾浅显至极，比如理查德·普莱斯（Richard Press）《黑街追缉令》（*Clockers*）中的杀手叫佛陀帽子（Buddha Hat）或者约翰·霍克斯《滑稽表演》（*Travesty*）中那个毫不做作的家庭主妇身上暗示性的文身。但即便是这些无逻辑的不协调，也会让人思考存在意料之外的复杂，谜团或深意。

有些矛盾是性格上的：一个既喋喋不休又害羞，既外向又多疑，既粗暴又孩子气的人。电视剧《火线》（*The Wire*）中的奥马尔·里特尔是一个手持短枪的义警，靠抢劫毒品贩子为生，也是一个对爱人既深情又温柔的同性恋。当人们问他怎么挣钱的时候，他会说："抢，然后跑。"最终的效果就是：我们永远也不能确定他将以哪种人格出现。

有些矛盾是行为上的：我们感觉自己很分裂——既乐观积极又小心翼翼，既开放又充满防备。我们对家人和朋友很慷慨，却害怕陌生人，愿意向上级道歉却讨厌比自己地位低的人（或者同级）。这些矛盾表明我们所信任的人和不信任的人间存在张力。无论原因是什么，它都在提醒旁观者注意所看到的东西不是全部。

制造矛盾不仅仅是为了让故事更逼真，还为了形成两个非常重要的戏剧效果：

1. 挑战我们的期待，由此激发读者的兴趣。
2. 让我们能够描写复杂性和深度提供了人物描写的手段：

- 潜台词（可见的和隐瞒之间的张力）
- 生活中对于处境的敏锐观察
- 有意识的行为和无意识行为之间的冲突
- 悬念——我们想要知道这种矛盾意味着什么

以及它为何存在。

矛盾可作为铺垫。在雷蒙德·钱德勒的《漫长的告别》（*The Long Goodbye*）中，马洛第一次见到特瑞·伦洛克斯的时候，他正从一辆劳斯莱斯车上下来，整个人因为喝醉酒而摇摆。接下来我们可以看到更多矛盾：虽然伦洛克斯烂醉如泥，但他的表达让人觉得他没有喝过比橙汁更浓烈的饮料。事实上，他是马洛遇见的酒品最好的酒鬼。仅此一点就足以让我们充满好奇。还有其他矛盾：他有一张年轻的脸，但满头白发。马洛进一步观察发现，伦洛克斯的右侧脸"僵硬而雪白，还有非常精致的缝线——做过整形手术，而且改变很大"。为什么伦洛克斯要费这么大劲彻底改变自己的外在特征却不染发，这是一个谜团。但是这将成为马洛工作的线索。

可信的东西是有限的。如果我们说某个人的行为与角色不符，潜台词通常是这种行为与我们对他的了解相左——这是一种完美的矛盾。然而在剧本或小说中，如果某件事情与角色不符，通常意味着这种行为不可信。过于极端或不合常理的反差能够增加喜剧效果，却会让戏剧效果大打折扣。比如说抱着约克夏犬的帮派头头、害怕猫的警察、抽烟的修女。

问一问自己，这种矛盾是让你走近了人物，还是让你在情感上与之疏远？如果是后一种情况，你只是看着那个人物，而没有在情感上与他产生共鸣。你所认为的矛盾更像一个概念而不是一种有机的人格特质。如果你能够做一些修正，让矛盾建立在背景故事上，人物就会不那么概念化而会更自然生动。你可以利用自己的想象力创造一个情节来说明为何会形成这种反差。

有些人，特别是那些有着不切实际要求的人，总是会不时地被各种反差困扰。刻板是创造力的敌人。对于作家而言，事情更为灵动反而是一件值得感激的事。但你也不能把两件截然相反的事情缝合拼接起来，就认为一切万事大吉了。

在写作的过程中，我们要有这样的认识，写作无小事。

我们一起按照降级律来讨论一下各种反差，即从最表面的反差到更有深意的反差。

物理性或喜剧性反差

每一个了解帮派文化，尤其是街头恶霸的人都见过这种反讽性的反差：叫"小东西"的大块头，叫"微笑"的寡言少语的人，叫"甜心"的杀手。

但也有其他类型的反差：

□一个年轻漂亮的美女却四肢短小或戴着一顶假发来遮掩自己被化疗毁掉的头发。

□穿着打扮像自己年少的女儿一样的中年妈妈。

□枯瘦如柴，戴着眼镜的男人几杯酒下肚就不知廉耻地要扮演罗密欧或与坐在凳子上的傻瓜打一架。

□用雷明顿剃须刀刮胡子的年老舞男——正如理查德·波恩在牛顿·桑伯格的（Newton Thornburg）《切割机和骨头》（*Cutter and Bone*）的开场表演中所做的那样。

各种社会角色造成的反差

在丹尼斯·狄德罗（Denis Diderot）的小说《拉莫的

侄子》(*Rameau's Nephew*)中，他提到一个观点：为了符合各种社会角色和担负起各种责任，我们不可避免地要戴上无数面具。如果某一个面具显得很牢固，不过是因为习惯罢了。日复一日地重复让它变得更为寻常、熟悉、自然。称职的女儿、爱发牢骚的邻居、严厉的老板……但是一切不过是某一种社会角色的设定，我们有时会问自己以下问题：人们对我的期待是什么？我应该是谁？我应该做什么融入某一集体？

我们的行为在任何场合都要合时宜：餐桌、办公室、体育场、礼拜堂、卧室……在不同的环境中与不同的人物关系中，我们的身份，我们所感受到的自由度不一样。我们在办公室里所呈现的性格很可能与在卧室里所呈现的不一样，反之亦然。大多数人都能够毫不费力地在不同的环境中切换人格。

想一想，假如有一个单身职业妈妈在办公室和在家都像龙卷风一样：果断、直爽、睿智。然后有一天，她暗恋的男人在一个特别的日子来她家邀请她外出。孩子们几乎认不出她来：她衣着考究，看起来光芒四射，轻言细语，笑得有点傻，还那么恭顺。他们也许会问：这个陌生人是谁？他对妈妈做了什么？然而在一个完全不同的环境中，比如说在医院陪伴奄奄一息的父亲，同样一个人会显示出另外一面：没有耐心、暴躁、窘迫、害怕。

相互冲突的道德感或目标造成的反差

我们认为自己是正直且有良知的人，直到有一天捡到一个装满现金的信封［大卫·马梅（David Mamet）的《赌场》（*House of Games*）］。多年来你一直忠于自己的配偶，直到有一天晚上你独自一人在异乡［托拜厄斯·沃尔夫（Tobias Wolff）的《布鲁克教授一生中的一段插曲》（*An Episode in the Life of Professor Brooke*）］。

历史上有一些伟大的戏剧就是以这样的冲突为前提创作的：安提戈涅必须在对国家的忠诚和对弟弟的爱之间进行选择；俄瑞斯忒斯必须在阿波罗的愤怒和被复仇女神的攻击之间进行选择；阿喀琉斯已经从预言中得知自己将要在特洛伊之战死去，他需要做出选择，是继续战斗赢得勇士的荣光，还是接受母神忒提斯给予的机会，回到阿提卡过和平的生活。

这些都是戏剧的核心冲突，但是类似的，更小的道德或目标的冲突也可以增强人物的特质，对于各种冲突力量的刻画可以推动人物往前发展：冷漠无情的修女［《怀疑》（*Doubt*）］；有赌博恶习的犯罪心理咨询师［《解密高手》（*Cracker*）］；做妓女的妈妈［《贝尔曼和真相》（*Bellman & True*）］。

秘密或骗局造成的反差

事实上，某个人隐瞒某件事情，这本身就是一个显而易见的反差，因为事情迟早会在不经意间被泄露，从而导致行为不可避免的改变。

在达芙妮·杜穆里埃（Daphne du Maurier）的《蝴蝶梦》（*Rebecca*）中，让马克西姆·德·温特妻子之死的影响在他谦逊的外表之下发酵，在他每一次发脾气的时候莫名其妙地喷涌而出，久而久之变成一种威胁，他的性格也变得越来越分裂。这一切暗示丽贝卡的死也许并不是一次悲惨的事故。

在男爵夫人艾玛·奥希兹（Baroness Emmuska Orczy）的《红花侠》（*The Scarlet Pimpernel*）中，玛格丽特很好奇那个她所嫁的人身上到底发生了什么。曾经英姿飒爽，举止迷人，散发着浪漫气息的帕西·布莱克尼男爵变成了自己的拙劣复制品，在外面时就像一个无脑的花花公子，两人独处时又拒绝与她有任何接触。最终，玛格丽特了解到，所谓的纨绔只是一种伪装，目的是掩饰他作为英国贵族联盟领导的身份——该联盟致力于拯救那些身处恐怖统治之下有生命危险的法国贵族。一旦他知道自己所听到的谣言（革命法庭处决圣希尔侯爵是玛格丽特一手造成的）不完全符合事实，他就会回心转意。

有意识的人格和无意识的人格导致的反差

多种社会角色和欺瞒导致的反差都有同样的原因。我们的自我，展现在别人面前的人格都建立在一定程度的压抑、隐藏和伪装之上。这在很大程度上与我们想要成为谁、我们假装成为谁、我们害怕成为谁有关系。从这个角度来看，我们每一天每一刻与我们所见到的每一个人相处的时候，都会说谎或者至少会采用一定的心理技巧。

然而被压抑的人格有一个非常重要的特质，压抑会悄悄地积攒能量。我们无形中制造了一个高压锅。轻佻、鲁莽、刻薄、冲动，总有一天它们会以某种方式喷薄而出。

我们一方面为了融入社会而控制自己的行为，一方面又想放飞自我，做自己。这两种对立所制造的紧张构成了我们生活中的主要冲突。这种冲突天生具有戏剧性。对这种内在战争的了解能够帮助我们让人物做出意料之外的举动。因为每一种外显品质的对立面都潜伏在我们灵魂的某个角落。这些"影子"因为缺乏有意识的显露而显得虚弱和不连贯，但它们确实存在。也就是说如果人物做出让人难以相信的举动时，我们可以想办法把它建立在人物有意识的行为和被压抑的行为之冲突上，从而让它变得自然。

反差既能揭示人物的用意，也能表示人物本身没有意识到自己的本性。作者对无意识活动的刻画通常会演变成费劲的解释，要么，作者会阻碍人物的无意识活动，把人物变成心理学标准下的提线木偶。

在电视连续剧《广告狂人》（*Mad Men*）中，唐·德雷柏［乔·汉姆饰］代表了20世纪60年代美国广告业从事者的风格。他不仅仅是斯特林·库珀的人工造雨王子，也是所有人的领袖。他有伪装——用虚假的身份来逃避羞耻的成长历史，掩饰问题重重的过去——这也说明他想要融入社会，获得成功。但他在佩吉·奥尔森［伊丽莎白·摩丝饰］的升职中所扮演的角色与他的一贯作风不符。作为公司高层，他看到了她的天赋，并把她提拔到创意部，说明他的内心赞许这种公正性，但是他却努力隐藏这种想法。更重要的是他在她身上看到了一种他私下里所羡慕的体面和不做作。

性格矛盾

在查尔斯·波蒂斯（Charles Portis）的电影《大地惊雷》（*True Grit*）中，每一个主要人物身上都存在反差：马蒂虽然是个年轻人，但她不屈不挠，很有生意头脑。拉布夫虽然是一个浮夸和以貌取人，但他充满勇气。"独眼龙"科格本是一个经常醉酒的胖子，他冷酷无情、狡猾奸诈，但他最后的表现却英勇无比。

电视剧《火线》中的吉米·麦克纳提是一位爱孩子的父亲和顽强的警察，同时也是一个无可救药的酒鬼，死性不改的花花公子。

在玛丽·盖茨基尔（Mary Gaitskill）的短篇小说《另一个地方》（*The Other Place*）中，她用名字（道格拉斯）、年龄和三个反差虚构了一个 13 岁的小男孩。第一个反差是小男孩绝顶聪明但讨厌看书；第二个反差是小男孩有遗传的特发性震颤症，手会不由自主地抖动但他却很喜欢画画，而且画得很好；第三个反差是他能画出美丽的乌鸦——它们之所以让他着迷是因为乌鸦是少有的智力刚刚够自己生存的动物，但他也会画生动的素描、持枪男和链锯杀人男。

很难弄明白导致这种反差的原因是什么，这也不一定就是缺点。读者和观众不喜欢每一件事情都被解释得很清楚。在设计这些人物时，不要期待简单地把矛盾凑到一起就能浑然天成，一定要对这种反差有直觉的认识。比如说，马蒂早熟，部分原因是因为妈妈不擅持家，爸爸缺席，所以她不得不扮演负责任的成人。事实上她有这个能力，而这个设定也合情合理。

梳理一下之前的四个例子：

□麦克白既胆大暴力又畏缩恐惧，既野心勃勃又饱受良知的拷问。他内心既充满勇气又充满恐惧。

□《推销员之死》中的威利·罗曼武断地认为被人喜欢很重要，然而不可否认的是，他却是剧中最为孤单的人物。

□《尘雾家园》中的凯西是一个迷人而聪慧的年轻女人，她从青少年时期起就有着挥之不去的自杀念头。

□《欲望号街车》中的布兰奇·杜波依斯内心绝望而虚弱，虚荣心强，像醉酒的人一样痴心妄想，狂妄自大，惊人地顽固不化。

□《公民文斯》中的贝丝有一只手臂有问题，却不得不杂耍（这是喜剧性并列处理方式，之前提到过）。

□《绝命毒师》中的沃特是一个差劲的化学老师，也是一个厉害的炼药师。从事犯罪活动解放了之前被束缚的自信。同时他保护自己患有脑瘫的儿子免受同班恶霸的欺负。

除了目前我们所提到的原因，反差之所以对于人物塑造有好处还因为它本身很有趣。

练 习

1. 从你最近喜欢的小说或电影中选择三个人物，看看他们是否体现了以下任何一种矛盾：

· 生理特征明显，讽刺或喜剧性并存
· 需要扮演多重社会角色
· 道德或目标上的矛盾
· 有秘密或欺骗
· 有意识的特质和无意识的特质
· 观念的矛盾或本质的矛盾

2. 对你现在正在创作的作品进行同样的练习。

3. 如果练习1中选取的某个人物不存在冲突，给他创造一个。会发生什么？感觉做作还是自然？无论是哪种情况，为什么会这样？

第十章

服从和反抗的动机

大多数时候，人们并不清楚自己为什么要这么做。

——威廉·特雷弗（William Trevor）

《房间》（*The Room*）

人物内心的秘密

索福克勒斯（Sophocles）用德尼洛斯（*denios*）来描述他笔下的人物，这个词语的大概意思是"令人惊奇而陌生"。符合这种描述的人物会散发出炽热的光芒，内心深处蕴藏的不可估量的能量：爱的奉献、英雄主义、不畏艰难又或者是自私、懦弱、优柔寡断。

但创作故事和人物需要具体的技巧。我们所追寻的无法言喻的事物和手头拥有的简单工具之间存在的差距让人沮丧。简单来说就是：作家的任务就是在既有的读者期待和陌生的惊喜之间创造平衡——通过写下一个字加一个字，一个动作加一个动作，一个情节加一个情节。就像许多看似够简单但很难说清楚的事情一样，这极其难实现。要达到这种平衡，需要在人物塑造时首先赋予人物一种连贯统一的第一印象，然后把人物推向未知之门，经历考验与挫折，挑战与困惑，而这一切都会侵蚀那个原初设定的自我，从而让人物发生改变。

这是一种技巧，它在整个叙述过程中都有效。虽然许多好的故事让我们相信自己有能力成长或转变，有能力超越我们认为的早已固定成型的天性，但作者在刻画这种转变的时候，还是要遵循许多限制，正剧和喜剧都一样。无论从天上掉下多少铁砧，野狼（Wile E. Coyote）都无法改变跑路者（Road Runner）的本性。

无论我们研究了多少人物塑造的基本因素，都会回到欲望的核心问题，这是一种似乎可以让其他一切事物动起来的鼓点般的生命能量。人物追求欲望的方式定义了人物本身，同时也创造了"僭主的机制"——和所有专制一样，它要求服从，也独立反叛。

我们需要了解人物多少呢？

我们不可能了解所有事情的所有方面，人物和宇宙都是如此。事实上，我们每个人都存在无意识，我们甚至都不完全了解自己。那么一个不了解自身的人物怎么能让人信服？另一方面，所谓的无所不知的人物或许只是一个有限的、静态的、可预测的存在，难道一定真实吗？

作者也可以从作品的神秘感中受益。人物的活力来自他或她拥有按照自我意志行动的能力，自我意志也赋予人物最重要的特质：了解自己。

反抗期待，就是每个人对于自由的渴望。我们在探索人类这一特质的时候一定要深思熟虑，根据已经知道的东西，判断人物在故事定节点最可能的行为是什么，然后问：如果他或她做了其他事情怎么办？准确地说，如果他或她的行为与期待正好相反怎么办？

前面我们谈论反差的时候对此有涉及，在这里我们将了解得更彻底。要衡量在特定的情况下什么样的选择才可信，我们必须先明白人物可以比我们所允许的走得更远。我们需要在接下来的章节更多地讨论这个问题。

对人物有足够的了解才能形成一种连贯的直觉，只有这样我们才能够在想象中清晰地观察人物的行为细节，这是作者努力要做到的事情。有一些作家会先列出详细的大纲和人物轮廓；有一些作家会一边创作一边修改。无论哪种方式，一段时间过后，作者对于如何让情节成立都会形成一种直觉。

在我们开始写作之前，要对人物有足够的了解，要能够想象得出他或她将如何与社会共处，如何与其他人物互动，至少还要对他或她为何这样做有一点点了解。借用运动中的一个隐喻来说，我们在寻找一个"最佳击球位置"，也就是我们能够充分把握人物，放人物走，让人物带给我们惊喜的时刻。

这不是科学，只是创作。虽然我们可以学习技巧和策略，但人物塑造还是有点难以捉摸，就好像试图赋予精神以形体。很多时候我在想这何尝不是轻度精神错乱的症状。在创造力最为活跃的时候，我把这看作成年人拥有一个想象的朋友。

无论这种神秘的才能是什么，都要求我们能够清晰地想象出人物的形象，能够感受到我们正在和他们对话，像观察梦境一下观察他们，而不是像控制提线木偶一样控制他们。这又回到我之前已经提到过的一个话题，现在我会更详细地探讨它：在塑造人物的时候，我们不仅要动脑筋，更要利用自己的直觉。这让我们有可能在一定程度上反抗理智。

理智的局限性

回顾一下你第一天步入校园，你的新同学看起来怎么样。想一想你对他们的印象如何形成和改变。你对自己所说的话很值得怀疑："詹妮弗需要持续的关注，所以如果我跟杰克做朋友，他会因此心生怨恨。"收集你的所见、所闻、所感，在无意识中把这些想法凝集成印象，从而让它们左右你跟爱生气，爱妒忌的詹妮弗的关系。

成年后，也许你让自己利用逻辑推理，用具体的原因和结果来下判断。但你对他人的印象不太可能适用于三段论——这是糟糕的写作中常会出现的问题。

通常，作者觉得自己有义务解释人物在故事发展每一阶段的所作所为。他们认为自己不能让作品不完整，含糊不清、不整齐。虽然说应该极力推崇这种严谨的精神，但不幸的是在人物塑造领域这并不合适。

我们必须严格要求自己在构思人物的时候，要生动而富有创造力，但是仅仅靠理智并不能完成这项工作。演员达斯汀·霍夫曼（Dustin Hoffman）引用迈尔斯·戴维斯的名言"不要演绎看见的，演绎看不见的"来说明"我们认为意识是决定性的因素，事实上它是最不可靠的工具"。

我们不可能通过详细的生物学数据了解一个陌生人，只有通过交流才可以，尤其是在意外或紧急的时刻。同样，我们只有在那些揭示生命本质的情节中与人物共情才会真正了解他们。

问题是我们没有一个外在刺激物——一个真人——帮

我们检测我们的了解有多准确。我们通过直觉了解人物的样子、情绪表达、会做什么和不会做什么，讽刺的是，我们总是通过冲突和矛盾来挑战和破坏人物——有时甚至是重写。

那么因言行产生的迷惑和认识到言行不可信的分界线在哪儿？答案就是让人物做出看似扑朔迷离的行为——但作者必须清醒。这样做似乎有些疯狂，但正如一开始就说明的那样，大量的人物塑造工作中都有非理性的因素存在。

对于人物我们要有足够清晰具体的直觉才有可能让那些真正的，难以预料，偶然的行为看起来不仅可行而且可信。要做到这一点唯一的方法就是继续努力构思人物，直到他或她至少某一方面具备一个真人的内涵与外延。在接下来的章节中，我们会看到这要求我们把人物放到情感丰富、充满冲突、痛苦和危险的场景中。

读者或观众不该因人物的某一个行为争论不休，但也不能一直满足他们的阅读期待，否则他们在每一个转折处都会提前知道故事的发展。也就是说，在某个阶段，需要让人物的动机尚不明确或不能简单地解释清楚，但随着故事的发展问题都会得到澄清。

在琳达·西格（Linda Seger）的《创作好剧本》（*Making a Good Script Great*）中，她列出了七个推动人物发展的动机：生存、安全和保障、爱和归属、自尊、了解和理解的需要、审美需要（对于秩序，平衡或是目的感的需要）以及自我实现。刚开始这张清单让人很安心，但是你一旦真正深入了解一个人物，它的作用马上就会消失。也许你会明白的第一件事就是，这些动机并不互相排斥，反而是有机协同的。

也许这样说违反了某些人的直觉，他们曾在英语课或作文课上被要求找出人物行为的根本原因，而这是傻瓜干的事情。我们通常对于"悲剧性缺陷"的理解同样是错误的。如果演员在演美狄亚时只关注她的嫉妒心，演科里奥兰纳斯时只关注他的狭隘，演哈姆莱特时只关注他的果敢，演麦克白时只关注他的野心，结果将会既荒谬又笨拙。这样的处理从根本上就误解了这些人物的本性。

亚伯死于该隐之手不像奥狄帕斯谋杀拉伊俄斯，或亚当和夏娃的反叛、普罗米修斯的盗火那样令人信服，因为我们一本正经地用嫉妒来解释该隐的暴力，但在其他三个例子中，我们则永远无法确定他们为什么要实施暴行。奥狄帕斯的暴脾气、夏娃的无尽好奇心、普罗米修斯对人类的同情都似乎并不能说明一切。这也是这些故事之所以数个世纪之后依然能够启发我们的原因。

罗伯特·麦基（Robert McKee）在他的《故事》（*Story*）一书中关于这一点的理解是：

　　一般来说，作者越是详细解释人物的动机，人物在观众脑海中的形象越渺小。

这是一个秘密、微妙而让人恼火的真理。人物在你让她自由，允许她违背你和观众的期待时才有可能变得迷人。

解释就是扼杀。无论她做了什么，读者和观众都应该有这样的感觉，她的行为不是由这个或是那个特定的原因造成的，而是性格使然，她的欲望、矛盾、秘密和创伤、对朋友和家人的忠诚、对敌人的恐惧、她的学习，家庭、她所爱的人、所恨的人、她的羞耻、骄傲、内疚以及喜悦共同促使她做出这样的举动。无论人物的核心追求多么重要，都不能存在于真空中，不能从与她相关的其他事情中脱离出来。

简单地把行为和动机捆绑到一起远不足以得到让人满意的结果。这样看待行为会过于死板和肤浅。读者越是发现作者在干预人物的行为，行为就越会因为过度解释而变得简单，人物就越会束缚住，而不能看到更奇妙、有趣、特别而陌生的东西。

练 习

1. 回顾一本／部你最近看过的小说或电影。从中选取三个人物，分别分析他们在故事中的主要行为。问自己这些行为背后是否存在同一个动机，还是存在许多复杂的因素。不要含糊不清——分离出不同的因素。

2.用同样的方法分析你正在写的小说中的两个人物。

3.想象一下如果说你在练习2中选择的人物有与你已经写好的情节中的行为完全不同的举动，将会发生什么？是颠覆还是提高了你对于人物的感知？如果感觉不对或勉强，检查一下原因是什么——有没有可能，你对于人物的感知没有必要那么受局限？

第十一章

动态与静态：在场景中写传记

　　什么人物是事件的决定因素？什么事件是对人物的诠释？

—— 亨利·詹姆斯（Henry James）

　　拉约什·埃格里（Lajos Egri）在他那本影响了一代小说家、剧作家的《编剧的艺术》（*The Art of Dramatic Writing*）一书中要求作家在进行人物塑造时聚焦于这三个方面：

・生理的（外貌、性别、种族、年龄、健康状况）

・心理的（爱、厌恶、恐惧、骄傲、羞耻、内疚、成功、失败）

・社会的（阶层、教育、工作、家庭、朋友、宗教、政治）

　　我认同这种方法，同时郑重地提醒各位，我不会把一切人物的信息堆积到一起，比如身高、眼睛的颜色、婚姻状况、宗教、职业，等等。我会在情节中呈现这些信息，同时专注于这个问题：人物的生理、心理、社会特征如何影响他与人的交往？我要推荐的具体方法是接下来三章的主题。

　　静态的人物细目清单也许对于人物刻画有一点帮助，但是对于动作描写却毫无益处。编剧弗兰克·皮尔森（Frank Pierson）[1]建议脱离剧本创作一些情节，看一看人物遇到故事外的尴尬或冲突时的反应。我在接下来三章将要推荐的方法就是这种方法的扩充。这三章涉及的主题很多，但从未将所有内容用于同一个人物的创造中，我只求塑造出深刻、清晰、生动的人物形象即可。构思波澜起伏且有启迪作用的情节，就算最终弃之不用也不算浪费时间，它是探索时不可避免的过程。

　　我不会把这些情节定格为最终状态。概述人物某些具有深意的行为所产生的生动的视觉和情感印象就好。这些行为有助于了解人物如何与家人相处、如何工作、如何对待喜欢的人，人物所受的教育与其行为有何关联——为何在乎自己的外表，他应对羞耻、恐惧、危险的方式，等等。

---

[1]　创作了《铁窗喋血》（*Cool Hand Luke*）、《热天午后》（*Dog Day Afternoon*）、《推定无罪》（*Presumed Innocent*）等作品。

在很多方面，这项工作和我在第三章所提到的自我探索类似，只是现在关注点在人物身上。我会探究那些真正影响人物情感的关键时刻，但也会注意那些定义人物的生理、心理、社会标准。

想象一下，人物在场景中向人们展示出自述所不能表现的一面，这揭示了一个简单的写作常识：人物的所做所说比所思所感更能生动地体现他的本性。

这不仅仅是戏剧描写的准则。20 世纪的哲学——无论存在主义还是结构主义都强调，个人不是由理性（思想和感觉）塑造的，而是在与世界及他人相处中塑造而成的。思想和感觉能够发生扭转，被取代或被驳斥；行动却要求承诺，它会产生后果。

从另一个角度来看，正如我最爱的阿姨所说的：你不了解自己。反思和内省对任何人而言都是必要的，但只有行为才能定义我们，具体来说所谓的行为指的是：我们如何对待他人。我们内心的许多想法不是反思的后果，而是与他人（尤其是那重要的人）互动交往的后果。如果不探索行为，谈何了解人物？

我们的行为，尤其是面对冲突时的行为揭示出我们的欲望、我们做了什么决定、我们如何拼命获取、我们怎么看待自己及他人。

所有这些都或许与人物的所思所想无关。告诉读者人物的所思所想不如直接呈现人物的行为更有效。表现出人物在所思所想中挣扎，也远比仅仅说人物拥有什么想法和感觉更好。

　　用情境测试人物。我们在被测试时会更直接地展现本性。我们的所思所感老实说无关紧要。关键问题是：我们如何让那些想法和感觉变得有意义？我们可不可以打开通风口，让那些暗地里涌动的欲望、需求和信念出来，让它们引导或启发我们去过一种有意义、有爱而又勇敢的人生？我们是否有这样的意愿、认识、决心？人物又是否有这样的力量？

第十二章

血肉和鞋子：人物的物理特征

生理特征描写有必要吗？

在电影和电视普及之前，书中详细的人物特征描写是被人们所称颂的，然而优秀的作家也几乎从来不只是描写外部特征。每一次我读约瑟夫·康拉德（Joseph Conrad）的书，他通过描写人物的步态、举止、衣着来刻画人物灵魂的能力都让我肃然起敬，比如《间谍》（*The Secret Agent*）中的描写："苍白的肤色，让人感觉忧郁的丑陋。"凯瑟琳·安·波特（Katherine Anne Porter）认为内心生活与外在的长相之间有微妙而狡猾的关联——正如我们每个人所体验到的那样。

与之相反，埃尔莫·伦纳德（Elmore Leonard）几乎只依赖动作和对话来进行人物塑造，他认为自己的描述技巧有所欠缺，但读者都能够在阅读他所塑造的人物时发现乐趣，即便缺乏生理细节，读者还是能够看到这些人物。

有一些作家刻意省去或限制生理描写，尤其是主角，他们认为细节缺失更能让读者着迷。而创作影视剧本的作家，则依赖演员、服装设计师来做这部分工作。

外在描写从来都不是可有可无的，外在描写不仅仅是为了让读者对人物有足够的了解（无论是通过直接的描写还是在动作或对话中间接体现），更为关键的问题是：

- 外表如何反映人物的内心世界？
- 外表如何影响人物的行为？
- 外表如何影响别人对人物的反应？

这些问题比头发的颜色、腰围或确切的身高重要得多。

感　觉

利用生理描写进行人物塑造中最巧妙的方式，就是描写人物如何感知这个世界。同时描写外在的感觉和内心的感受，把角色内心锚定于外在事件，一举两得。

在唐·卡朋特的《大雨一直下》中，杰克·莱维特和他的朋友丹尼一起等待两个女孩的到来。尽管新的事物，尤其是女孩子，能够让他们感到兴奋，但他们真的做的时候还是有一点点失望。他们"长着狼一样的脸，正在变硬的孩子气的嘴巴"。她们穿着黑色的裙子，亮蓝色的轻舞鞋。他们的声音"单调而又尖利，带着一种自我压制的冷酷"。杰克知道这两个女孩本身很平凡，尽管他内心有些幻灭，但想要体验"五角钱的纽约妓女"的想法仍让他亢奋。重点是，在这里，长相和声音让我们洞察男孩和女孩的内心。

在《奥斯卡·瓦奥短暂而奇妙的一生》中，奥斯卡在写给故事讲述者的信中袒露自己终于失去童真的事实，他的天真、好色以及震惊通过这种方式被刻画出来，再没有比这更巧妙的方式了。他说："她尝起来就像喜力啤酒。"

《马耳他之鹰》(*The Maltese Falcon*) 的电影版本中，创作者通过让斯佩德一边窃笑一边闻乔尔·凯罗（古怪的小个男人）的手帕来刻画乔尔·凯罗。而原著小说中，哈米特首先是从视觉上来刻画凯罗的：他穿着浅褐色的鞋子，迈着装腔作势的小步子走来。接下来作者这样总结："西普香水的芬芳弥漫在他的周围。"这种描写的作用是多层次的。作者让我们明白斯佩德知道西普香水是什么——这是由科蒂集团制造的一种香水，但这也加强了凯罗的女性特征。更为重要的是，它产生了一种只有很浓郁的香味才能产生的冲击感。

性和性别

人物的性别有时候就像一种不需深思的自动选择，但不应该是这样的。有关性的问题总是伴随着更为微妙复杂也更有趣的性别角色问题。

在地球上的不同文化体系中，男人和女人的行为方式各不相同，也一直被区别对待。问问你自己，你笔下的人物应该是一个男人还是女人？答案与很多核心问题相关。它牵涉到在你看来，这个人物将要做什么和说什么。以及，他或她该如何反应，什么样的目标和欲望是被允许的。人物会遇到什么样的内心障碍或社会障碍，可以采取哪些行为来克服这些困难。

在这方面，男人和女人的差别并不像以前那么分明。家庭妇男已经成为浪漫主义喜剧的标配，正如犯罪片及动作片中有很多女性角色，比如《沉默的羔羊》（*The Silence of the Lambs*）中的 FBI 特别探员克拉尼斯·斯达特林以及《生死豪情》（*Courage under Fire*）中的战地直升机飞行员凯伦·瓦尔登。无论别人认为她们应当充当什么样的角色，她们依然应该逆流而上。

当你已经决定好你的人物是什么性别的时候，不要骗自己他们完全符合刻板印象。所谓的真男人或者真女人，在很大程度上不过是我们想象和虚构的。我们的性别角色常常会与我们的性格发生冲突，比如男人很温柔，有同情心；女人有攻击性——为什么要拒绝这种丰富的冲突素材呢？

性吸引

在杰克·阿诺特（Jake Arnott）的电影《皮包公司》（*The Long Firm*）中最温情的场景就是匪徒哈利·思达克斯与他在咖啡馆里租来的一个男孩做爱，这一切发生在 20 世纪 60 年代的伦敦。做完爱后，他站在一面全身镜前，告诉那个年轻的男孩，他长得很好看。接下来，他问："我是不是也长得很好看？"他的面容很憔悴，这让他看起来比实际年龄更老。他的眉毛中间有一小撮毛。他告诉年轻人这让他看起来像一个血腥的狼人——这是祖母曾经告诉他的，意思是他天生就要上绞刑架。

彼得·德克斯特（Pete Dexter）《上帝的口袋》（*God's Pocket*）中充满了性吸引造成毁灭性效果的场景，作者尤其刻画了脆弱。

皮茨是一个包工头，他的妻子是一位护士。他看着她穿上裙子——"看她穿衣服总让他产生看她脱衣服一样的感受"。他伸出手去抚平她裙子的后面，而她灵活地依偎在他的怀里。

对于米奇·斯卡帕托而言，事情没有那么简单。他不了解女人，正如大多数人不了解经济一样。他喜欢让他的妻子珍妮在他们做爱时给他身体各部分起名字，她对此很漠然，但是依旧善意地这么做。当他们接近高潮时，她听着他鼻子里的呼吸声，盯着肩膀上的黑头发，把下巴放在他的肩膀上，等待着那一刻的到来。米奇知道拥有珍妮是他的幸运，所以在整本书中他一直在做他所能想到的一切事情来取悦她，因为他能够感觉到珍妮已经离他而去了。

如果我们长相漂亮或很性感，我们就能够享受到常人所没有的特殊待遇。人们会给我们更多微笑，更多关注，会更加认真地对待我们的请求（或者是至少怀着更大的热情来让它实现），也会给我们更多慷慨的帮助。

但是人们也想要从我们身上获得不想从其他人身上获得的东西。他们希望我们爱他们，在他们讲不好笑的笑话时会笑，迁就他们的宠物。他们也会把自己对性的渴望和对成功的梦想投射到我们身上。美貌就像名望一样，注定是一个混合着不同需求的口袋。

知道一个人多高、多美丽、多瘦或多重，都不重要。应该问以下问题：他或她怎么看待自己的外在？人物的外在让别人对他或她有什么样的看法？这些看法如何转化为行为？

性与人物内心世界的相关性将会在下一章讲到，但是在这一章我们需要了解的主要问题是：人物的外表如何影响他的性生活？

· 他或她是否觉得自己既迷人又性感？其他人觉得呢？

· 主人公最后一次做爱是什么时候？和谁？如果已经过去一段时间，为什么？是否想做爱？如果不想，为什么？（传统观念认为男人比女人更加渴望做爱。但是传统观念只会给平庸之辈的轮子抹油，人物塑造也不例外。要抵制这种明显的倾向。）

· 主人公是否享受做爱？容易吗？复杂吗？感到尴尬？感到恐惧？

· 他最难以忘怀的情人是谁？他怎么看待她的脸庞、身体、性爱？

· 是否有人被主人公的外在欺骗和伤害？那种伤害多深刻，多持久？

· 结合年龄来看。主人公对于性吸引力的感觉怎么随着时间而改变？

记住：以上每一个问题都应该在一个场景中回答。书上或者是屏幕上的性，虽然是色情描写，却是关于脆弱的刻画，而不是愿望的满足。一段改变人一生的有关性的插曲——在婚礼的接待处，主人公的伴侣跟一个长得好看的陌生人调情。或者在那个时候，已过中年的主人公走进了一个房间，发现自己的脑袋再也不能转动，一种比轻松自在的生活有趣得多的生活在他面前展开，而这大多数只存在于小说或电影当中。

并不是说你的作品只会被那些充满性欲的挑战占据。但是在写作中，伟大的性爱很像真爱：你需要了解冲突何在？

种　族

问问你的人物，她因为肤色而享受什么优待或遭受什么歧视。随着我们的社会变得更加多元化，种族的融合也更为频繁常见。然而，对许多人来说，这依然会导致困扰和焦虑。

要更好地了解那些与你不同的人没有捷径。无论这种不同是由性别、种族、年龄或其他任何东西导致的。彼得·德克斯特用一种特别的智慧来描写种族——他是美国南部和费城的新闻工作者。新闻工作者必须结识来自不同社会阶层的人，去聆听他们的声音。理查德·普莱斯拥有同样的天赋，他和警察一起在街头进行调查工作，与各种人交谈——他也是一个传奇。

凭空猜测是没有用的。猜想中总是存在一厢情愿的成分。作为一个作者，我们不仅仅要有包容心，更应当充满好奇心和同情心。要正义。没有这样的态度，我们关于种族的描述很可能就会变得笨拙或固定化。不仅人物需要这样，我们也需要这样。

年　龄

当你思考人物的年龄时，要考虑这会如何影响他的行为及与他人交往时的意愿。她是否处于生命的全盛时期，因此无所畏惧？他是否太年轻不明白生活的艰辛，因此过于轻信他人？他是否年轻，但是睿智，曾经经历过痛苦的丧失？她是否年老，有智慧？担惊受怕？受人保护？她的悔恨有多深？

年轻人是表现对抗世界的绝佳"工具"。在《杀死一只知更鸟》（*To Kill a Mockingbird*）中，童子军充满好奇心，想弄明白究竟发生了什么，这使哈珀·李（Harper Lee）成功地营造出一座萦绕着迷幻感的梅岗城。

丹尼尔·伍德瑞尔（Daniel Woodrell）总是让青年人做主角，这样才能够保证暴力和背叛强烈而残暴。在《生活的悲哀》（*Woe to Live On*）中，美国密苏里非正规军代表着愤世嫉俗及无关道德的智慧，他们不过只有二十多岁，却经历了残酷的，无人道歉的战火。

在迈克·李（Mike Leigh）的电影《又一年》（*Another Year*）中，玛丽已经步入中年，除了离婚所得的 500 英镑外一无所有，那段她所谓的"伟大的爱情"（她与一个已婚男人的爱情）也失败了。她很清楚时间每过去一秒她的机会就会变得更为渺茫。她对于生命中的人，尤其是男人，抱有一种绝望的渴望，而喝酒让她对孤独感到麻木，但这只会坏事。她与剧中另外一个角色肯的经历就像照镜子——他与她差不多，也经历过离婚的痛苦，同样超重、吸烟过度、酗酒、憎恨年轻人，在朋友的葬礼上哭成泪人。当然，他被玛丽迷住了，她在他身上看到了自己对于狼狈老去的蔑视，他们都不愿意接受这一切发生在自己身上。

健　康

就算你脑中的人物红光满面，也并不意味着他从来没有在某个时刻站在死亡的边缘。发挥你的想象力。想一想他一生中病危的时刻——通常这样的时刻能让我们看到主人公真情流露的一面。如果主人公很幸运，一生健康，那就想想他身边不那么幸运的人物。这会如何影响人物之间的互动？

在《午夜牛郎》中，拉茨身患小儿麻痹症和肺结核。这样他便成了一个需要帮助的人。当他对乔·巴克的善意表达真诚的感谢时，让这一切变得更打动人心。

《天使在美国》（*Angels in America*）讲述了艾滋病如何摧毁一个人并拆散情侣的故事。路易斯对于死亡有一种自我陶醉式的恐惧，而且他讨厌疾病所导致的各种麻烦，因此他选择从身患艾滋病的爱人普莱尔身边逃离。普莱尔不得不独自承受这一切。最终普莱尔对整件事有了更全面、深刻的理解，原谅了路易斯。与之相对应的是，罗伊·科恩否认自己得病的真相，正如他否认自己是一个同性恋一样，在他看来同性恋等同于虚弱，艾滋则意味着死亡。他认为自己得了肺癌，我们只能看着他淹没在自己的愤怒中。

有的时候并不是疾病，而是伤害让我们获得生动的领悟。在大卫·贝尼奥夫的《第 25 小时》（*The 25th Hour*）中，弗兰克·斯莱特里是一名华尔街的证券交易商。他的身上仍然留有早年在高中和大学参加摔跤所留下的疤痕，他的鼻子被损伤过四次，耳朵也曾变得像花菜一样，门牙在大学二年级所经历的一次偶然的头部撞击事件被击碎——所有的这一切都代表着他在执行每一项工作或遇到每一个人的时候，那无处安放的攻击性。

风度和时尚感

巴尔扎克把衣着邋遢等同于精神自杀，另一名法国时装设计师让·保罗·高缇耶（Jean-Paul Gaultier）却认为衣着邋遢的人往往是最有趣的人。尽管这两位的意见不同，但都承认衣着的重要性。

即便是那些认为自己不在乎穿什么衣服的人，也是在故意为自己辩解罢了。无论是为别人穿衣打扮，还是不在乎他人的看法，其实都是在标榜自身。

除了邋遢还是整洁，舒适还是高级等问题外，还有一些值得考虑的问题：

·人物是否有时尚感？她是哪一种风格——哥特式？波希米亚风？标签意识？她是否蔑视风格，认为这不过是自找麻烦？

·她是什么场合穿什么衣服，还是想穿什么就穿什么？

·她的橱柜是否堆满了衣服？这让她感觉到骄傲还是不安？

·她所拥有的最古老的东西是什么？最新的东西有多新？这件东西给你什么信息？

·是否有一件衣服是他的最爱？他最后一次穿它是什么时候？即便是像米奇·斯卡帕托这样对女人迟钝的人，也有他最喜欢的衬衣。它是黄色的，他觉得这很适合自己。

记住，问这些问题不仅仅是为了得到一个答案，而是为了激发你创造一个场景。把另外一个人放到这个画面中，假如他现在不在。衣着考究不仅仅指在公共场合感觉自在，也包括我们皮肤的感觉，也会影响别人对我们的反应。

在马克·科斯特洛（Mark Costello）的《大胆假设》（*Big If*）中，特勤局特工塔西莫喜欢穿有口袋的套装，灰白的头发梳成蓬松的发型，留着长长的鬓角。他的女上司不让他系波洛式的领带，在她看来，这很搞笑。"没关系，去他的，他喜欢这些花花公子一样的套装。"蓄着络腮胡，穿着华美、有拉链的靴子，让他看起来就像小时候崇拜的汽车经理。

在艾伦·苏斯曼（Ellen Sussman）的《法语课》（*French Lessons*）中，乔希·菲尔顿是一位高中法语老师，她正在为一段无法向任何人讲述的婚外情的结束而悲伤，更糟糕的是，她怀孕了。逃到巴黎后，她请了一位名叫尼克的年轻人做家教，希望提高自己的语言水平。他们第一次一起散步时，他把她拖进了克鲁斯街道十字路口的一家商店，让她试穿一双松绿色漆皮高跟鞋，它们就像一层新皮肤一样包围着她的脚，她觉得这正是自己需要的。

一个人怎么穿衣打扮很重要，但是：

　　·人物花多少时间穿衣打扮也很重要。想象一下。注视着他。让场景展开。

　　·他如何化妆？

　　·他如何刮胡子？小心翼翼？匆匆忙忙？（他多久会刮伤自己一次？）

　　·他一回到家，最先脱掉的东西是什么？外套还是鞋子？

　　小心地勾勒出这些小而简单的事件。利用好奇心魔法，让人物在你的脑海中变得生动起来，让他跃然纸上。

剧本写作中的外在描写

　　演员并不能够解决关于人物外在的所有事情。剧作家也会使用一些生理描写来体现人物的外在折射出人物面对这个世界，和其他人时的反应。

　　在托尼·吉尔罗佐（Tony Gilroy）为电影《迈克尔·克莱顿》所写的剧本中，对年长的搭档马蒂·巴克的描写是这样的："很有力量，亲切的双眼，一千条领带，一把丝绒弹簧刀。"

　　在文斯·吉里根（Vince Gilligan）的影视剧《绝命毒师》中，他是这样描绘沃特·怀特的：我们看着他颤颤巍巍地从温尼贝戈走向草原，他只穿着一条内裤，脸上带着一个防毒面具。这个四十多岁，面色如此苍白的中年人如果走在大街上，我们几乎不会注意到他，但是此时此刻，在这个草原上我们根本没有办法把视线从他身上移开。

　　并不是所有电影剧本作者都拥有这项技能。比如斯蒂文·泽里安（Steve Zaillian）在创作那部非常棒的美国黑帮电影时就没有用这种技能。但是那些写影视剧本的创作者重新开始写小说时，依然会保持这种习惯。德斯蒙德·洛登（Desmond Lowden）在《贝尔曼与真相》（*Bellman and True*）中运用了一种把内在和外在混合在一起的剧本创作法。有一个人物叫 Only（唯一的意思），这个男孩有一张十分苍白的脸。"这与他 11 岁的年龄形成强烈的对比"。安娜以前是一名高价应召女郎，她不化妆，像时装模特一样不断地换工作，她的脸和头发都藏在手提包里，脸上一直没有任何表情。

　　所有这些例子都表明，可以用非常经济的原则来塑造人物——描写本质而非外表。

练　习

　　1. 选择一篇你目前正在创作的小说。然后想一想，如果你改变其中一个或者多个主要人物的性别、种族、年龄，将会发生什么？是否有一些事情会随着这一改变成为可能或者变得不可能。如果是这样的话，为什么。

2. 采用练习1中所选择的小说，想象一个或几个人物在糟糕的、不满意的性生活里摸索（不要把错误全部归结到另外一个角色身上）。你从人物身上看到了什么？为什么或为什么没有？

3. 针对同样的人物，思考他们的年龄如何影响他们看待这个世界的方式，以及他们与人相处的方式。

4. 以上练习中所选取的人物怎么看待自己的性诱惑？他们自己是否觉得很舒服？他们的自我评价与客观评价是否一致？如果不一致，为什么？

5. 针对同样的人物，探讨一下健康问题：他是否患过致命的疾病？什么时候患的？这种疾病是否以某种方式继续影响他的生活？如果一个或是其他人突然生病了怎么办？谁会关心他？人物将如何应对那种无助感？

6. 针对同样的人物，探索他们的时尚感和风度。让他们穿上不舒服的衣服或是奇装异服，他们的行为会发生怎样的变化？

第十三章

内心风暴：人物的心理特征

　　这大概是我们的研究中最重要的内容，因此这一章才这么长。一点一点来探究这个话题，怎么细致都不为过。需要考虑的相关问题非常多。

　　我所指的心理活动包括人物内心世界中的一切：情绪、感觉（与生理上的感觉并不完全相同）、激情、恐惧、爱、恨，希望、羞愧、虚荣、内心悬而未决的疑虑。

　　同样，重要的是要用细致的笔触把它们勾勒出来，在情境中给予它们生命。想象是什么事导致了人物内心的羞愧或骄傲，恐惧或自信，沿着这样的思路继续设想它如何影响人物与他人的交往。

欲　求

　　在第五章的时候，我们已经在一定程度上讨论了这个话题，所以在这里我们没有必要再重复了。但是有必要再次强调，一定要从情境的角度来构思人物，了解人物这一生或故事发生当下最想要的人或事。

绝大多数故事都建构在欲望的追逐之上，而戏剧性就从在追逐中遭受的冲突与忍耐中产生。以下故事都以此为基础，兼具文学性与艺术性：《奥德赛》（*The Odyssey*）、《安提戈涅》（*Antigone*）、《埃涅阿斯纪》（*The Aeneid*）、《理查三世》（*Richard III*）、《暴风雨》（*The Tempest*）、《傲慢与偏见》（*Pride and Prejudice*）、《白鲸》《包法利夫人》（*Madame Bovary*）、《丧钟为谁而鸣》（*For Whom the Bell Tolls*）、《了不起的盖茨比》《天下骏马》（*All the Pretty Horses*），等等。

当然，有一些人物并不清楚自己想要的是什么，或者不知道想要的比实际所追求的东西更多。但人物"不清楚"不等同于作者也"不清楚"。作者必须在某一点将故事推向高潮，让人物获得（或放弃）某种成就、公正或智慧。当你修改时，你得在这种意识下不断裁剪，改写每一个导致那种高潮的场景，你还必须明白如何让人物更接近高潮。同时，你还需要明确人物为何不能确认或拒绝承认自己的欲望。否则故事将会变得冗长散漫，没有焦点。欲望的影响力也会因此坍塌。

恐　惧

　　恐惧所涉及的感觉、情绪跨度非常大，从对袭击的恐慌到对细微响声的害怕和神经过敏。无论哪一种情况，恐惧在很大程度上都是一种下意识的行为，因此它对人物塑造至关重要。它是每一个意味深长的情景中无形的影响力。人物在面对冲突时，所面对的不仅仅是对手，还有自己内心的恐惧——对失败、羞辱、失去、死亡的恐惧。如果不能战胜某一种负面情绪，也就不能克服其他负面情绪。

　　恐惧是最基本的情绪，通常潜伏在其他情绪之下。愤怒尤其可以充当恐惧的面具，这是人们在与无助感抗争时积聚力量的方式。憎恨则通常意味着害怕被人比下去、被看轻、被甩在后面。

　　《上帝的口袋》中的米奇·斯卡帕托沉迷于赌博。他认为自己能够控制赌博，却被赌博所控制，这让他感觉很无力。这种无力感导致了持续的恐惧，以至于他在做任何事时都有一种无法成功的不祥预感。

　　《零度》（*The Zero*）中的布莱恩·雷米有失忆的症状，他一直担心如果深挖那段失去的记忆，可能会发现对他而言最重要难忘的事情。

　　在探索人物内心的恐惧时要充满想象力。把人物放到恐惧能被激发的情境中，放大这种恐惧，近距离观察它：

什么让他恐慌？什么让他回到单纯的谨慎？探究他的过去，问问过去的恐惧如何影响他现在的生活，导致他无法获得爱情、信心、亲密感和成功。也不要忽视那些因为害怕失败而一直不敢追求的东西：爱情。

勇 气

既然恐惧不可或缺，那么故事自然会往主角如何控制最终彻底摆脱恐惧发展。要知道人物的勇气积聚到极致的时刻，就是故事开始的时刻——人物克服恐惧，超越恐惧了吗？他是否感到心有余力不足？为什么？

最让人震撼的一种勇气就是敢于去爱。安妮·普鲁（Annie Proulx）是写这一主题的行家，无论《船讯》（*The Shipping News*）还是《断背山》（*Brokeback Mountain*）都是这样的故事。

在救赎的故事中，勇敢是必不可少的。《大卫·科波菲尔》（*David Copperfield*）中的哈姆失去了未婚妻小艾米丽，她嫁给了斯特尔福斯。后来，水手哈姆的地位超过了斯特尔福斯——通过自己的英勇事迹——在雅茅斯海岸，他为了拯救一个在风暴中被卷入大海的男人而死去，而那个溺水的人正是之前抢走小艾米丽的人，斯特尔福斯。（无与伦比的狄更斯式死法。）

不要忽视安静的勇气，比如承受幻灭的能力、忍耐，甚至出于情节需要——咬断舌头。并不是每一扇门都需要被大刀阔斧地砸开，也不是每一个吹牛的人都需要被打回原形。衡量行为是否充满勇气的标准是人物需要克服多大的恐惧。试着为你的主人公找到一种合适的方式展示他的脊梁有多硬，从潜在的恐惧处落笔。

爱

人物喜欢的东西与想要的东西，即便不是完全一致，也必然有紧密的关系。问问你自己：那件事情或那个人现在是否存在于她的生命中？为什么或为什么不？

如果她拥有自己爱的东西，是否能感到满足？是痛苦，还是安慰？

如果人物不曾拥有自己爱的东西，是失去了还是还未找到？再次构思一个或多个特定的场景，把她和她所爱的东西或人放在一起，让他们接触，看他们吃东西，让他们打架。

在电影《21克》（*21 Grams*）中，克里斯提娜（娜奥米·沃茨饰）因为一次肇事逃逸事故失去了她最珍爱的东西——她的两个孩子和丈夫。死亡来临前，电影只是刻画了我们每一天都需要面对而容易被遗忘的日常家庭琐事：

一日三餐、学校作业、在家附近散步……做这些事的人不曾预见日常生活会怎样戛然而止。这种平凡加强而非减弱了事件对克里斯提娜的毁灭，也为她接下来的复仇提供了合理的理由。

讽刺的是，爱的描写在刻画反派时可能比刻画主角时更重要。因为这提供了一种展示矛盾的绝佳机会。许多恶人之所以显得脸谱化，正是因为作者没有把他们看成心中有爱也有恨的立体人物——甚至也没有温柔。

托尼·索普拉诺［《黑道家族》（The Sopranos）的主角］不是唯一一个重视家庭的黑帮（或独裁者）。这类男人以重视家庭胜过一切而臭名昭著，但他们对妻子不忠，在情妇身上挥霍无度，掩盖情妇的自杀（或谋杀），抚养其他女人生的孩子。

不要成为"你只需要爱"这一俗套承诺的牺牲品。这种幻觉让许多浪漫喜剧黯然失色。监狱里到处都是被爱的男人——也许他们不够好，不够有智慧，但是量刑听证会上，母亲、妻子或最近的女朋友（也可能所有人）会站在这个男人那边。感情让一切贬值，尤其是爱情。在薇拉·凯瑟（Willa Cather）的《我的死敌》（*My Mortal Enemy*）中，麦拉放弃了继承权，与奥斯瓦尔德·亨沙私奔。她只是嫁给爱情。但是正如标题所暗示的，这并不是一个快乐的故事。

在电影《爱情与灵药》（*Love and Other Drugs*）中，让

两个恋人分开的是杰米对承诺的恐惧和麦琪对早发性帕金森症的恐惧。她总是说一句话，就像短剑一样伤人：你不是一个好人，因为你与一个生病的女孩做爱。这句话让他们两个人的局限性都昭然若揭。杰米觉得，如果承诺有一丝施舍的味道，不承诺就是无可指摘的。麦琪害怕自己没有足够长的未来承受爱情。戏剧性来自二人逐渐试错，逐渐拆除由他们内心的恐惧所筑成的屏障的过程。

恨

正如坏人会因为他们心中所爱而变得意志坚定，好人也会变坏。很少有一个好人，不曾在脑海中磨尖自己的刀子，弗兰纳里·奥康纳欣然接纳这种主题。

痛苦往往会制造仇恨，就像安德烈·杜布斯《杀戮》（*Killings*）中的露丝·福勒一样［电影《不伦之恋》（*In the Bedroom*）的原型］。露丝忍受着儿子被无情杀害的痛苦，在宽恕所许诺的希望里得不到多少安慰。她一心想要复仇，这种心情是可以理解的，痛苦且永不满足。简单一试是不够的，杀手会活下来，也许很快就会出现在街头。她无法忍受。她开始沉迷于杀死凶手的方法，这种感觉很好，直到她最终意识到这并不会让她解脱。

仇恨可以形成一种持久的力量，比如经典电影《成功的芳香》（the Sweet Smell of Success）中的专栏作家 J. J. 亨塞克［以沃尔特·温切尔（Walter Winchell）为原型］。他对卑躬屈膝、不择手段的媒体经纪人的蔑视，可以用一句"咬你一口，都让我觉得讨厌。你是一块涂满砒霜的饼干"来形容。这也许是整部电影中，他对除了妹妹以外的其他人说过的最好听的一句话。

仇恨可能是非理性的，甚至是无意识的——它常常能折射出某种根深蒂固的恐惧或人物自身性格中的羞愧和自卑。这有助于解释像罗伊·科恩这样没有公开的同性恋（《天使在美国》）或查韦林（《红花侠》）那样狂热的反革命分子的行为，他们躲在迫害那些拥有勇气和理想的人背后。

羞　愧

有句古老的爱尔兰谚语：羞愧比死亡更难受。当你所做的事有损你在群体中或他人面前的地位、形象时，这种折磨人的情绪就会噌噌地往上涨。哪怕对方是亲密的朋友、导师、配偶。这种行为不一定是不道德的——尽管通常做错事你不仅会受到惩罚，也会让你遭到蔑视。甚至，令人羞耻的行为会导致爱、认同或地位的丧失，无论这是否是一种错误。

在鸡尾会上摔倒或剃光头在街上游行——就像二战期

间，德国占领法国后，法国女性合作者的遭遇一样——都让人感到羞愧难当。

编剧弗兰克·皮尔森认为，想象一个人物在公共场合呕吐的场景，要比知道他在哪里读高中更有价值。羞愧让你感觉自己无处藏身——别人会厌恶你、蔑视你、怜悯你、嘲笑你。蒙羞越深，就越需要强大的人格力量来克服。

体育类的故事通常会制造羞耻事件。在电影《江湖浪子》（*The Hustler*）中，艾迪·费尔森因为输给了明尼苏达的胖子们而感到深入骨髓的羞耻，即便在转角处遇见了改变自己一生的女孩，也没能缓解这种心情，再战一场的诱惑一直萦绕在他心中，它破坏了除了他的技能以外的一切。

有关小镇生活的故事往往都是关于羞耻的。在电影《最后一场电影》（*The Last Picture Show*）中，桑尼通过跟小镇上的寡妇上床来缓解寂寞，他认为这件事情很隐秘，当他发现这件事情众所周知时，感到很丢脸。

除了爱、恐惧和欲望以外，与人物一同探讨羞耻可能是最有成效的事情，因为它牵涉到其他人，所以特别适合于场景构思：你的人物什么时候感到最羞愧？还有谁在那里？这种羞耻如何作用于现在的人物以及其他人？

羞耻可能在你笔下的主人公的秘密中扮演一种重要的角色，曾经发生过一些他或她祈祷永不被发现的事，如果被暴露了会发生什么呢？谁发现的？为什么？

内　疚

　　与羞耻不同，内疚是因为你做了一些明知道是错误的事情。它违背了你自己的道德准则——不管那是如何定义的。

　　虽然羞愧也是由于你做错了什么事，尤其是别人知道的事所产生的心理负担，但内疚更与良知有关。残忍、怯懦、盗窃、谋杀、欺骗、背叛的行为——即便只有自己知道——也会让你感到内疚。如果没有内疚，说明人物的良知已丧失或被压抑。

　　救赎的故事显然也需要先经历内疚或羞耻。这类故事依然广受观众和读者欢迎，有什么比搞砸了一切但在结尾时仍跟家人一起坐在地上吃着煎饼更符合观众的期待呢？然而，最好的救赎故事中必然会有内疚——污点往往无法抹去，保持清醒的斗争永不终止。煎饼得等一等。

　　康拉德擅长以毁灭性的笔触描写深陷内疚的人物。在《吉姆爷》（*Lord Jim*）中，海盗绅士布朗发现吉姆的懦弱越来越明显，善良的船长脆弱的荣誉感会阻止他做应该做的事情——彻底杀死布朗。吉姆的优柔寡断导致一个盟友无辜的儿子的死亡，他希望再次弥补。吉姆向小孩的父亲走去，被枪打死了。

体育故事中不只有羞耻，内疚也在替补席上。这通常有一种破坏内部代码的感觉，所有的竞争对手都有这种感觉，然而他们并不总会遵守这些代码。

在电影《金钱本色》（*The Color of Money*）中，保罗·纽曼归来，扮演了一个年纪更大、更睿智的人物艾迪·费尔森。他之前在西德尼·卡罗尔（Sidney Carroll）编剧的《江湖浪子》中也出演了。在电影中，他训练后起之秀在台球场上游刃有余，对自己的生活和灵魂却感到厌恶。他背叛了一些值得尊重的东西，迷失了方向。后来，他重新发现了自己的骄傲和对比赛的热爱，磨炼自己的技能，最终在锦标赛上与之前的门生对抗。他打败了自己的学生，却发现这个孩子是为了赢得一大笔赌注才放弃比赛，艾迪因此依然被过去的一切困扰，甚至被责难。

有时候救赎是不可能的。在凯特·阿特金森的《尘封旧案》（*Case Histories*）中，杰克逊·布罗迪承受着一种混乱、不合情理的罪恶感。他不该为妹妹被杀和弟弟自杀负责任，但他依然感到内疚。具有讽刺意味的是，他之所以无法排解这种内疚正是因为他没做错什么。这就像原罪，没有恩典可以缓解。这就是为什么他总是试图拯救陷入困境中的女人，或爱上这样的女人。

再一次，从场景的角度来思考问题：你的人物在何时何地犯下了让他充满罪恶感的错误、罪行，或道德失误？

他受到惩罚了吗？他被宽恕了吗？这是一个秘密吗？现在还有谁知道？如果有人发现了怎么办？

宽　恕

真正的宽恕很罕见。要知道你的主人公什么时候已经被原谅或她什么时候原谅了别人，就得知道她的心、她的良知、她的灵魂，还有她的运气。

很明显，宽恕是内疚的双胞胎：当你的主人公犯下了她一生中最严重的罪行时，她被原谅了吗？被谁原谅？谁还没有原谅她？宽恕对她的影响是什么？她原谅自己了吗？如果人物是原谅别人的人，那么这是由她被原谅还是不被原谅的经历导致的？

电影《普通人》（Ordinary People）讲述了一个年轻人的哥哥死于一次划船事故，年轻人与幸存者的罪恶感斗争的故事。他的母亲是宽恕之路上的障碍，她更喜欢死去的那个儿子，她就是无法让自己放手。最终父亲意识到妻子的冷酷无情，坚决不妥协地站在了幸存的儿子那边，帮助这个年轻人重获生命。

然而，问题并不是那么简单，魔术也不会总是奏效。在弗雷德里克·布斯（Frederick Busch）的《女孩》（Girls）中，范尼和杰克在一次事故中失去了刚出生的女儿，事故是由范尼的疏忽导致的。然而，她不记得这件事，杰克出于对她的爱和理解，告诉她这是他的错。这个谎言制造了一个令人心碎的讽刺效果：虽然范尼依然爱着杰克，但她无法原谅他，而他已经秘密地原谅了她。杰克心甘情愿承担他虚构的罪过，也希望以此找回他曾经认识的自己，他的婚姻，他的生活。

虽然在为人物创造背景故事时，情节不一定要完美，但值得注意的是，无论是在生活还是戏剧中，宽恕都很难让人信服，因为它是赢来的，而不是一份礼物。当某人变得温和，付出不求回报，转折点是什么？

当然，爱情也是如此，但一种可信的情感关系并不像人突然变得仁慈那样难以捉摸。这虽然可悲，却是事实，悔悟并不会自动让你摆脱困境。

尽管人们会选择原谅或假装原谅，但却很难忘记伤害。这可能是因为痛苦太深，也可能源于恐惧，还可能源于伪善的报复心理。无论原因是什么，仅仅道歉很难扭转局面。

没有办法深入别人的头脑去看他的悔恨是出于自责还是私利。骗子，自恋者和拥有反社会人格的人惯于欺骗缺乏洞察力的人，而精心伪造的悔恨烟幕弹，愚弄的不只是轻信的人。而忏悔，无论多么具有惩罚性、多么艰巨，多么真诚，都不可能让世界回到犯罪前的样子——忏悔者承诺的补偿越大，这条准则就越正确。即便在盗窃案中，赔偿也只是小小的补偿。回忆从来没有恨那么持久。

为了写出似是而非的仁慈，就得描述不充分的宽恕。比如莫泊桑的故事《宽恕》（*Forgiveness*），在这个故事中，妻子在出轨的事情上被恶意欺骗，最终在丈夫的情人死后一年，才愿意向她的丈夫表示友谊。

另一种方法是，让两个次要角色展开原谅和拒绝原谅之战，就像《普通人》中的父亲和母亲。

无论你选择如何戏剧化宽恕，你必须让有罪的一方努力展示真正的悔恨，同时，揭示受伤的一方同样努力地放下心中的痛苦、恐惧、怨恨、道德制高点，然后屈服。但不管你怎么努力，那个魔法师总是让人觉得不太可信。就像在《欲望号街车》中，斯黛拉被醉酒的斯坦利痛打后，最终屈服于他的乞求和呻吟，像一个愤愤不平的女王，从楼上的公寓走下来。她每往下走一步，都是在告诉他：你欠我的。

失　败

没有人能够完成计划中的每一件事，而人物对失败的反应，是决定他是谁的基石之一。失去的工作、破裂的婚姻、失去的爱情、无法挽回的友谊……他满血复活了吗？变聪明了吗？还是说他任由失败困扰自己，由失败定义，被失败限制与折磨，生活在一种持续的恐惧中。他不应该得到自己想要的，也没有能力得到它吗？他是否降低或改变了自己的目标？

在《贫民窟的百万富翁》中，哥哥萨利姆第一次抢走拉媞卡时，贾马尔想要重新找到她，占有她的狂热心情更强烈了。

在乔·康奈利（Joe Connelly）的《穿梭阴阳界》（*Bringing Out the Dead*）中，弗兰克·皮尔斯是曼哈顿的一名医护人员，他没能救活一个叫罗斯的小女孩。她的去世一直困扰着他，让他变成了工作狂。他失眠，沉迷于拯救每一个人，甚至那些求死的人。

推销员和那些忙着追求时代热门的人通常是失败的象征。《推销员之死》中的威利·罗曼总觉得自己错过了唾手可得的大好机会，他对于成功的渴望逐渐膨胀，并产生了一种可怕的假象。耻辱像裹尸布一样笼罩着《拜金一族》（*Glengarry Glen Ross*）中的房地产骗子和《罐头人》（*Tin Men*）中的铝板销售员。而《成功的芬芳》（*The Sweet Smell of Succes*）中的西德尼·法尔克，就像一台被失败的恐惧所吞噬的无情机器。

在刻画人物失败的场景时，不要忘记问：他失败的时候让别人失望了吗？让谁失望了？那个人还活着吗？他为什么不克服阻挡他的一切障碍呢？从那以后他学会怎么克服了吗？

成功／骄傲

　　失败和成功与我们探讨过的其他对立面一样。你需要知道人物什么时候开始做某件事情并取得了成功，那种自豪感如何在她心中膨胀。这种成功是否给了她信心，让她能够承受故事中等待她的痛苦？她是否被允许沉浸在这种荣耀中，或者她害怕显得虚荣、自以为是而不得不压制这种情绪？抑或环境不允许（比如在战斗中）她骄傲？回顾她的一生，她认为自己最大的胜利或"黄金时刻"是什么？

　　思考骄傲如何影响你的人物与羞耻的关系。黄金时刻可以掩盖一个人羞耻的过去——我已经做了很多好事了，可以忘记不堪的过去了。骄傲和羞愧之间的紧张关系是否让人物对自己的名声感到焦虑，害怕面具被人看穿？她的骄傲让她对自己的价值产生了错误的印象，从而导致虚荣或优越感吗？这是加州大学洛杉矶分校传奇教练约翰·伍德（John Wooden）的担忧，他建议球员们更关注自己的人格，而不是名声。

　　有时候成功并不会导致骄傲，而会带来冷漠，甚至羞愧（如果成功值得怀疑）。这是有关嫉妒的故事的常见主题，在《美丽新世界》（*Brave New World*）中，赫姆霍兹·沃特森对自己的各种天赋感到无比自豪，这让天赋不那么突出的伙伴伯纳德·马克思烦扰不已，甚至到了中风的地步。

不要忽视这样一种可能性：你的个性可能会被成功毁掉。《夜色温柔》(*Tender Is the Night*)中的迪克·戴夫和麦克白都是这样的人，他们都得到了自己想要的一切，并且为之付出了相应的代价。

宗教 / 灵性

在大多数美国人的生活中，宗教即使不是最重要的，也是十分重要的。然而，许多作家漠视信仰。这就错过了一个机会。这跟作者是否有信仰无关。尽管都是无神论者，但很少有作家能够像詹姆斯·乔伊斯 (James Joyce) 那样敏锐地描绘人物的日常信仰。

米尼·迪瓦恩·爱德华是《上帝的口袋》中最动人的人物形象：一位狂热的教徒。她的丈夫卢西恩 30 年来第一次早上起来不愿意去上班（除了婚礼和他母亲的葬礼以外），她仔细研究了《圣经》半个小时，想要从中找到一些指引。她的《圣经》放在抽屉里，只有周日才用。她看了一遍"熟悉的舒适区"，但是找不到任何触及问题核心的东西，于是她摸了摸水池边的基督画像，祈祷道："亲爱的基督，请不要让这一切成为泡影。"

加拿大作家布莱恩·摩尔 (Brian Moore) 是一位虔诚的天主教徒，他将信仰视为对爱恒久的渴望，但是对于它的顽固、盲目却缺乏洞察。《黑袍》（*Black Robe*）用特别的笔触讲述了耶稣会信徒们努力将休伦人变成基督徒的故事（电影由作者改编，与导演布鲁斯·贝雷斯福德共同拍摄）。

如果审视人物的宗教生活或精神生活符合你要讲述的故事——或者能够让你对人物如何看待自己的生活、道德、社会和死亡有更深刻的了解——问问自己以下问题：

·主人公是在某种宗教传统中长大的吗？他还有信仰吗？如果没有，为什么？如果有，有多虔诚？如果他不再虔信，想象一下他失去信仰的那一刻。发生了什么？

·主人公是成年以后才信教的吗？如果是，何时以及为什么信？众所周知，奥古斯丁（Augustine）、伊格内修斯·洛约拉（Ignatius Loyola）、方济各·沙勿略（Francis Xavier）和 T. S. 艾略特（T. S. Eliot）都是成年后才信教的。通常情况下，这种转变是在空虚和精神堕落的熔炉中形成的。我认识一个人，他从小是天主教徒，后来放弃了信仰，却在戒酒斗争中皈依了福音派新教。玛丽·卡尔（Mary Karr）也因为同样的原因皈依了天主教。乔·洛亚（Joe Loya）在《走出牢笼的男人》（*The Man Who Outgrew His Prison Cell*）中谈到他如何放弃自己的犯罪自我而皈依佛教的事情。想象一下你的人物找到信仰的确切时刻——地点、时间、有谁和他在一起，是什么具体的事件促使他转而信仰上帝。

·信仰如何塑造他的良知？在他的传统中，什么是被禁止的，什么是被鼓励的？他推崇什么美德？他经常犯什么罪？他从来没有犯过什么罪，但也许是因为环境的影响？他永远不会承认犯过什么罪？

·他是否相信次级灵性生物：撒旦、天使、圣人、魔鬼、仙女、小精灵、鬼魂？

·他把世界看做了无生气的死物，魔鬼的游乐场还是上帝仁慈的象征？是否存在某种不可见，内在的东西能够证明一切事物的精神属性？这如何指导或预示他的行为？

·如果主人公是一位不可知论者或无神论者，是什么力量塑造了他的良知：家庭？学校教育？又或者他信仰宗教只是为了成年以后抛弃它？他是否看到了某种生命力或其他抽象实体存在于世间，赋予世界生命？他是一个科学理性主义者、一个唯物主义者、一个愤世嫉俗的人，还是一个虚无主义者？

即便你不同意信仰对于美德和死亡，意义和群体的联结，宇宙和爱等问题的解答，任何一个想要被人严肃对待的作家都不可忽视这些问题。

食　物

把食物作为影响人物心理的一部分可能看起来很奇怪，但它通常是人物在其他地方得不到满足后的替代品，因此涉及面很广：欲望、爱、陪伴、家庭。

约翰·哈维扮演的诺丁汉警官查理·尼克是一个热爱美食的单身汉。他十分喜欢他工作地附近摊位上售卖的百威啤酒和特浓咖啡。到了午夜，他会在冰箱里搜寻鲜肉、斯蒂尔顿奶酪碎末、一片洋葱或西红柿，然后把它们放到一块烤黑麦面包上，涂满石磨芥末。他在准备这些食物时所展示出来的专注和耐心显示了他获得快乐的能力和孤独。

在《上帝的口袋》中，米尼·迪瓦恩为了缓解担心，亲自做香肠。她从烤肉架上把肥肉撕下来，把瘦肉切成方块，把它们放到研磨机中，然后凭感觉撒上盐、胡椒、大蒜、香菜等。她把猪皮放到一锅水中，加醋使它们变软。最后，她把红辣椒碾碎，加到肉里，用双手搅拌，一边做一边祈祷，直到双手酸痛，这让她知道基督在聆听她的心声。

在詹姆斯·乔伊斯的短篇小说《两位骑士》(*Two Gallants*)中，柯里打算为了钱去勾搭他认识的一名妓女。他的同伴，莱内翰不得不等交易完成。他走了好几个小时，直到他来到一家"看上去很糟糕的商店"，橱窗上贴着"点心"的字样。在橱窗后面，有一只切好的火腿，放在蓝色的盘子里，还有一盘葡萄干布丁。从早餐起，他就没吃过东西，除了他从"两个不情愿的牧师"那里讨来的一些饼干。他走进去坐下，问那个"邋遢"的女服务员一盘豌豆多少钱。当他知道这些东西只要3.5便士的时候，就又点了一盘豌豆，外加一杯姜汁啤酒。豌豆端上来的时候还是热的，并加了胡椒和醋调味。"他贪婪地吃着他的食物，觉得很好吃，便在心里记下了这家店。"

没有哪一位小说家比吉姆·哈里森（Jim Harrison）更能体会到饮食和烹饪中纯粹的感官享受，即便他只是在铁锅里用盐和胡椒煎碎牛肉馅饼。

食物的好处超越营养。我们最喜欢的菜往往可以追溯到童年，一个成年人往往会接纳或放弃伴随他长大的食物。食物是一种安慰，一种仪式。准备食物和吃一样，都能让人愉快。它让人联想到两种很难在纸上体验到的感觉：嗅觉和味觉。它诉说着欲望、快乐和友情，同时也诉说着这些东西的缺乏。食物缓解苦痛，回报人以耐心。这是慷慨，也是爱。

没有什么能够像做饭、吃什么、谁和谁一起吃饭这些细节那样生动地让一个人物活跃起来。对于尼克和米尼·迪瓦恩而言，它也可能代表家，或对家的需求。又或者，食物是一个短暂的安息之所，在不可逆转的，孤独地走向死亡的过程中，这是一次令人愉快的喘息的机会。

如果构思人物形象时有些困难，就让她坐在桌旁，为她提供她想要的东西或是让她为别人做些什么。

死　亡

我知道你会想：难道我们不能停留在食物这一层面吗？很不幸，不可以。

克里斯多夫·沃格勒观察到，每个英雄都必须经历与死亡的对抗，才能让故事有意义。死亡可能是一种隐喻：自我的瓦解，虚荣心或名誉的毁灭。它也可能是间接的：失去珍爱的人、忠诚的朋友、值得信赖的同志。但是这种经历肯定会改变一个人的一生。

有一条指导性原则：性格是在人与其他人的交往中形成的。这句话特别适用于人经历死亡或其他让人心碎的时刻。这是因为存在的契约已经消失，与他人的联系也永远断绝了，在面对这种像取出自己内脏般难受的分离时，我们不得不重新思考"我是谁"以及生命的意义是什么。

小说家谢丽尔·史翠得（Cheryl Strayed）在回忆录《走出荒野》（*Wild: From Lost to Found on the Pacifoc Crest Trail*）中提到，只有一个人独自沿着太平洋海岸 1100 英

里的徒步小径散步，她才不需要别人的安慰，也不需要安
慰别人，不需要寻求接纳，不需要逃离——逃离痛苦、亲
人死亡的折磨、家庭的解体、心碎的离婚。悲痛的孤独迫
使她接受一切，不仅接受死亡、失去、折磨，还要接受那
个一身创伤、脆弱的自己。她摒弃自我否定、性冒险主义、
药物滥用等心理骗术，对自己的价值及在世界上的地位有
了新的认识。

　　面对不可避免的分离，死亡迫使我们重塑自己的欲望、
身份和生活，从而改变我们。当我们不得不面对生命中最
简单的真相——死亡时，巴洛克对于人格的阐述就会削
弱。用修女佩玛·邱卓（Pema Chodron）的话来说就是：
当我们意识到无路可逃时，生活就变得简单多了。

　　很显然，我们对于死亡的体验都是间接的，但是我们
知道它的存在对我们意味着什么。在与人物探讨这个话题
之前，回顾一下自己过去与死亡相遇时，最辛酸、最具毁
灭性、最有启示意义的时刻。记住那一刻的混乱心情，回
顾一下自己对这种生命常态的好奇感、无形的空虚，或那
随时可能会到来的恐惧。死亡形成了一个深不可测的黑洞，
在这个黑洞周围，生命被我们焦虑地、温柔地、着魔一样
地安排。不管我们如何理解死亡的原因，死亡都是难以理
解的，存在一种难以捉摸的感觉，似乎一切都会继续，这
种假设无意间激活了我们所有的思想和感情。阿道夫·比

奥伊·卡萨雷斯（Adolfo Bioy Casares）在他所著《不可再现的奇迹》（*Miracles Cannot Be Recovered*）中所说的那样，关于死亡最令人不安的事实是：它们只是消失了。

死亡告诉我们，我们无法逃脱时间，有些门永远不会打开，一切迟早会永远消失。

许多神秘故事和犯罪故事之所以差强人意，不仅因为故事建立在暴力色情之上，更因为创作者对死亡的轻视。大多数商业片也是如此，因为它们痴迷于圆满的结局。鉴于好莱坞的财务现状，悉德·菲尔德（Syd Field）谈到他具有开创性的剧本创作时，谨慎但却不明智地提到了如何避免"令人沮丧的结局"。这种操作远离了观众，最终会逐渐损害电影行业。人们迟早会厌倦被骗或被人当作孩子。

小说和电影中有关死亡的例子太多了，在这里无法一一列举，这或许是件好事。找最好的例子，分析一下它对你的影响为什么这么大，并将这种经验运用到你的创作中，虽然人物不可能在死的时候和你我的感受一样。如果他们不像你那样对死亡感到害怕、困惑或是被触动，那就说明你对这个问题的关注不够。

练　习

1. 从你目前正在创作的作品中选取两个人物，按照本章讨论的方法，分别探究他们的心理：

- ·欲求
- ·恐惧
- ·勇气
- ·爱
- ·憎恨
- ·羞耻
- ·内疚
- ·宽恕
- ·失败
- ·成功／骄傲
- ·宗教／灵性
- ·食物
- ·死亡

2.这项工作是否激发了构思新场景的灵感或给了你一些如何改写场景的启发？如果是这样，你将如何改写？如果没有，为什么？

第十四章

丰富多彩的世界：人物的社会属性

一个人的心理状态定义了他的内心生活，一个人的社会属性则决定了他如何在他人所组成的世界里生活，而这包含了我们在之前探讨的大多数问题。你可以一点点消化吸收，没必要"一口吃成个胖子"。

任何两个人之间的关系，我们都可以通过问这些问题来了解：最快乐的时刻是？最恐惧的时刻是？最羞愧和最内疚的时刻是？成功或失败的时刻是？宽恕的时刻是？在接下来的讨论中请牢牢记住以上这些问题。它们是接下来所提出的一切写作建议的核心。

家　人

正如我们经常这样形容孩子，通常，父母也是难题或谎言。

——刘艾米（Aimee Liu），《闪电屋》（*Flash House*）

你在家庭中所承担的角色，是决定你以什么样的面孔面对他人、你是否感到自信，或是否觉得自己有价值的关键因素。这对于人物精神世界的塑造而言也至关重要：什么样的家庭生活让她感到鼓舞、羞愧、迷惑？什么事情给了她勇气？什么事情导致了不确定性？什么事情加深了她内心的喜欢和感激，又转化成羡慕甚至是厌恶？

常言道，英雄大多是孤儿，准确来说，这是因为他们没有家庭的包袱，从而能轻装上阵。狄更斯终其一生对于孤儿和弃儿都格外青睐。除非，故事的核心冲突是英雄如何处理自己与亲人的关系——他如何不按照父母的期待成长，甚至毫不顾及他们的担忧或兄弟姐妹的妒忌。这些成长经历都会对人物的行为造成难以预估的影响。在《贫民窟的百万富翁》中，贾马尔在他很小的时候失去了母亲，这一切促进并强化了他从拉媞卡那里寻求爱的行为。

一个人追求自我认同和社会地位的过程通常需要摆脱父母或家庭的影响，然而我们很难想象一个有深度的故事能够脱离这些内容，即便这一切只是作为背景而存在。

如果故事中没有父母的角色，那么他们通常会由其他角色或是因素所代替：导师、狱卒、一个一直没有出现的拯救者或隐藏在内心的内疚、力量、坚定的信念。在审视人物的家庭背景（如果它与你想要讲述的故事有关）时需要考虑以下人物关系。

父　亲

父亲是存在还是缺席？如果是缺席的，勾勒出他离开时的场景。如果他存在，他是否一直都在，还是时不时会消失？如果他来了又去，原因是什么？他每一次会待多久？

如果他是人物生命中某种决定性的力量，把它们呈现在纸上，比如深情、责骂、冷漠或牺牲等。在情境中思考：醉酒时的愤怒、请求指导、索要钱财、一场关于节俭的道貌岸然的演讲、一次野蛮的"剥皮"、十六岁生日时购买的汽车……

彼得·德克斯特在《上帝的口袋》中写了一个情节，米奇回忆起自己孩提时代跟父亲丹尼尔（他是一个长途车司机）的一次对话。丹尼尔从不要求米奇去上学，事实上因为家里没有人照顾小孩，他更喜欢带着自己的儿子一起上路。在一次从迈阿密到亚特兰大的常规运输途中，米奇感叹夕阳笼罩在松树上的景色非常美，他的父亲却反驳道："就算是这样，它也不会因为你说出这样的话而变得更美。"这一刻不仅让他跟父亲的关系变得僵化，也导致了他长大以后无法表达自己的情感，选择把它们压抑在自己的心里。

母　亲

那些有关父亲的问题，在这里同样重要，但同时还要认识到，母亲是一个孩子情绪和感觉的中心，这种联结即便不会跟随一生，也会一直延续到成年。除了那些和父亲一样的问题以外，我们还可能要了解以下问题：

妈妈是慈爱的还是控制欲较强？她是温暖的还是冷漠的？

在抚养孩子的时候她是父亲的同盟军还是对立面？

她是否鼓励孩子追求那些能够开阔视野的技能或机会？她对于孩子有一天有能力离她而去是否感到怨愤不平？

她通常充当一个助人的长姐的角色还是一个明显的成年人的角色？

她与孩子的爸爸或情人性生活是否和谐？孩子们是否知情？他们对这件事的感受是什么？

记住，把你的答案情境化：与母亲的一次对抗——这次对抗决定了以后所发生的一切事情；与她一起去医院看望即将死去的姐妹；周日她强忍着宿醉的不适准备早餐；某个下午她与一个陌生男人调情……尝试着塑造一个丰富的人物印象，而不仅仅是罗列一大串人物特质。

一个母亲的能量会以一种不可见的方式影响自己的孩子，这是家庭诅咒得以形成的前提条件，也是朱诺特·迪亚兹的《奥斯卡·瓦奥短暂而奇妙的一生》的灵魂。妈妈和儿子同样遭受绝望的爱情，双眼因渴望爱情而被蒙蔽。电影首先讲述了妈妈的故事，因此当我们看到奥斯卡的经历和她差不多的时候，我们会在他上当受骗的时候内心一紧，甚至会因为他而心碎。后来他的母亲也意识到了这一切，也看清了自己所遭受的一切。她对于女儿萝拉的依赖同样是残酷的，只是方式不一样而已。萝拉以一种充满恶意的残酷来脱离母亲的压榨和让人窒息的影响。这两个女人都明白，这种决裂是女儿获得独立人格必须付出的代价。

母亲有时候也会像父亲一样消失，对这种分离的处理很大程度上会影响我们以后的生活，我们如何处理焦虑、感情、归属、信任等。珍妮特·菲奇（Janet Fitch）的《白色的夹竹桃》（*White Oleander*）的核心就是女儿被一个叫安妮的女人压制的记忆，最后女儿终于想起来，安妮是她小时候照顾了她整整一年的保姆，这让她以后对于被抛弃产生了一种难以承受的恐惧。

有时候，母亲虽然很强势，但对于孩子的影响也会消失或者说看上去会消失。在大卫·贝尼洛夫的《贼城》中，一个年轻男孩在他的母亲和妹妹逃到更为安全的乡下的时候，却决意要守卫列宁格勒。他的母亲说他是个傻瓜，也直白地告诉他，自己和他的妹妹也需要他。但是他并没有按照母亲的意志行事，而是告诉她，如果列宁格勒沦陷了，俄罗斯就会沦陷，如果俄罗斯被打败了，法西斯就会统治整个世界。半个世纪以后，他依然坚定不移地守护这个信念。这让他有勇气第一时间站起来反对自己的母亲。这确实需要很大的勇气，要知道他从一出生就很害怕母亲。然而他并没有彻底摆脱她残暴的影响：他爱上了叫维卡的红发女人，她行事同样残暴。

不要忘记即便是慈爱的母亲也会有失控的时候；全神贯注的母亲也会有走神的时候；吹毛求疵的母亲也不是全然不懂得温柔；就算是麻烦缠身的母亲，也会被永远记住，因为存在那些乌云散去，温暖之光照亮世界的时刻。

祖父母

他们住在很远的地方，还是住在附近或者一大家子人住在一起？他们是否很活跃地介入人物的生活，也许还充当知心长辈的角色？又或者他们脾气很坏，是一种负担？

在电影《红心王后》（*Queen of Hearts*）中，萨贝拉和她的女儿罗斯一家住在一起。萨贝拉从未接纳过罗斯的丈夫达尼诺，也对他行为乖张的父亲充满憎恨。她是一个虔诚的天主教徒，所以总是在道德上谴责家里的每一个人。这一切导致她承受了许多具有讽刺意义的不良后果。

回到大卫·贝尼洛夫的《贼城》，祖父是叙述者童年记忆里那个一直微笑地看着"我"的人，他会拉着"我"的手，带着"我"走过几个街区到达公园，"我"在那里逗鸽子，老人则读着他的俄语报纸。主人公从他身上学会了如何度过 1941 年到 1942 年期间列宁格勒的冬天，看到了让人绝望的寒冷和绝望，他看到人们因为饥饿把一切生物——除了彼此——吞进肚子里。他也从中学会了什么是真正地活着。

兄弟姐妹

有些人认为，小孩的同龄人，尤其的兄弟姐妹对小孩行为的影响和父母差不多，甚至影响更大。对于大家庭或者贫困的家庭而言，兄弟姐妹之情尤其重要，这一点克里斯蒂·布朗（Christy Brown）在《我的左脚》（*My Left Foot*）中的描写十分到位。兄弟姐妹之间的敌对也一直出现在文学当中，比如说《克莱恩和阿贝尔》（*Cain and Abel*）、莎士比亚的《理查三世》、阿瑟·米勒的《代价》（*The Price*）、约翰·斯坦贝克（John Steinbeck）的《伊甸园之东》（*East of Eden*）。而电影《爱情是狗娘》（*Amores Perros*）中，兄弟中的一个雇用杀手去杀另一个兄弟，杀手却把他们都绑起来，给他们留了一把手枪，在走的时候他说："你们自己解决吧。"

也不仅仅是兄弟之间喜欢这样的比赛：问问李尔王吧。

那么我们要确定的第一个问题是，在抢夺父母的爱，同学或是邻居的尊重时，谁是同盟，谁是敌人，谁是竞争者？和之前一样，构思一下任何两个人，尤其是兄弟姐妹之间的亲情，勾勒出他们一起做家务或者一起逃避家务的情景、一次打斗、一次发自内心的赞美、一次看医生的经历、一个单调乏味的派对或圣诞节。

故事中的主人公有多少个兄弟姐妹？他们的性别是？他们的年龄多大？你的人物处在什么位置？这如何影响他或她的世界观？

在电影《斗士》（*The Fighter*）中，最主要的冲突存在于麦克和迪克兄弟之间。但是迪克有自己的盟友，有他那控制欲很强，对他充满愧疚的母亲，还有那些有着奇怪的昵称的妹妹们，他们都在帮他复仇。麦克想要获得家人拥护的心愿在想从毒瘤一样的家族中解脱的抗争面前变得苍白无力。

简·奥斯汀（Jane Austen）能比其他人更敏锐地觉察错综复杂的兄妹之情。在现代社会，凯特·阿特金森也在她的小说中让同样的话题呈现出非凡的影响力，尤其是在《尘封旧案》和《何时会有好消息？》两本书中。茱莉亚和阿曼达·兰迪几乎一直都在寻求别人的关注，即便成年后也是如此。一直不被人喜爱的阿曼达罹患癌症时，没有人比茱莉亚更伤心。杰克逊·布罗迪在16岁妹妹被人谋杀后，一直没法从绝望的痛苦之中走出来，这种痛苦随着另一个兄弟弗朗西斯的自杀而变强。弗兰西斯一直觉得自己应该为妹妹的惨死负责（在她被杀的那天晚上，他拒绝去汽车站接她）。

帮派题材常常会讲到家庭问题及兄弟姐妹。如果索尼和迈克尔不相爱，如果迈克尔和弗雷德不相互鄙视，如果迈克尔和同父异母的兄弟汤姆·汉根之间不互相猜疑，那么柯里昂家族会有一个完全不同的教父。托·普拉诺与自己孤芳自赏，爱利用别人的同情心又圆滑的妹妹加尼斯之间永不休止的斗争是电视上最吸引人的家庭冲突。

配　偶

> 婚姻和其他任何事情都不同。它甚至会带来一些很可怕的事情。
>
> ——乔治·艾略特，《米德尔马契》

> 迟早，最好的结果是你的妻子会变成你的妹妹。最坏的结果是，她变成了你的敌人。
>
> ——路易·德·伯尔尼埃，《游击队员的女儿》

没有什么关系像夫妻关系那样充满冲突，因此它也为戏剧描写提供了丰富的素材。事实上人们因为互相迷恋而组成家庭会变成一种张力，而这种张力拆散的家庭不止一对。婚姻把友情、家庭、性吸引所包含的最好和最坏的一面结合在一起，它让忠诚和欲望，稳定和冒险，忠贞和自由相互对立。因为两个人之间的承诺如此特别，所以每一段婚姻都有独一无二的和解方式、回报、喜悦和怨憎。

婚姻和死亡一样都是故事叙述的核心内容，而有关婚姻的文学类型则多种多样。有野蛮的 [《谁害怕弗吉尼亚·伍尔夫》(*Who's Afraid of Virginia*) 中的乔治和玛莎]，也有热烈的 (《欲望号街车》中的斯黛拉和斯坦利)；有顺从的 [《纯真年代》(*The Age of Innocence*) 中的纽兰和梅]，也有狼狈为奸的 [《热铁皮屋顶上的猫》(*Cat on a Hot Tin Roof*) 中的麦琪和布里克]；虚伪的 (《教父》中的麦克和凯)，也有倒霉的 [《性感野兽》(*Sexy Beast*) 中的盖尔和迪迪]；有艰难的 [《驯悍记》(*The Taming of the Shrew*) 中的凯瑟丽娜和彼特鲁乔]，也有顺心顺意的 (《又一年》中的汤姆和格里)；有四面楚歌的 (《黑道家族》中的托尼和卡梅拉)、不可思议的 [《平安夜》(*Silent Night*) 中的琼和查尔斯]，也有命中注定的 (《上帝的口袋》中的米奇和珍妮)。

虽然文学作品中有如此多的例子，但不要忘记从你所了解的真实的婚姻生活中寻找灵感。托尔斯泰说，所有幸福的家庭都是相似的，但就婚姻而言这显然不正确。每一对夫妻的相处方式正如每一个人的性格一样充满无限的可能性。爱和需求，习惯和信任，希望和运气让两个人的结合产生无法预估的结果。

　　然而对每一段婚姻而言，最为核心，最为基本的问题是：每个人在多大程度上能够为了对方而放弃自己想要的东西？他想要的是什么以及他所得到的东西是否能补偿他所放弃的东西？是否存在一个临界点？孩子在这当中充当了什么角色？

　　有关两个人之间的感情，我们所需要探究的可以从其他章节里找到答案：人物的欲望、爱、恐惧和遗憾是什么？家庭压力、工作、团体、信仰又是什么？你把这样的两个人放在一起，是否能看到火花或短兵相接？他们跳舞吗？还是一言不发？他们的爱拯救了彼此还是让彼此失望？之前构造人物的时候思考过的问题，在构思婚姻的情节时候也要一一认真思考：他们什么时候欲望最强、爱意最浓、恐惧最深、怨恨最重、最为羞愧、最为宽容？

　　在威廉·特雷弗的短篇故事《房间》里，凯瑟琳在丈夫被指控谋杀之后的九年里，依旧待在她的丈夫法艾尔身边，后来他因为杀死的是一个站在路边尖酸刻薄的妓女而无罪释放。卡瑟琳后来也找到了自己的情人，这个男人跟他的妻子分开了，他用一种充满敬畏的语气对凯瑟琳说她是如此光彩夺目，自己爱得如此深沉。凯瑟琳的回应是：我在这里。后来，她才知道这个半路情人最终会回到他的妻子身边，一点一点修补他们之间的裂痕。一切原不应该是这样。同时，她也知道自己的婚姻已走到尽头。这九年他们之间的爱太过紧张，不能给人带来安慰。她会告诉她的丈夫自己将要离开，她觉得这既不会让他感到震惊，也不会让他感到惊讶。他会理解自己的决定："爱所能做的，远远不够。"

朋　友

柏拉图认为友谊是人类的终极纽带。它是我们自由选择的，只有在双方都同意的情况下才能建立。友谊是独特的亲密关系，不掺杂家庭义务或性的因素。友情通常是我们的支撑，特别当我们与情人或家人的关系出现问题的时候。主人公最好的朋友是谁？最长久的朋友是谁？他们是同一个人吗？为什么是同一个人或者为什么不是同一个人？主人公是否有非常想念但失去联系的朋友？是否有想断绝往来的朋友？

福楼拜的《布瓦与贝居谢》（*Bouvard et Pecuchet*）是关于友谊的大作，故事围绕着两个共同继承了一笔不小的遗产的文员展开。他们认为自己也能够像任何学者一样解决当下的难题，这份自信主要来自彼此的鼓励。因此他们制造了一系列闹剧，这一切都是由他们的盲目自信和自身的局限性造成的，最终他们回到了原点，重拾简单而朴实的友情。

詹姆斯·迪基（James Dickey）的《解救》（*Deliver-*

ance）不仅是一部令人警醒的荒野探险小说，也尖锐地探讨了男性友谊中的竞争和不安全感。三个男人之间无法平息的紧张关系，凸显出他们在开始这项艰巨的任务之前所做的准备多么不足，以及两个幸存下来的人是多么幸运。

除了家庭关系之外，友情也能为我们提供足够多的喜剧源泉。想想《生活大爆炸》（*The Big Bang Theory*）里的拉文和雪莉，伦纳德和谢尔登。友情能够调和善意和敌对，接纳和竞争，憎恨和宽恕。这是一种没有血缘关系的兄弟之情。

不要因为性别不同而不敢建立友情。也许一个男人和一个女人不可能成为真正的朋友，他们之间的友谊很可能是因为其中一方是同性恋或者已婚的缘故，又或者是因为他们做不成恋人，只能做朋友。然而所有这一切恰好表明这样的友情多么有趣，因此也是故事的沃土。

简·奥斯汀也是一位描写友谊的大师。她故事中许多男女的友谊都建立在即将步入婚姻殿堂的基础之上。但这些人物所经历的纠结依然是小说中最大的亮点，比如《理智与情感》（*Sense and Sensibility*）之中艾丽罗·达什伍德和布兰登上校之间的友情。

有时候，这样的友情其实是建立在性吸引的基础之上的，整个故事都围绕着人物如何控制自己的情欲而展开。有的人因为维多利亚式的正直而压抑自己，比如 C. S. 福斯特（C. S. Forester）《非洲女王号》（*The African Queen*）中的查理·阿尔鲁特和罗斯·萨叶尔。有的人则因为清规戒律而不敢越位，比如在查尔斯·肖（Charles Shaw）的《日月情》（*Heaven Knows, Mr. Allison*）中的修女安吉拉和下士艾里森。

当然有时候也可能存在一厢情愿的情况，比如在阿尔弗雷德·希区柯克（Alfred Hitchcock）《迷魂记》（*Vertigo*）中的斯科蒂·弗格森和他曾经的未婚妻米吉。

遗憾的是，小说中关于男女友谊的描述远远少于实际生活中出现的频率。博蒂娜·海英里西斯（Bertina Heinrichs）的小说《棋手》（*The Chess Player*）（改编为电影《王后游戏》）是个特例。这部小说讲的是一个科西嘉岛侍女和她的美国籍独身象棋老师如何互相吸引，暗生情愫但最终保持了柏拉图式纯洁关系。从海伦娜第一次看见象棋的时候，性的吸引就存在了。海伦娜在给一对度蜜月的夫妻打扫房间时，正遇见他们在阳台上下象棋，那个男人和女人之间显然存在着一种让人入迷的亲密感。海伦娜自己的婚姻早已变得寡然无味了，这也为后面可能发生的事情埋下了伏笔。

然而后面所发生的事情更有意思。海伦娜因为某种无法道明的原因迷上了象棋，同时她表现出象棋方面与生俱来的天赋。她的象棋老师克鲁格教授为此十分苦恼，虽然他有许多情人，但他觉得海伦娜更像自己的前妻。这是一个天赋异禀且挣扎着想发挥天赋的女人。他对于海伦娜的爱是悲剧的，温柔而又特别。这也是海伦娜第一次是为自己，而不是为雇主、丈夫和女儿，去追求某种东西。

无论是在真实生活还是小说中，工作场合都会催生大量跨性别的友情，出现因办公室恋情而克制自我欲望的问题。正是这个原因，在警匪片中设置一个女性角色非常讨喜，男女并肩作战打击犯罪，是一条有别于兄弟之情的全新故事线。例如《X 档案》（The X-Files）中的穆德和史高丽，《蓝色月光》（Moonlighting）中的大卫和马迪。当然这两部剧最后男女主人公都变成了真正的情侣，这对两部剧的戏剧效果而言是致命的伤害。

塔娜·弗伦奇（Tana French）的《神秘森林》（In the Woods）的故事情节与此相近，然而更有趣。都柏林凶杀案侦探罗布·瑞安和凯西·马多克斯之间的友谊开始于罗布的一句话："我对于凯西·马多克斯的想法没有异议。"首先，他瞧不起这项工作中"新尼安德特人"的竞争模式，他爱女人胜过男人。其次，她的外形不是他偏爱的类型。她长得男性化，很瘦，宽肩，而他喜欢女性特征明显的金发碧眼的美女。但他莫名地被她吸引，他很小心地向她表达了自己的小心思，然而她却说自己一直梦想着被一个英俊的白人骑士拯救。这让他打消了自己内心呼之即出的想法。他放下自己的爱，把它深埋于心。整本书对于这种友情的刻画非常深入精彩，但是在快要结束的时候，正如品特所言，他们之间的性欲喷薄而出，这犯了一个可怕的错误。一切从此变得不一样了。这是对我们在面对这种关系的时候所产生的饥饿心理的一种考验，这注定会导致巨大的损失，我们能够深深地感受到感情之船的沉没。

名　字

> 给运动员取名叫"梧桐弗林"或"墨尔本战壕"，预示着有事情即将发生。他会缩小或变大，伸展肌肉或收紧肌肉，全场一垒安打或有力地防守。
>
> ——罗伯特·库弗
> 《环球棒球协会股份有限公司及持有人 J. 亨·利沃》

和名字所指向的个体一样，名字在一段时间内不会发生变化，从而形成人物的一致性和延续性。而且，名字本质上来说是一种社会现象。无论是你的教名，姓氏还是昵称，都是别人给你取的，它能够折射出你的社会属性。

名字赋予人物延续性，因此人物名字的选择至关重要。一旦你知道了人物的名字，一旦你能够清楚地辨别这个名字是否适合人物的本性，你就离了解人物的全部很近了。

名字如果选择得当，就可以替代某些描述性的文字——比如，电视连续剧《火线》中的名字：吉米·麦克纳尔迪（Jimmy McNulty）、斯丁格·贝尔（Stringer Bell）、提案乔·斯图尔特（"proposition Joe" Stewart）、史努比·皮尔森（Snoop Pearson）、邦尼·科尔文（Bunny Colvin）、卡帝·怀斯（Cutty Wise）、邦克·莫兰德（Bunk Moreland）、泡泡（Bubbles）。

小说家理查德·普莱斯（《火线》作者）在小说中也会适当地使用暗示性的名字：洛克·克莱因（Rocco Klein）、斯特莱克·邓纳姆（Strike Dunham）、巨人安德烈，佛陀帽子——这是一个让人闻风丧胆的毒贩子的名字。

其他让人难忘的名字还包括：奇利·帕尔默［Chilli Plamer，《矮子当道》（Get Shorty）］，萨格斯宝贝［Baby Suggs，《真爱》（Beloved）］，护士拉奇特［Nurse Ratched，《飞越疯人院》（One Flew Over the Cuckoo's Nest）］，瑞·多莉［Ree Dolly，《冬天的骨头》（Winter's Bone）］，布莱恩·雷米（Brian Remy，《零度》），公鸡考伯恩（Roster Cogburn，《大地惊雷》），昆丁·卡迪（Quen-tin Caddy）和本杰·康普森（Benjy Commpson）［《喧哗与骚动》（The Sound and the Fury）］。众所周知，海明威不喜欢使用暗示性的名字，配角例外。然而即便是那些看起来十分不起眼的名字，比如或罗伯特·乔丹、杰克·巴恩斯、尼克·卡尔特，也传递出了作者的意图。

　　要点：尽量选择一个让人印象深刻的名字：至少对你而言，发音响亮，能够给人留下清晰的印象或者画面。这个印象或画面就是人物每次出现在文章中的基石，这块基石与现实生活中名字所赋予人的一致性和延续性如出一辙。

　　那些看起来很平凡的名字则是一种挑战。比如说吉姆·威廉姆斯，简·史密斯，约翰·哈里斯等，这样的名字无法让你形成画面感，但是它们却让你意识到这些人物必然不能像名字这般平凡，他本人应该更优秀。当然，虽然人物的名字不会改变，但是他身上一定会发生一些改变。

阶　层

　　在美国，人们通常会忽视这个问题，因为我们倾向于认为这是一个不存在阶级分化的社会。但是我们所有人都清楚，无论是经济实力还是社会地位，总是有一些人在我们之上，一些人在我们之下，而我们也会明里暗里地希望自己能够跻身于前者而不是后者。这种区别是由某种门槛划分出来的，这种门槛比其他门槛更难以跨越。

　　了解人物在生活圈子里处于什么位置，了解人物的经济收入和社会关系等。人物的阶层会带来什么机遇？会排除什么机遇？主人公是让人喜欢的人还是让人讨厌的人？他是中产阶级、蓝领还是某一方面的专业人才？他的生活圈子是稳定的、不断上升的还是不断下滑的？

最为重要的是，人物如何与比自己差和比自己好的人相处？他感觉舒服自在吗？他充满怨愤吗？他是否感觉被人指指点点？他受人欢迎还是被人排斥？他是在往前走，还是在努力维持当下的生活，或者他无助地被人甩在后面？又或者他期待从困境中走出？

以上这些问题都需要在情境中展现：与一个总是居高临下的同事之间的一场无可避免的争论；一段友谊因为其中一人终于有机会步入更好的生活而破裂；在非常渴望给对方留下好印象的人（比如教授，著名作家，约会对象）面前表现不佳，因而感到十分难堪。

2010 年发行的电影《城中大盗》（*The Town*），改编自查克·霍根（Chuck Hogan）的小说《小偷王子》（*Prince of Thieves*）。电影刻画了一帮抢银行的蓝领劫匪，他们住在一个叫作查尔斯镇的小岛上，与世隔绝。他们憎恨飞地上那些生活得更好的外来人。整个故事就是以两个群体之间的冲突为基石。电影一开场，抢劫行动就出了岔子，道格·麦克雷（由本·阿弗莱克扮演）同情银行的女经理。她代表道格一直想要逃离的愿望——不是指逃离犯罪，而是指逃离那些紧紧拽着他，拉着他往下沉的古老的忠诚，凌驾于一切之上的忠诚。道格和他的同伙之间的戏剧张力不断变强，尤其是他与残暴的杰米·库格林和反社会犯罪头目菲吉·科尔姆之间的矛盾，他们拒绝放任道格为了追求更好的东西而不计后果，忘恩负义。

一般来说，犯罪小说是关于阶级矛盾的最好载体。从早期的电影《小恺撒》[*Little Caesar*（1931）]《国民公敌》[*The Public Enemy*（1931）]，《疤面人》[*Scarface*（1932）]到同时期达希尔·哈米特（Dashiell Hammett）、康奈尔·伍尔里奇（Cornell Woolrich）与贺拉斯·麦考伊（Horace McCoy）等人的故事。20世纪40年代的犯罪电影很多是关于欧洲移民和受保护的美国人之间的冲突，代表作者有弗里茨·朗（Fritz Lang）、罗伯特·西奥德马克（Robert Siodmak）和雅克·图尔尼尔（Jacques Tourneur）。20世纪60年代的作者，比如查尔斯·威尔福德（Charles Willeford）、吉姆·汤普森（Jim Thompson）、大卫·古德斯（David Goodis）。在日益受人追捧的爱尔兰、英国以及斯堪的纳维亚犯罪类型小说作者的刺激之下，美国迎来了具有社会意识的犯罪小说写作的复兴时期，代表作家有唐·温斯洛（Don Winslow）、詹姆斯·埃尔罗伊（James Elroy）、丹尼斯·勒翰（Dennis Lehane）、劳拉·里普曼（Laura Lippmann）、乔治·佩雷卡洛斯（George Pe-lecanos）。他们创作了有别于乌托邦式的社会观点类型小说——黑帮小说、犯罪小说以及黑色小说，专门探讨经济不平衡、阶级嫉妒所导致的残酷后果还有随心所欲的资本主义带来的问题。

工　作

　　女演员、教育家斯黛拉·阿德勒（Stella Adler）曾经说过，没有什么问题比询问一个人物的工作更为重要：他是一名律师还是一名机修工，一位发明家还是一名巡警？在处理与老板、下属、顾客、竞争者、政府官员及其他人之间的关系时，不同的职业有不同的性格要求。

　　她擅长做自己的工作吗？她的工作在未来是否依然稳定？谁会取代她的工作？

　　这是她的天职还是偶然从事的工作？这份工作能否给她想要的经济稳定和自由？如果不能，她是否做了什么来改变现状？

　　花一些时间来思考这些问题，仔细把它们刻画出来，在你所设想的情境中，用某个具体任务来体现这种挑战，比如说领导、客户、同事。写出她如何回应他们。

　　在电影《在云端》（Up in the Air）中，瑞恩·宾汉是裁员专家，他拒绝任何形式的承诺，只能他裁掉别人，没人能够裁掉他。

　　在乔·康奈利的《穿梭阴阳界》中，弗兰克·皮埃尔是一名伞兵军医，他有拯救他人的能力，因此产生了一种扭曲的责任感。他一直无法原谅自己没能拯救一个年轻姑娘的生命。但他每一次拯救人时往事又会于眼前重现——拿出急救包，按压，检测病人的血压，挂输液袋，连接心电图……"机器记录着病人心跳降到底端，病人白得发蓝的脸上还连着一根线，她的眼睛茫然地盯着天花板。我两度尝试着把眼睛合上，但是眼睑又分开来。"

在大卫·贝尼奥夫的《第25小时》里，两个配角因为工作一下子变得清晰而生动。弗兰克·斯莱特里曾经是大学的摔跤选手，现在是华尔街的证券交易员。他的交易限额已经透支了，只等着失业数据来告诉他自己是一个天才还是一个傻瓜。这份工作满足了他急躁的竞争渴望、他的自尊和复仇的欲望、他对于风险的沉迷，以及永远不再回布鲁克林的执着。相反，雅各布·艾琳斯盖坐在预科学校的教师休息室里给文件定级，他在这里教英语，在自己放荡不羁的同事的比照之下他相形见绌，被自己暗恋的女生嘲笑和欺骗。

教　育

知道人物是否完成了高中学业很重要，但是从戏剧的角度而言，更为重要的一点是：是否存在一些曾给她启迪、自信或打击她自信心的老师、学校领导或同学？

如果教育经历对人物很重要，清晰地勾勒出那个充当主要角色的老师。小学的老师在启蒙阶段会像家人一样陪在我们身边，而高中老师则会阻碍或减缓我们走向成人的脚步。

《万世师表》（*Goodbye, Mr. Chips*）、《春风不化雨》（*The Prime of Miss Jean Brodie*）以及另外一些更为现代的同类电影如《力争上游》（*The Paper Chase*）、《死亡诗社》（*Dead Poets Society*）、《生命因你而动听》（*Mr. Holland's Opus*）、《成长教育》（*An Education*）等都证明教师对人的长远影响，无论好坏。

教育也能够决定人物在经济上能够达到什么层次。人物在与比自己学历低或者学历高的人交流时是什么感受？她说什么样的笑话，她的朋友是否能够听懂？她把谁看作自己的同类？谁是比自己更好的人，谁是比自己更差的人？谁比自己更聪明或更笨？以她受教育的程度，哪些工作是她认为自己有能力完成的？她是否发挥出了自己的潜能？如果没有，为什么？如果答案是肯定的，那等在前面的挑战又是什么？

地　域

人物在什么地方长大，当他成年以后选择在什么地方生活，塑造了他对于地域，甚至是家庭的认知。地域通常暗指集体，而集体决定了什么是被允许的、什么是被期待的、什么行为会被人嘲笑。正如家庭，它在塑造人的心理和道德感方面至关重要。

研究一下人物的生长地及定居地，还有相应的地方价值观，比如城市、郊区或乡下的价值观如何塑造他以及他的自我期待？

《贫民窟的百万富翁》主要场景就设置在孟买的贫民窟。而《在云端》的故事主要发生在机场和酒店里。我已经讨论过查尔斯镇在《城中大盗》里如何充当一个关键的主题隐喻。费城同样在《上帝的口袋》中作为故事的主要背景而存在（以这个城市最暴力的街区命名）。斯考特·菲利普（Scott Phillips）的《重返单身》（*The Ice Harvest*）则只能发生在堪萨斯州威奇托而不是其他地方。同样的例子包括马克·科斯特洛的《包裹男人》（*Bag Men*）中的波士顿，科林·哈里森（Colin Harrison）作品中的纽约，约翰·哈维（John Harvey）的"查理·雷斯尼克系列小说"中的诺丁汉。这样的例子不胜枚举。如果你的故事中某一个地点特别突出，你应该去采访一下住在那里的人，或研究一下回忆录及其他一手资料，要考虑地点对主人公以及住在那里的人所产生的特定影响。

没有人可以去所有地方，所以当我们了解地域如何影响人物的时候，就需要依赖调查结果。有两个我们绝对不可以忽视的因素是食物和音乐。例如电视连续剧《忧愁河上桥》（*Treme*），故事主要发生在新奥尔良，所以相对于其他地方而言，更要捕捉到这个城市的独特文化。地方美食对某些人而言就是家，音乐则能撩拨人的情绪。听佩西·克莱恩（Patsy Cline）长大的人会与听着帝托·普恩特（Tito Puente）、厄里卡·巴杜（Erykah Badu）或贝多芬长大的人有着截然不同的听觉和情绪感知能力，也许就连对于时间的感知也是不一样的。

家

与地域不同的是，我们不仅要了解人物生活的地方如何塑造他，还要弄明白他觉得自己属于哪里。

当我们开始勾勒人物的时候，想一下这个问题：他是否住在家里或者他是不是一个局外人？其他人如何看待他的身份——他是乡下人、城里人、暴发户还是野蛮人？

他的价值观、方言、理想和偏见里保留了哪些家的印记？

如果家在别处，他是否渴望回去？他能够回去吗？是否曾经发生过一些事情，比如说毁谤、悲剧或丧失永远挡住了他回去的路？他是否已经跟新家和解，是否已经建立新的家庭？要回去需要多长时间？他要为此付出什么样的代价？

《在云端》中的瑞恩只有在路上才会感觉舒服，这是了解他的关键。最终这种倾向转化成了他对一个独一无二的家的追求。这就是故事的核心。

在理查德·普莱斯的《撒玛利亚人》（*Samaritan*）中，前教师失去了写电视剧本的工作，回到了家乡新泽西，他觉得安定、舒适，但家乡带给他的不只是安慰，存在一个秘密——有人曾经发现他被人打得失去意识躺在公寓里。

《航讯》中的奎尔出生在布鲁克林，在沉闷的北部小镇长大，最终在一个叫莫金堡的无名小镇定居。然而他不忠的妻子在一次车祸中折断了脖子。他渐渐变得绝望，因此他带着两个女儿搬回纽芬兰海岸的祖宅居住，因为不知情的当地人的关照，他真正开始觉得自己体验到了家的感觉。

而当《指环王》（*The Lord of the Rings*）的弗罗多从战场回到家的时候，战争的磨难让他精疲力竭，他在家里无法获得安宁。两年后，他和甘道夫、埃尔隆德和凯兰崔尔一起穿越大海，永远地离开了中土世界。

人物属于哪个"群体"？

所有社会性的问题都指向一个具体的问题：人物属于哪个群体？是否存在一群和人物具有共同特征的人，他从这些人身上学会了道德、社会、政治、精神、行为方面的准则和习惯？

通常，这样的群体是在工作中形成的（这也是它如此重要的另一个原因）。

群体的力量既微妙又压抑，既让人振奋又充满阴险。任何在公司或俱乐部待过的人都清楚有时集体多么因循守旧，它只允许一定程度的个人表达。大多数大学校园也是如此。

警察群体有着独特的文化，他们是一群"孤独的狼"。个性和独立精神经常受到赞美和维护，但警员之间的暗斗也十分残酷——受到外界攻击时则会停止。而消防员们则大部分时间都待在一起，他们总是团体作战。虽然两种工作都推崇英雄主义，但它们会造就出气质类型完全不同的英雄。

参加过战争的士兵们经常会说，没有什么能够与他们在战争中所经历的真情、尊重、互相依赖以及忠诚相提并论。但是汤姆·佩罗塔（Tom Perrotta）在他的小说《小孩》（Little Children）中说，游乐场里的妈妈们也能形成一种独特而严密控制的部落。

那么什么团体是政治体？也许也存在一些定义这个团体核心价值观的东西，但也许身份识别和归属感很简单，甚至在外人看来这样的团体模糊而不稳定。（正如喜剧演员威尔·罗杰斯曾经说的那样过：我不属于任何组织，我是一个自由派。）

如果人物属于某一个群体，想一想她愿意与群体保持多远的距离。什么会让她背叛或离开这个集体？她与这个群体之间的联系在故事中会受到什么样的挑战？

记住，在回答这一章以及前面两章的问题时，要勾勒出能回答这个问题的情景。你并不是在罗列一些百科全书上的条目，而是在努力想象故事中那些塑造了人物的行为和内心的生活事件——不多也不少。

人物塑造很少需要详细地了解以上所提到的所有问题。必须在故事的需要和人物的需要之间找到一种平衡，而且你所探讨的问题要反映在人物的行为上。但是每一个问题都能够打开一扇通往人物灵魂的窗口，能够让你产生一种洞察力，能够带你朝着有趣而又陌生的方向探索，也能够诠释人物的深度。这种探索的边界在何处，最终只取决于你自己。

练 习

1. 从你现在所写的小说中选取两个人物，探讨一下这个章节里面所提到的所有社会关系。

家庭成员

父亲（b）母亲（c）祖父母（d）兄弟姐妹（e）

孩子

配偶

朋友

名字

阶级

工作

教育

地域

家

群体

这项练习是否激发你在已经写好的文章中添加一些情境或是一些改变，如果是，如何添加或是改变？如果没有，为什么？

第十五章

选择一种斗争：政治

这个话题本该包含在之前的所有章节中，因为它涉及心理性及社会性的问题，但是考虑到政治演讲中典型的不怀好意的攻击，所以单独探讨这个话题显得更为合理。

常言道，如果你想避免不和谐的声音，就不要讨论性、宗教和政治问题。这是一条好的社交建议，但是对于作者而言却是毁灭性的。

亨利·布鲁克斯·亚当斯（Henry Brooks Adams）把政治看作带有敌意的有序组织，如果他是对的，那么不提及政治就失去了一个机会。同宗教信仰一样，政治信仰通常也能够说明我们的核心价值观是什么。和性一样，我们内心深处的脆弱、理想、希望、恐惧和怀疑，都会体现在我们的政治倾向中。

我认为作者们通常避免提及政治问题的原因有两个。

一方面，我们经常下意识地避免那些对抗性的锋芒和敌意，它们给我们的生活带来不快，但却能让小说变得有趣。

另一方面，我们也担心夸大其词或将政治表达演变成抨击。这种考虑是合情合理的，我们经常被自己的政治忠诚蒙蔽双眼。在谈论政治的时候而不陷入陈旧的思维，不把问题简单化，不随意讽刺或被一些先入为主的思想左右很难。

问题不在于政治本身。问题在于，我们在讨论甚至思考政治问题时很难做到不互相指责。除了宗教信仰方面的争吵或同胞争宠，没有任何一种争论比政治方面的争论更加伪善。

事情不一定非要朝着这个方向发展。在我们家，保守派的人数远远多于自由派。不同的意见一直存在，抱怨也越来越多，但我们依然是一家人。

不要评判人物。尤其是不要评判他们的政治取向。我们应该做到这点，甚至喜欢与我们政治倾向不一样的人。这是你作为艺术家的责任。这并不意味着你应该原谅那些你认为错误的，误导人的或邪恶的东西。但你应该走进那些与你的世界观不一样的人的内心世界。否则，只能说明你存在政治偏见，甚至可以说是一个心胸狭窄的人。

也许更为重要的是，你需要抛开自己的信仰，客观地看待他们。对于那些愚笨的人而言，你的善意可能会让这个世界更美好，更安全，更正常，这么想想也不错。

政治和宗教一样，都与我们如何生活，以及与谁一起生活有关。它与正义和错误，我们和他们有关。没有什么东西比人更重要，人物塑造同样如此。堕胎法案、同性权益、死刑、恐怖行动、贫穷、法律和秩序、严刑拷问、税收、种族歧视、社会福利、国防支出、自由企业都是存在争议的话题。如果人物提到这些话题，可能会引发别人对他的赞同或反对。恰当地使用这些话题能够让人物往更有启发性的方向发展。但如果读者感受到是你在谈论那个话题，而不是人物在谈，你就会疏远读者，激怒读者或让读者感到无聊。

谈论政治的艺术沦为冗长的文章，是因为它植根于观点而不是人物。我们看到的是长篇说教而不是情境。政治戏剧《白宫风云》（*The West Wing*）在很多方面都是革命性的，虽然它倾向于自由派，但向我们展示了真正的信徒接受考验的过程。它最大的优点在于每一个角色都一直在经历挑战，遭受困扰、疑虑甚至来自彼此的捣乱。它最大的不足在于保守派的角色作为反对派的道具，成为傀儡性的角色。

政治信仰是一个人对自己所追求的生活方式的表达。把这种追求戏剧化，让冲突的结果是个人的，而非理念性的，不要以你的信念堆砌想法——这样做，你只能糊弄自己而已。

关于这个话题，从作者的角度来看，相对比较中肯的处理方式可参考乔治·莱考夫（George Lakoff）的《道德政治：自由派和保守派怎么想》（*Moral Politics: How Liberals and Conservatives Think*）。莱考夫认为，如果把国家比作家庭，政府比作父母，保守派大多都信任严格的父母，他们认为这个世界很危险，竞争能够强化规则和精神力量，人们应该尊重权威（这种权威鼓励人独立和为自己负责任），而不应该质疑权威，因为质疑权威会导致混乱。

而自由主义者则推崇人性化的父母，他们认为世界本不危险，把安全和危险区分开来的最好方式就是对话，通过问答来明确事实。遵从建立在尊重的基础之上，尊重应该是赢来的，而不是与生俱来的。公平和合作比个人的力量更有利于创造一个美好的社会。

这里说的是倾向性，而不是绝对性。就算是再能言善辩的思想家也不能如此准确。但我们不难明白自由派和保守派为什么差异如此大。就像加尔文教徒和贵格会教徒，他们的精神世界天生就不一样。这也许能够解释为什么他们会选择不同的职业：自由派会选择教育、艺术、医疗等行业；保守派会选择法律、商业和军队。但这样说可能太简单化。既有保守派的医生和艺术家，也有自由派的警察和企业家，能够认识到这一点，你就不会落入俗套。

事实上，这两种对立的政治观也不是不可调和，即便是最极端的人也不能这么说。因为我们大致上接受差不多的教育，有着差不多的价值观。我们更倾向于哪种价值观取决于我们信仰什么以及我们被谁、以何种方式抚养成人，我们自身经历了什么，等等。人们戏称当一个保守派被抢劫或制作工资单时就会变成一个自由派。同样，一个自由派需要别人的帮助或者被老板压榨的时候也会变成一个保守派。

这种看待问题的方式不应该创造出过于简化的人物。一定要睁大眼睛，好好观察那些让你感到困惑、郁闷的人甚至那些打扰你的人。如果你是一个自由主义者，那么创造一个强大、自律、尊重权威、果断、自力更生的人物。如果你是保守派，那么创造一个崇尚沟通、自我实现，有爱、有同理心的人物。相信我，这不会要你的命。它只可能让你变得更加强大。

有时候观察人物如何应对地方政治比如何应对国家政治更有意义：她是美国商会的吗？是拯救滨水区团体的吗？她支持沃尔玛还是反对沃尔玛？她是邻里守望团体中的一员还是在讲台上谈政治的人？政治团体远比我们所能想的更多样化，这也比仅仅在地方投票处的名字旁加上一个 R 或者 D 更为有意思。

人们能够更为真切地感受地方问题，因为这些问题与财产估值、孩子学校的教学质量、周围的治安息息相关。人物在这些问题上是否作为能够说明很多问题：他是一个煽动者还是一个隐士？他是小镇怪人还是长期志愿者？他是不是一个对自己所加入的集体负责任的人？

通常在地方层面，政治运动会暴露出潜在的阴暗面。政治就是力量，我们使用"渴望权力"这个词是有原因的。在杰斯·瓦特（Jess Walter）的《公民文斯》中，1980 年总统竞选期间，一名年轻女子参加斯波坎市罗纳德·里根集会。这让她有机会与已婚情人在一起——他是当地政府的候选人。她支持他，真诚而又愚蠢。这样的幽会迟早会结束，会让人心碎，它满足了他们内心一直存在的某种黑暗的冲动：需要关注、需要惩罚、渴望拥有一个有趣的秘密。但他们的行为也在损害自身。这是愚蠢的，也是刺激的。这样的政治立场放大了人物关系。通常有政治关系的情人背叛的不仅仅是婚姻。

练　习

1. 从你喜欢的书、电影或电视节目中找两个没有政治背景的人物。看看他们是如何解决诸如主动性、责任、纪律、危险、权威、沟通、自我实现、公平等问题的。你能辨别出他们的政治倾向吗？为什么能或为什么不能？

2. 和练习 1 一样，研究你最近写的一篇文章中的人物的政治观点。你是否在不知不觉中让他们模模糊糊地属于同一政治派别？如果你把一个"左倾"的角色往右变，或者相反，会发生什么？

3. 塑造一个与你的政治信仰相反的角色。结果如何？不要自己下结论，让别人来阅读和判断。

第十六章

怪癖、口头禅和坏习惯

在我们即将结束这部分内容的时候，我们该谈论一些不那么正常的东西，然而它们对于人物塑造同样有价值。

我们谈论过的很多内容都能帮助我们了解人物的内心世界——他的心灵、价值观，希望和恐惧——这些因素如何影响他与人交往。现在我们将要探讨的内容更表层，更不假思索，因为它是人物自己也未曾留意的行为，而且在很多方面显得不合理，出乎意料或难以解释，因而能塑造出生动的形象，让人物活过来。

也许是情不自禁的生理表现：一阵狂笑、害羞时眼皮跳个不停、焦虑时肩膀抽搐；也可能是无意识的强迫行为：对着后视镜整理自己的头发、妆容或牙齿、用钢笔敲打桌面。又或者是故意训练出来的怪癖或矫揉造作的表现：引用重复的话语来总结刚刚所说的话，或使用法语单词和短语。

这样的例子不胜枚举。我有时候会去咖啡馆和商店观察人，观察他们的特点或随意的、与众不同的行为。这些的行为包括：

- ☐ 拍打听者的手臂以强化某种想法
- ☐ 掏耳朵，检查指尖的指甲油
- ☐ 紧张的时候，总是喜欢摸头发
- ☐ 坐着的时候抖脚或悬空脚后跟
- ☐ 读书或讲电话的时候，用项链摩挲自己的嘴唇或脸颊
- ☐ 激烈讨论时手舞足蹈
- ☐ 笑的时候，闭上眼睛或眨巴眼睛
- ☐ 在耳朵后面别一根烟
- ☐ 专注的时候，用舌头舔嘴唇
- ☐ 表达想象中宠物的想法（宠物口技）

在罗伯特·奥特曼（Robert Altman）的《三女性》（*3 Women*）中，米莉·拉莫瑞斯（谢丽·杜瓦尔饰）习惯性地把裙子挂在车门上。在杰斯·瓦特的《零度》中，一位老妇人的妆容总是有点歪斜，所以她看起来就像"一个匆忙涂成的雕像或足球守门员"。在《穿梭阴阳界》中，圣母急诊室的守卫乔·康奈利一直戴着眼镜，如果有人在排队时发脾气，他就把双手交叉抱于宽厚的胸前，大声咆哮，威

胁那个人说："不要逼我把眼镜取下来。"在大卫·贝尼奥夫的《贼城》中，红头发的安托克斯盖双胞胎兄弟有一个有名的天赋——一起放屁。

采用这些特征的风险在于可能会制造出喜剧效果。这会弱化主角或对手的形象，因此这种技巧通常只用于次要角色。然而，这并不绝对。这是方法的问题。因为行为大都是无意识的，所以可以暗示某种无助，并引发共鸣。它们还能与人物的其他特征相呼应，从而创造出复杂性。

在理查德·普莱斯的《华丽人生》(Lush Life)中，侦探麦提·克拉克眼缝很窄，被问问题时，眼睛会眯得更厉害，仿佛说话，甚至思考都是痛苦的。这给人的印象是，他是一个行为缓慢内心活跃的人，但他不是。事实上，他利用了这种假象，不向任何人表达和解释自己。在普莱斯的另一本《黑街追缉令》中，洛克·克莱因为控制酒量，答应自己只要读完布瑞耶尔冰激凌箱子旁边的承诺书，就奖励自己从冰箱里的伏特加瓶子里倒酒喝。

即便对于次要角色，这些影响也不一定停留在表面。在《大卫·科波菲尔》中，尤拉·希普接二连三地抗议"我觉得好讨厌"，这只是他谄媚、油腔滑调的面具，意在掩盖他诡计多端的虚荣心，以及对比他优越的人深藏在心的蔑视。

在《飞越疯人院》中，比利·比比特的结巴不仅仅只是一种舞台表演，也表达了一种内心深处的性方面的愧疚。

狱长科迪是电影《动物王国》（*Animal kingdom*）中犯罪家族的一员，他对兄弟们说，如果他们有放不下的事情，可以跟他说。"你可以对我说，我就在这里。"他经常真诚地对不同的兄弟这么说，这几乎就像一个无休止的玩笑。表面上，这是仁善的行为，直到人们看清楚他反社会教皇的真面目。他表面上关心兄弟，实际上却想要知道他们的秘密和弱点，以便更好地利用这些秘密和弱点来对付他们。

如果去到你最想观察的人所在的地方不太现实，试试以下建议：

- 什么会激怒他？律师的电话、吠叫的狗、吵闹的汽车、肥胖的人、粗鲁的人、无礼的人、愚蠢的人……？（愤怒对于人物塑造具有独特的价值，因为它不受意识控制，因此存在一定脆弱性。）

- 什么食物、饮料或活动是他无法抗拒的？（这是一种瘾、迷恋还是紊乱？）

- 成年后，他是否还沉浸在童年的快乐中（最喜欢的谷类食物或甜点或安慰食物、法兰绒睡衣、滑稽恐怖的电影、最喜欢的球队、睡前椒盐饼干和牛奶、午后小憩）？

- 冰箱里存放最久的东西是什么？什么食物总是

最先消失？

·床底下放了什么？橱柜后面有什么？

·他最喜欢的笑话是？是那种下流的，还是适合牧师讲的笑话？

·他是否有最喜欢的宠物？它还活着吗？如果已经死去，他是否还保存着这份记忆？

·他在别人背后说过的最坏的话是什么？

·他沮丧的时候，会说什么脏话或奇怪的话？（要充满想象力。一个曾经与我共事的女人，每次遇到麻烦的时候，都会阴郁地叹一口气：哦，烦死了。）

·他还有其他口头禅吗？在《他们知道我在跑步吗？》中，有一个巴勒斯坦人，他有一个很实用，但是不好的英语习惯，为了保险起见，他经常以"让我告诉你一些事情"来开始自己的讲话。其他一些口头禅包括"对天发誓""我告诉你呀""孩子啊孩子""明白我的意思吗"。没有比在别人说完话前打断对方的人更让人恼火的了。

·他最喜欢的衣服是什么，是飘逸优雅的服装，还是无论多么破旧也舍不得扔掉的衣服？（我高中时的一个朋友有一双被她称作"快乐袜子"的及膝长筒袜，毛茸茸的，上面有绿色、棕色和灰色的混浊阴影——每次穿上它的时候，她总是能开怀大笑，所以每当她情绪低落的时候，总是穿着它。）

　　·上次让他哭泣的电影是什么？让他睡着的电影是什么？让他抬腿就走的电影是什么？

　　·上次他借给别人的书是什么，借的时候他说："你必须读一下这本书。它适合你。"

这些效果与人物的独特性关联越深，就越能唤起他的孤独本性与孤独带来的痛苦或安慰，与生活中让人困扰而又不可避免的无助互相辉映。这样一来，它就会超越单纯的特点，而更像是关键的细节。

练　习

1. 到任何一个聚集了各方人士的地方旅行。记录下那些看似无意，实则有趣、奇怪、生动的事情。然后，从你正在创作的作品中选取两个人物，为其中一个人物增添一些怪癖、口头禅或无心的习惯。他是否变得更像一个有机体，还是只像在上面厚厚地涂了一层东西？你可以做些什么事情来让它感觉更自然？

2. 对另外两个人物进行同样的练习，这一次选用这一章中讨论过的例子或某一个疑问提示。再一次，看一看是否强化了人物的特征还是觉得很勉强？你是怎么辨别出来的？

第三部分

角　色

第十七章

信息和信息介质：主角和预设

选择主角

你已经从众多素材（真人、艺术、自然、潜意识、故事构思）中找到了人物塑造的灵感，也已经开始勾勒那些能够表现出人物内心活动的场景。你对人物的生理、心理、社会特征已经有了更深入的了解，素材也开始变成更为流畅的叙事。当人物之间相互碰撞、合作、交流时，人物会卷入有意义的冲突中，这一切都导向某种困境和解决方法，虽然此时并不清楚什么事件可以把故事推向高潮。

现在该确定主要人物了。说起来容易做起来难。

有一些故事围绕核心事件及对相关人物的影响展开，不同的故事线分别展示每个人物如何应对事件。薄伽丘（Boccaccio）的《十日谈》（*Decameron*）、桑顿·怀尔德

（Thornton Wilder）的《圣路易斯雷大桥》（*The Bridge of San Luis Rey*）、伊萨克·迪内森（Isak Dinesen）的中篇小说《七个哥特故事》（*The Deluge at Norderney*）、安·帕契特的《美声》以及简·斯迈利（Jane Smiley）的《山中十日》（*Ten Days in the Hills*）都符合这种模式。

有时候人物的兄弟姐妹、朋友、恋人等之所以能够在冲突中脱颖而出，就在于这件事情对他们之间的关系产生了深刻的影响。《美声》中的女高音歌手罗克珊·蔻丝和日本商人小泽一郎之间的爱情让他们有别于其他角色，让我们动情。在詹妮弗·伊根（Jennifer Egan）的《暴徒石奎德来访》（*A Visit from the Goon Squard*）中，本尼·萨拉查和萨沙身边人的经历虽然同样迷人，但他们依然是最突出的。

罗伯特·斯通（Robert Stone）经常会在小说中设置三个主要人物，每一个人物沿着平行的故事线发展，而所有人的活动都与一件核心事件有关。在《狗士兵》（*Dog Soldiers*）中，前水手瑞·希克斯，记者约翰·匡威和他的妻子玛姬在不同的时候都处在舞台的中心。在《日出之旗》（*A Flag for Sunrise*）中，人类学家弗兰克·霍利韦尔、帕布洛、海湾守卫的逃兵，还有修女贾斯丁·菲尼都经历了剧烈的冲突。

但是对于大多数故事而言，通常占据舞台中心的只有一个人物，他或她：

· 对故事一开始发生的那件事反应最为谨慎

· 最有意愿采取行动

· 是故事的核心人物

· 能够激发读者或观众最强烈的共鸣

· 是故事中心思想的承载者

　　这个人物就是主角或者说英雄（hero），但是我更喜欢第一种称呼，因为它更中立。英雄的确在某种程度上能够推动故事向前发展，但是也有许多意识、政治、语义上的包袱，而这些在我看来都是累赘，也具有误导性。主角会做出一些违反常理的事情或暴露真实的自我，而这些与传统意义上的英雄行为相去甚远。影视剧塑造了许多这样的人物，比如《绝命毒师》中的沃特·怀特，《广告狂人》中的唐·德雷柏，托尼·瑟普拉诺。但这些角色之所以能够调动我们的情绪，都是因为他们向我们展示了内心深处的需求和脆弱。

　　新手作者最好遵循设立主角的准则。这会让故事简化，也便于表达中心思想，故事结构也更清晰，读者能够更快地确定故事的主要人物，就能更快地被吸引。

　　主角是故事类型和结构的关键因素，因此我会在接下来的两章中专门探讨他的角色和目的。可以这么说，当你理解主角的时候，你就接近了自己所要阐述的中心。

激发意愿

无论主角想要的是什么，他都必须全身心地渴望，失去它就等同于死亡——死亡所代表的全然毁灭让人产生寻求生命意义的渴望。

从戏剧的角度讲，对意义的追求存在于人物的需求、欲望、野心或目标的追逐中，即便这种追求是由外力导致的。在故事里，欲望折射出人物对爱、家庭等更深的渴望。如果人物的这些追求被阻碍和否定，必然会激发他内心全部的自我意识。被否定的代价是毁灭性的。

如果主角不能调动读者或观众的情绪，根本原因大都是因为作者没有恰当地理解人物想要什么、他为什么想要，以及为了得到它他愿意承担的风险是什么。如果读者或编辑在阅读你的稿件时说没办法走近主角或觉得主角没有吸引力，首先就应该反思这三点。

构建冲突：主角和预设

要让主角所代表的价值观成功地以戏剧化的方式呈现出来，你必须恰如其分地构建一些冲突：在他和他想要的东西之间设置一些可怕的障碍，他只有到最后关头才能获得成功。

拉约什·埃格里称这种相互矛盾，不可调和的冲突是对立统一体。伟大的戏剧都建立在两个针锋相对的力量之上，而且必然以其中一方败北而告终。不存在折中选项。

然而构建冲突的时候，准确地理解主角的需求和面对的阻碍还远远不够。人物在追求目标的时候需要做出很多选择，而这个目标与他想要获得或抵抗的生活方式相关。在这个过程中，主角也需要承担选择所导致的后果及责任。故事之所以成为故事，是因为人物的行为激发了读者的共鸣，让人物、观众、读者的情感得到表达。

对立统一体能够为主角和对手提供平等而对立的道德辩护。在每一个情境中，每一方都为生存和权力而战斗。每一次攻击都对应着反击，反击一定会比之前的攻击更激烈，否则戏剧性就无法形成。焦点在反派身上，因为反派是构成冲突的关键。

无论谁在某一情境下失败，都会在接下来某个时刻强势回归，试图扳回一局，这种模式会持续到最终的巅峰对决，那时无论是主角还是对手胜利，人们都会明白再无发生其他冲突的可能。读者和观众都能感觉到事情不会再反复。一切已尘埃落定。

主角就是传递中心思想的人，即便他不承认或没有认识到这一点。主角最有责任向读者和观众传递故事的中心思想。

所谓"意义"，并不是我们从《伊索寓言》（*Aesop's Fables*）或威廉·班尼特（William Bennett）编撰的警世故事《美德之书》（*Book of Virtues*）中所学到的东西。故事的意义应该在仔细思考之前，就已经在行动中体现。它是戏剧性而不是理性。当情节展开时，我们能够从本能、情感或直觉层面理解其中的意义。

因此理解故事并不只是理解主角与对手之间行为方面的拉锯战。还要求你理解行为所产生的道德性、情感性以及主体性的共鸣。

关键词是"道德性"。对人物所做的选择及其影响了解得越深入，就越能准确地推测出戏剧的道德前提。

前提经常会与主题混淆，我们在后面会发现，前提越普通，二者就越相似。前提是道德结果与原因的结合。前提应该与故事中的美德或邪恶呼应，还要解释出美德或邪恶胜败的原因。另外我要补充的一点，它应该适用于人物，从抽象到具体，一步步都要清晰明了。前提解释了发生了什么，人物是谁以及为什么发生这件事，把如何发生留给戏剧性行为。

如果不想好故事的结局，我就无法确定故事的前提。当我修改文章时，会舍去或改进前提。这是一种持续的假设，贯穿于依次出现的每一个场景、每一个章节，每一个行为中。这种戏剧化行为必然要让我感到既满意又惊喜。

一旦知道了故事的结局，就可以在修改的时候借助前提让故事情境更紧凑，让戏剧性行为更精彩。注意需要不断激化戏剧性行为，而不是强化前提，这是重点。

前提和行为，以及主角，一样重要。生硬地往戏剧中植入中心思想或为了符合深度而刻意编排相应的人物和情境，这是宣传而不是戏剧。编造行不通，我们需要深入地思考、感知人物以及相应的情境冲突。

反向构思——从抽象到具体

通常前提会以下列方式表达：

- 导致自我毁灭的冲动［《麦克白》（*Macbeth*）］
- 战胜世仇的伟大爱情［《罗密欧和朱丽叶》（*Romeo and Juliet*）］
- 好战的虚荣心摧毁统治能力［《科里奥兰纳斯》（*Coriolanus*）］

以莎士比亚的剧来举例。人们认为，前提或预设会让作品归于平凡。在伟大的作品面前，这种观点通常是不成立的，或者说必然不成立。

以三个现代作品来举例说明：

□在与强权的抗争当中，爱情必然成为牺牲品。
[《卡萨布兰卡》（*Casablanca*）]

□当我们不知道真相时，即便是富有同情心的行
为也会杀死人。（《唐人街》）

□只有对自己和他人负责才能赢回自尊。（《迈
克尔·克莱顿》）

道德前提不是通过已成定局的道德趋势来证明的，而
是相互独立的观点不断抗衡的结果，一方是主角，另一方
是对抗他的力量，每一个前提都暗示着一种对立的观点。

□正义之士能够打败狂妄自大的野心家。（《麦
克白》）

□家族荣耀胜于一切，爱情也不例外。（《罗密
欧与朱丽叶》）

□哪里有专制的统治，哪里就有反抗。（《科里
奥兰纳斯》）

□法西斯主义让敌人处于孤立的境地，然后一
个个分而击之。（《卡萨布兰卡》）

□巨额财富和无上的权力让人难以保持清醒，
不去触犯法律底线。（《唐人街》）

□专业教育就是为了加强特权派免受惩罚，即便

是谋杀亦如是。(《迈克尔·克莱顿》)

只要故事的核心包含道德方面的冲突，就不是毫无可取之处。

但是记住，口号本身并不能解决任何问题，只有对生活有独特见解坚定的人物才可以。因此前提应该既预示了立场，也预示了行为。前提既暗示了两种不同的思想发生碰撞的时候只有一方会胜出，也揭示了原因。

最引人入胜的戏剧，是好人与好人对抗的戏剧，例如两个同样优秀的求婚者为爱竞争，两个同样令人钦佩的拳击手为了夺冠而搏击。这些故事让我们认识到丧失不可避免，美德和刚毅不能够解决一切问题。

然而更为常见的情况是正邪之争，要么美德遭遇考验，但最终战胜了强大又阴险的对手；要么是邪恶摧毁、腐蚀美德。而我们总暗暗地期待美德最终战胜邪恶。

我所指的美德和邪恶并不是抽象的东西，而是实际存在的生活方式。故事从这里开始，每个角色都会为了某种生活方式而倾尽全力。

　　□麦克白生活在一个皇位只属于那些无所畏惧，不择手段之人的时代。内疚和错误判断导致了他的毁灭。

□罗密欧与朱丽叶则代表了这样一个世界：爱情是至高无上的，但对有世仇的家族而言微不足道。

□科里奥兰纳斯认为这个世界以命运和荣誉定义卓越和统治权。在人民心中他是一个残酷、专制而又孤芳自赏的统治者，因此他们不愿意接受他的统治。

□里克知道浪漫的爱情在法西斯主义面前毫无意义，纳粹也用他残暴的统治证明了这一点。

□杰克认为小人物也有机会做大事。他的对手诺亚·罗斯则认为这是一个由强者来制定规则的世界。

□迈克尔·克莱顿最终选择拥抱儿子眼中的世界，在那个世界里，人们会迷失、孤独、困惑，但也会为了正义而战。在此之前，他一直被困在一个有罪不受罚的体制中，有权有势的人为所欲为，瞒天过海。

把故事看作不同生活方式或者不同世界观之间的冲突，可以让你的前提不那么幼稚、笼统。它们不像欧几里得定理那样普世而无可争辩，只是特定角色和特定故事所体现的道德准则。

这就是我之所以经常更进一步，不是从原则的角度，而是从角色自身的信仰和愿望的角度陈述前提。

回到之前提到的例子中：

　　□麦克白的良知会破坏自己的谋杀计划，削弱自己的反抗能力。

　　□罗密欧和朱丽叶天真地认为宁死也不分开，才能放下家族的宿仇真心相爱。

　　□科里奥兰纳斯这样从小被母亲娇纵，又经历过战争的人永远学不会向人民妥协，在他看来他们都是低等人，因此他永远不可能像自己认为的那样有能力统治一个国家，因为人民会反抗他。

　　□一旦里克意识到丽莎多么爱自己，他就会原谅她，看得更高：她必须和维克多·拉斯洛在一起，而他（里克）则必须回去对抗法西斯主义。

　　□杰克注定会走上为自己复仇，拯救伊芙琳之路，因为他完全没有意识到自己所面临的腐败力量究竟有多么邪恶，而他对此的了解又十分有限。

　　□迈克尔·克莱顿需要一个女人和孩子来提醒自己什么是真正重要的东西，他知道他们让他有勇气与自己曾经拥护的邪恶势力抗衡。

　　我通过创造一系列场景来刻画人物，场景中的冲突也预示了主角将要面临的终极挑战及故事的中心思想。通常我会先看一看那些更为常见的前提，比如好人对好人，美德对美德，好人对坏人，美德对邪恶等。然后进行再加工，选取一个比较简单和抽象的中心思想，通过创造一种生活方式让它具体化。这样，我不仅能够看出主题思想方面的问题，也能够看出主题思想在人物的生活方式、情感方式的具体表现。最终，我通过人物的动作使矛盾具体化。

这样才能够判断在每个场景中，主角的行为是让他离所寻求的目标更近还是更远。

每个场景都有一定的精神重力，围绕着不平衡的力量，个人的挫折或成功，道德的胜利或失败而展开，为叙事线创造了冲突。然后更大的风险和冲突接踵而来。风险加大是因为反对势力会胜出，在关键时刻阻碍主角的成功之路。前提在主角失败或胜出的时候被验证。

故事中的前提需通过人物的具体行为引出生动而重要的细节才能激发读者、观众的同理心：里克苦苦要求山姆演奏"任时光流逝"，他说如果她能够抗住，他也可以。杰克在通向停尸房的走廊上脱下帽子对着照相机的闪光灯致意，一边把伊芙琳·莫雷推到安全的地方，对记者说出自己的名字。迈克尔·克莱顿注视着儿子跑进教室时眼中的无助和渴望……这种细节描写能够引起人们的共鸣。你笔下的细节越真实，观众对人物的感情就越深，对故事也就越着迷。

个人化的前提

前提不仅反映了主角的思想也反映了作者的视野。

如果你自己也半信半疑，那么你的作品终会沦为陈词滥调。你只是在努力说服自己，而不是吸引读者或观众。

我经常鼓励学生把从书中、影视中看到的有感触的情境列出来。不要只是为了写作去研究这些东西。接纳那些最打动你的东西：家庭的重要、友谊的慰藉、无私的英勇行为、爱情的魔力或毁灭性的错觉。我把这些情境所包含的内容称之为个人主体，认识到什么让你感触最深至关重要。了解自己是一个有创造力的艺术家的必修课。

如果不深切关注你真正感兴趣的东西，就没办法创造有意义的东西。兴趣与行动的分离在你构建情境时就会出来捣乱，阻碍你刻画出能够吸引读者和观众的东西。

主角迟早会展露自己的兴趣和遵从内心的意愿，否则，她或者是你都不会被人接受。

练 习

1. 选三部让你赞不绝口的书或电影，找出主角。谁是主角？为什么？他或她所面临的风险是什么？

2. 对你目前正在创作的作品做同样的练习。

3. 选三部让你赞不绝口的书或电影，尝试着找出前提。首先列出一个简单的提纲，然后，针对同样的作品，列出相应的生活方式。主角最开始认为的好生活是什么样的？主角最终认为的好生活是什么样的？这期间发生了什么？是否存在一个对手，他所对抗或想要努力维持的生活又是什么样的？最后，从个人需求、信仰、挣扎等方面写出哪一种前提的形式让你感觉最为自然？哪一种前提对你最有启发，最有吸引力？

4. 针对你目前正在创作的作品做练习 3。哪一种前提虽然不是最自然的，但是却让你觉得最好写，也最想写的？

5. 从让你感触最深的书或电影中选取十个场景。找出每个场景中最吸引你的点。你是否发现这些场景的主题存在相似性。你能否列出一系列引导自己写作的个人主题？

第十八章

挑战改变：关于主角的三个问题

改变必要性之迷思

在吉姆·哈里森的小说《一个放弃名字的男人》（*The Man Who Gave Up His Name*）中有这样一句话：人一生中最烦恼的就是，想改变不可改变之事。但主角诺德斯特伦在处理不断涌现的危机，反思自己从路德教资本家变成佛罗里达焦群岛快餐店厨师的过程中，正一点点经历改变。哈里森指出了一个微妙且重要的事实：改变是一件神奇的事情。

目前人们对情节的厌恶主要是因为这样的想法：行动容易带来误解——人们既不了解自我，也不能确定自身行为的动机，生活归根结底没有任何意义。如此一来，故事结构不过是强加在嘈杂经验之上的自我创造。所以故事是一种假设、幻觉，甚至是陷阱。更为糟糕的是，它也可以是套路。死亡并不是生命的终极解决方法，如果你的故事指向某一种终极解决方法，这本身就是一种错误。生命一分一秒地流逝，并没有客观的结构或一致性。

我并不怀疑这个说法的真实性，但我认为没关系，就像你不能因为听不见自己呼吸的声音而抱怨不够安静。

与目的和意图相比，真实的经验总是更加无序混乱。我们是制造意义的动物，总是会给自己做过的一切赋予意义。有时候我们会犯错，但这并不意味着寻找意义和内在的一致性不合理。但我们需要提醒自己，人非常容易陷入习惯性思维，被错误的想法误导。生活和讲故事都是如此。

故事的核心要素是，有一些东西会以戏剧化的形式发生改变。

当然也有许多小故事，更加注重语言的诗意和文学性。许多现代主义小说表面上都排斥情节，比如《跳房子》（*Hopscotch*）、《太阳照常升起》（*The Sun Also Rises*）、《芬尼根的守灵夜》（*Finnegans Wake*），20 世纪后半叶还出现了许多反情节或没有情节的电影，比如《去年在马里昂巴德》（*Last Year at Marienbad*）、《资产阶级的审慎魅力》（*The Discreet Charm of the Bourgeoisie*）、《裸体》（*Naked*）和《离开拉斯维加斯》（*Leaving Las Vegas*）。但即便在这样的小说或电影中，故事也最终会导向一个具体的观点、决定、行为，它能够制造情绪、道德或哲学的启示。

《裸体》描写了流浪汉的暴力和不计后果的性，但也刻画了一个感人的瞬间。当男女主角一起住在曼彻斯特时，女主角打掉了他们的孩子。对这一行为，作者没有给出具体的解释，但我们仍能窥见人物的苦涩和愤怒。

即便在那些平淡的叙述中，也会有改变发生。事实上有些乍看一成不变、哲学性的、诗意的故事也会在结尾给你一些启示——这是亚里士多德的发现。即便只对读者或观众有所启发，戏剧性仍然存在，能暗示态度、看法、情绪的改变。

改变是我们最大的困惑。我们想要寻找某一个固定的锚，然而生活并不是静止的。

能够捕捉到追求意义与生活本无必然根基的矛盾与张力的故事，触及了我们存在的真相。在关于亚瑟王的传奇中，亚瑟王想维持圆桌会议所代表的平等和公正，一切却因基尼维尔和兰斯洛特的出轨毁于一旦。在成长小说中，主人公并不想长大，但这必然会发生，纯真终将消失。犯罪故事的基础是人们对秩序的渴望和不可避免的混乱之间的矛盾——尤其这种混乱是由人的欲望引起的。而爱情故事则不能没有分分合合。

故事越是植根于生活（不是关于生活的概念），改变就越具有必然性。人物塑造就是刻画人物如何做决定、如何寻找真相、如何采取行动以及如何应对一系列的改变。通常受改变影响最深的人就是主角。

坚定的角色如何处理?

拉约什·埃格里有一句名言:只有在糟糕的写作中,
人物才能脱离自然法则而一成不变。

> 没有人在经历了一系列对自己的生活方式有影
> 响的事情之后还能够保持原样。他必然有所改变,
> 必然会调整自己的生活态度。

这是一句无可否认的大实话,对吗?

如果故事的高潮发生在坚定的主角拒绝改变的时刻会
怎么样?通常的处理是,人物拒绝牺牲理想或放弃目标,
就算必然会遭受猛烈的打击。

这样的人物包括安提戈涅、罗密欧、《太阳照常升
起》中的杰克·巴恩斯、《亡命徒》(*Fugitives*)中的理查
德·金布尔博士等。

但你忽视了一个关键问题,再仔细想想埃格里的话。也
许这些人物既没有改变想法,也没有采取任何行动,但他
们的情绪、认知或对生活的态度必然有所改变。如果没有,
那么所谓的对改变的反对或拒绝本身就是一种戏剧效果。

安提戈涅知道自己必须遵守格瑞恩的指令,任何人如
果敢埋葬反叛者就会被处死,同时她无法割舍对弟弟波吕

尼克斯的爱，按照惯例她应该让弟弟的尸体入土为安，因此她陷入了两难的境地，无法做决断。两种选择都有很重的精神负担，但是她必须做出选择。而选择意味着改变，因为一旦选择了一个，就必然放弃另外一个。当她接受选择所带来的死亡时，观众和她都对困境有了更深刻的理解，而从表面上看来，她的举止并没有任何改变。她依然忠诚于波吕尼克斯。

有人也许要说罗密欧的爱很坚定，但风险发生改变的时候，他对爱情所要求的一切也会不同。

《太阳照常升起》中的杰克和布雷特、《离开拉斯维加斯》中的本和塞拉、《裸体》中的约翰尼和路易斯，都在最后体验到了讽刺性的温柔。行为方面他们没有发生改变，因为他们放弃了眼前的机会，也就是说，他们做了不改变的决定。

做决定本身就有戏剧性。

区别成长和改变

故事中的人物都会发生改变，但有些人的转变比其他人更为彻底。像保罗那样在去大马士革（叙利亚首都）的路上突然发生转变的情况在戏剧中不多见。舞台上或书中，让人震惊的改变只有通过努力才能发生。

有些故事里会发生翻天覆地的改变，而改变通常与一个关键性的顿悟有关。人物经历痛苦的挣扎，最终发现自己之前的观念或生活存在错误，而这种认知让他走上了新生活。

普蕾莎丝和乔·巴克就发生了改变。讽刺的是，《太阳照常升起》中的布雷特也有这种顿悟，但她虽然知道杰克就是自己真正爱的男人（他因为在战争中受伤而阳痿），却依然不愿控制自己的性欲。而成长是指主角经历冲突后获得自信、力量、勇气、冒险精神或美德，不一定发现之前存在错误、误解或局限性。

这样的人物可以是成长中的青少年，当故事发展，冲突升级时，他的自我意识和信心不断增强。比如新兵训练营的新兵学着获得勇气、力量和坚韧。反过来，他的英勇、耐力、技巧和决心也可能一点点被磨损，最终被打败。

需要注意：人物的成长通常只是强化了自身的某种特质，而人物的转变则需要自我否定，抛弃借口或欺骗。

换一种说法就是，成长是深挖，转变是拆墙。

成长是加速，而转变是调转方向。

一个人物可能既会成长也会转变，一个有所转变的人物在获得了全新认识之后，也会拥有更强大的决心或意愿。因此把成长和转变看作两个有交集的圆，而不是两个分离的盒子，这样看问题更有意义。主角要么成长，要么转变，或者两者都有。

主角究竟是成长，还是改变，或者两者兼有，通常可以从以下问题中寻找答案：

· 我能得到我想要的吗？

· 我是谁？

· 我需要改变什么才能得到自己想要的？

我们将依次探讨以上三个问题。

我能得到我想要的吗？

电影《贫民窟的百万富翁》中，18 岁的贾马尔·马利克来自孟买贫民窟，是印度一档叫《谁想成为百万富翁》的电视节目的参赛选手。贾马尔只需要再回答一个问题就可以得大奖了，然而在这之前，他却因被怀疑作弊而被警察拘留审问——一个贫民窟的孩子怎么可能知道所有问题的正确答案呢？

在接受审查时，贾马尔脑海中闪现了自己生命中所发生的那些不可思议的事情，讽刺的是电视节目中每一个问题的答案都隐藏在这些事件中。往事一幕幕重现，我们看到了贾马尔的故事，他的哥哥萨利姆，美丽的拉媞卡以及贾马尔不变的爱。他们三人是小时候逃离孟买贫民窟时认识的。刚开始萨利姆不同意拉媞卡加入他们，但贾马尔说服了他，他说她将成为第三个火枪手，而他们三个人都不知道第三个火枪手的名字。

故事一开始，贾马尔的母亲就死去了，他成了孤儿。他通过乞讨和小偷小摸来养活自己，偶尔也会从事一些正当职业。他从一个困惑的捣蛋鬼长成了一个有悟性而又果敢的小混混，一直没有改变对拉媞卡的爱。但在他10多岁的时候，在奸诈的哥哥萨利姆的威胁下，他抛弃了她。

回到当下，我们发现，拉媞卡已经被雇佣萨利姆的犯罪头目囚禁。贾马尔找到他们的时候，萨利姆想要与他重归于好，但是贾马尔只要拉媞卡。她让他忘记自己，但他知道，她非常喜欢那些比赛类节目，发誓一定要参加她最喜欢的节目，这样他们就能够回到彼此身边。

警察觉得他的故事虽然荒诞不经但仍有可信之处，就让他回到了节目。虽然自命不凡的主持人嘲弄他，但他仍坐在位置上回答最后一个问题。萨利姆饱受内疚的折磨，把自己的车钥匙和手机都给了拉媞卡，让她去找贾马尔，而这意味着他必死无疑。他的老板想把还是处女的拉媞卡卖给有钱人大赚一笔。

贾马尔所面对的最后一个问题是：第三个火枪手的名字是什么？他从来都不知道答案。他请求外援，因此给哥哥打电话，但接电话的是拉媞卡。她告诉他自己被放出来了，她爱他，他们最终会在一起。他很激动，冒险给出了自己的猜测——阿拉米斯。他是对的，因此赢得了终极大奖。他的哥哥萨利姆象征性地躺在一个堆满了纸币的浴缸里，他杀死了犯罪头目，但最终被黑帮党羽杀害。他没有像传统罪犯那样死去并因此得到救赎，赢得荣誉。贾马尔和拉媞卡逃到了一场盛大而热情的舞蹈中。

虽然这个故事有宝莱坞的音乐元素，但它本质上是一个英雄浪漫主义故事。它包含悲剧、喜剧和音乐剧，巧合很多，场景丰富，充斥着紧张的逃亡、悲伤的背叛、不得已的分离、喜悦的重逢还有终极的胜利。故事在核心问题（贾马尔和拉媞卡最终会不会回到彼此身边）的推动下向前发展。每一件事情都建立在回答这个问题的基础之上。

他从来都没有想过自己的追求是否愚蠢，只要目标具有可行性就够了。他所经历的是成长而非转变，这让他的追求更坚定。故事冲突来自外力而不是内心，贾马尔通过不断强化意愿，而不是修正错误而获得最终胜利。大多数这类故事的核心是，只要拥有足够的决心、勇气、技巧，我们就能够实现自己的梦想，通过可怕的考验、杀死野兽、解决谜团、赢得赌注、获得公正……

这类故事有英雄冒险主义和骑士浪漫主义的影子，形式非常灵活，尤其在 19 世纪的时候特别受大仲马，狄更斯等作家的欢迎，也是电影院里经久不衰的热门选项——似乎这类故事可以让爆米花变得更好吃。《基度山伯爵》（*The Count of Monte Cristo*，一个圆满的，正义的复仇故事）、《傲慢与偏见》（简·奥斯汀的不朽名作，关于贝内特姐妹对于圆满而又平等的婚姻的追求）、恐怖片《飓风营救》（*Taken*，关于一个前 CIA 探员把女儿从阿尔巴尼亚皮条客手中解救出来的故事）、斯托纳的喜剧《菠萝快车》（*Pineapple Express*，传票送达员和毒贩躲避谋杀者的谋杀的故事）、《沉默的羔羊》（女主角杀死一个怪物，自己拒绝成为怪物的故事）、《八十天环游地球》（*Around the World in Eighty Days*，一个冒险家赢得赌注从而获得了在特定时间内环游世界的故事）……这类故事异常受欢迎。

当然，冲突是故事的基本要素，要实现目标必然要付出代价。从结构上来讲，代价通常呈现在情境中，作为考验出现。主角发现自己处于失败边缘的时候，突然下定决心，获得启示或接纳命运的转变。冲突和改变将影响人物面对终极对抗或反转时所采取的行动。

虽然需要付出代价或有所损失，但一切值得，这个道理几乎从来都没变过。然而如果付出的代价太大，成功时就会发现它一文不值。一切都要回归那个最基本的问题：我是否能够得到我想要的？答案不是简单明了的"是"，应该是小心谨慎的"是，但是……"。答案是"不"的时候，担忧就会增加。

战争故事可以被分为两种，支持战斗和反对战斗，战斗的代价由成就的价值或失败的毁灭性来衡量。大多数支持战斗的故事，对上文中问题的答案是肯定的，这意味着虽然需要付出代价，但一切是值得的，或者说代价无法避免。反对战斗的故事对此的答案是"是，但是……"，与为此所付出的血肉代价相比，胜利明显要小得多。

大部分犯罪黑帮故事对上文中问题的回答同样是小心谨慎的。比如《邮差总按两次铃》（*The Postman Always Rings Twice*）、《夜阑人未静》（*The Asphalt Jungle*）、《热天午后》《老无所依》（*No Country for Old Men*）。夺走黄铜戒指是一个具体的警钟，提醒我们多少欲望徒劳无功。

每一次失败之后，人都会自我反省（当然，只存在于小说中）。人物失败时必然会问，发生了什么？我欺骗了谁？我真正想要的是什么？是否值得？这些问题反映出人总是会犯错或自我欺骗，这种类型的故事体现的不过是人性的冰山一角。寻求更为深层的自我认识是我们要讨论的下一种故事类型的核心。

我是谁

在《在云端》中，由乔治·克鲁尼扮演的瑞恩·宾汉在故事开始的时候过着一种吉卜赛人般的生活，远离家人，在机场和酒店比在毫无特色的家里更为自在，一年之中只有几天待在家里。他把自己比作鲨鱼。他是公司的裁员专员，从一个城市飞到另一个城市解雇那些工作多年的职员。但他做这些事并非没有任何感触。

亚历克斯·格兰（韦娜·法米加饰）是女版瑞恩。瑞恩·宾汉和她在一个机场酒店吧台相识，他们共同分享俱乐部的内部信息和里程奖励，他们也短暂地一起过夜。

他们约定日程重合的时候再见面。这种关系对于他们而言非常完美，适合他们这种逍遥派。然而灵魂伴侣也存在风险。瑞恩因为妹妹结婚不得不回去一趟，他邀请亚历克斯同行。在那里，他为她介绍的家乡和自己的另一面，这么多年以来这是他第一次这么做。他陷入爱情了，他愿意为了这个女人不再旅行，放弃"要么在路上，要么死"的信条，破天荒头一次把自己的生活连根拔起。

当然，悲剧的是，这是一个错误。他只是在她身上看到了自己的影子，就以为她想要的和自己想要的一样：一段彼此承诺的关系。但她无法割舍自己的家人——他对此却一无所知，她将自己的感情生活与家庭生活分得很清楚，她认为这"不过是成年人会做的事情"。

电影结束时，我们看见瑞恩又一次站在机场到站信息显示屏前。这个场景我们之前也见过，但有着本质的差别。

他曾拥抱的生活此刻看来如此苍白。他曾经解雇了无数人，而现在，他被解雇了。他必须把这种改变看作一次机会，尽管这对他而言是一次沉重的打击。

他的人生发生了彻底的改变，无法再以老眼光看待自己和这个世界，也无法再回到过去，不仅因为他看到这些事情多么愚蠢，更因为他看到了自己的愚蠢。那么，他将要去哪里呢？他站在机场中央一动不动，面前只有目的地显示屏。

这个故事提出的关键问题是：我是谁？乍一看这个问题很简单。在第一个例子中，瑞恩难道没有问自己，他是否能得到想要的东西——真爱吗？在某种程度上，他问过。但答案是否定的。他无法获得爱的原因就在他以为自己能。他认为自己了解自己和世界。他把自己的一生建立在幻觉上。当幻觉灾难性地崩塌时，他必须问自己：我究竟是谁？我对自己的了解究竟有多少？故事描写的是追逐目标，目的却在提出有关人性的基本问题。

故事在主角获得这种启示之后很快就接近尾声了，没有留下纠正或解决问题的时间。结局并没有指向一种解决方案或是胜利。

这类故事探索人物身份和本性的方方面面，从古至今，这样的例子难以枚举。

　　□当俄狄浦斯认识到神谕是真实可信的时候，才明白自己认为的一切都是谎言，不禁泪流满面。他杀害了自己的父亲，还和母亲上床。

　　□《查理二世》故事快要结束的时候，一无是处的君王被自己的敌人罢免，他才意识到自己命中应当承担的责任是什么，选择勇敢而又尊贵地面对死亡。

　　□在乔治·奥威尔（George Orwell）的《1984》中，温斯顿·史密斯意图反抗大哥的无上权威，却被逮捕、隔离、折磨和恐吓，直到他的人格被摧毁。他没有经受住考验，变成了自己之前所鄙视的那种人，他爱上了大哥。这意味着极权压垮的不仅仅是人的肉体还有人格。

　　□在李安导演的《色戒》中，王佳芝是一名戏剧学院的学生，她应征参加抗日，被选中刺杀伪政府在上海的特务组织头目易先生。她的任务是勾引他。这个计划因为易先生极端小心谨慎而持续了好几年，为了让他信服，王佳芝必须假装自己对他有兴趣，同情他、关心他。最后就在她的同胞们准备实施刺杀行动时，因为王佳芝的提醒，易先生逃过一劫，却让整个组织的人，包括她自己被处以死刑。

以上故事提醒我们：我们对自己的了解并不充分，无知可以让一个人变弱，也可以致命。

有时主角会顿悟，从而在野心快要实现时决定放弃，比如说经典黑色电影《邪恶力量》（*Force of Evil*），还有《雨人》（*Rain Man*）、《英国水手》（*The Limey*）和《变线人生》（*Changing Lanes*）。

大量小说都开垦了这一方土地——"小心地对待自己的愿望"。B. 特拉温（B. Traven）的《浴血金沙》、吉姆·哈里森的《虎胆龙威》、安德烈·杜布斯的《杀戮》（改编为电影《在卧室》）、理查德·普莱斯的《撒玛利亚人》、罗伯特·斯通的《狗士兵》。在这里还要再提一次《在云端》。故事的形式是实现目标的过程，目的却在于揭示欲望固有的荒唐、错误或堕落。

有时候主角在环境的影响下，为了另一个目标不得不放弃最开始的目标。比如说《教父》，刚开始麦克·柯里昂对未婚妻凯言之凿凿，说自己和家人不一样。但在经历了一次又一次残酷的杀害之后，他不得不动手。他永远地放弃了之前的身份，用一种冷酷无情的方式为家族效忠，最终他发现了真正的自己——父亲的继承人，教父。

喜剧也经常采用这样的故事形式，但结果没有这么悲惨。另外，主角会有一些荒谬或卑鄙的追求，但最终发现自己一直努力追求的东西不值得。主角想证明自己并不像表面看上去那样，他被虚荣心所折磨。但是一旦脱下冠冕堂皇的外衣，他就会被爱、家庭、集体或是永恒的喜悦拯救。言下之意，只要我们谦逊一些，除非天生愚钝，都会获得幸福。

我需要如何改变才能得到自己想要的？

这种类型的故事介于以上两种形式之间。它也是一种比较现代的故事，至少目前如此。

电影《珍爱人生》，改编自小说《推力》(*Push*)，主人公普蕾莎丝·琼斯是一个肥胖、目不识丁的非裔美国人。16岁时，她发现又自己怀孕了——她已经生过一个小孩。普蕾莎丝给他取了一个有嘲弄意味的诨号 Mongo（蒙戈），是 mongoloid（意思是天生的笨蛋）的简写。他患有唐氏综合征。一个老奶奶把蒙戈抚养大，但普蕾莎丝的母亲却说这个孩子是她的，因为她可以因此获得一笔政府抚养金。普蕾莎丝的生活没有一丝爱的温情，她妈妈蔑视她，虐待她，她是一个像妖怪一样的坏女人。

普蕾莎丝所读学校的校长发现这个姑娘很危险，建议她转到另一所学校。普蕾莎丝的妈妈强烈反对这个提议，她担心相关审查会损害目前获得的津贴。但是转校照常进行，普蕾莎丝遇到了雷恩老师，不久后又遇见了社工威瑟斯女士，她们细心地照顾她。第一次，她承认蒙戈是自己的孩子，是她独自一人生在厨房地板上的，而那个让自己怀孕的人正是她的父亲。

威瑟斯和雷恩要帮助她的决心更强烈了。普蕾莎丝学到了更多本领，自尊心也在增强。她决定留下肚子里的孩子，同时把蒙戈从妈妈那里要回来，她保证让两个孩子接受自己最近才重新获得的教育。

在生下第二个孩子之后，她带着他一起回家，而她的妈妈却粗鲁地把孩子摔到地上，把玻璃杯砸到她身上。她说因为这个女孩告诉政府蒙戈的亲生母亲是谁，从而切断了抚养津贴，是她毁了一切。

普蕾莎丝带着刚出生的孩子逃到学校，在那里等待老师和校长。他们在中途找到了一座可以让普蕾莎丝和她的孩子住的房子。她给新孩子取名为阿卜杜。后来，普蕾莎丝得知自己的父亲因为艾滋病去世了，她被强奸的时候也被感染了艾滋病。她感到恐惧、绝望。她跟雷恩和威瑟斯说爱并没有给她力量而是把她击垮。他们则告诉她，他们爱她，她的孩子也爱她。如果她此生愿意去拥抱真爱，就会遇见真爱。

普蕾莎丝的妈妈为了重新获得政府抚养津贴，希望她们能够重新成为一家人。威瑟斯质问她为什么之前要虐待自己的孩子，她承认之前自己对这个小女孩所遭受的调戏和性侵视而不见，是因为担心如果出面阻止，普蕾莎丝的爸爸就会离开她们。她把蒙戈带来，乞求所有人重新成为一家人，但是普蕾莎丝拒绝了。她决定继续提升自己，完成高中，考上大学。她知道社会福利办公室会帮她找一份工作，因此决定好好照顾自己的两个孩子，不再管她的母亲。她离开了，怀里抱着年幼的阿卜杜，一手牵着蒙戈。

和《贫民窟的百万富翁》中的贾马尔一样，普蕾莎丝有自己所珍视的东西，但一开始她并不完全清楚那是什么，被虐待让她麻木。正如《在云端》中的瑞恩，她也面临着一个要么改变，要么死去的转折点。普蕾莎丝最后希望自己有一个真正的家，一个充满爱的家。但在她认识到自己有能力，也有资格得到爱，在她有所改变之后，愿望才能实现。

这类故事中也有著名圣徒神话的影子，但在 18 世纪早期，个人救赎的小说风格更为显著，代表作有丹尼尔·笛福（Daniel Defoe）的《莫尔·弗兰德斯》（*Moll Flanders*）。到了 18 世纪晚期、19 世纪早期又出现了浪漫主义小说和自我提升类小说。

精神分析的兴起也为这种故事起了推动作用，它提供了一种全新的方法研究阻碍我们获得亲密关系的个性因素。人物不像希腊悲剧故事那样被命运打倒，而是可以通过改变观念找到出路。

　　大量当代爱情故事的基本形式也是如此，让两个人分开的原因在于其中某一个人害怕建立亲密关系、有心理或情感障碍。

　　成长类故事也符合这个标准。在电影《成长教育》中，17 岁的詹妮·梅勒在一个私立女子学校读书，一心想考入哈佛大学，她不知疲倦地学习，也不断鞭策她中产阶级的父母努力工作。后来她遇见了大卫，他到处旅行，老成事故，年龄差不多是她的两倍。他向她展示了梦想中的生活状态。她对自己之前的生活规划（成为 20 世纪 60 年代早期英国的知识女性）感到绝望，甚至觉得那是一种痛苦的束缚。她接受大卫的邀请，与他一起去冒险，即便发现他的钱来路似乎不合法也毫不动摇。当她发现大卫已婚，就住在他家几个街区外时，才真正醒悟。她认识到这一切时，内心是羞愧的。她必须回到老师身边，之前却讥讽她们是毫无前途的老女人，同时她必须努力重拾考入哈佛大学的梦想。

　　事实上，每一个经历彻底转变的人物不一定都符合这种基本套路，电影《迈克尔·克莱顿》中，主角经历了翻天覆地的变化，拯救了自己的正直品质。但这种改变在快要接近高潮的时候才发生。他对自己的本质和定位做了一番陈述。事实上故事中有很多关于身份认同的内容，其他角色对此也发表了看法，电影结尾的彩蛋向我们展示了一个场景：迈克尔没有听从哥哥的建议待在近处而是坐进一辆出租车，让司机开向远方，这说明他已经变了。他需要时间处理这个转变给自己带来的影响，它将重新定义他现在的生活。

故事类型或许可以准确划分，但现实总是一团糟。故事来源于生活，艺术家就像喜鹊一样，利用任何有趣的碎片进行创作。

也有一些故事并不符合以上叙事模式。但有时做一些细微的改写就能让它符合。因此最好把以上三种模板看作重点。

所有激烈的挣扎都会在某种程度上定义我们是谁。但你是否展示了我们如何克服障碍？你是否想告诉人们，只有洞察自己的不确定性，我们才能修正阻碍我们胜利的性格缺陷？又或者，你想描写存在主义的反思，在决定性的时刻发现存在于自己身上的痛苦事实？主题的选择决定了叙事结构和原始的冲突。

当你写作或改写故事时，花一分钟时间思考自己打算呈现的问题。每一个问题代表着不同的道德观，暗示我们思考如何生而为人。

练　习

1. 利用上一章所选的例子来做练习。每个故事中的主角是否有所成长或转变？你如何得知？他是否发挥出更强大的意志力，还是获得了对他一生都有影响的领悟？

2.询问你正在创作的小说、故事或是剧本中的主角同样的问题。

3.练习1中每个主角所面临的问题分别是什么？是否在快到达高潮的时候，人物获得了转变性的洞察？故事最后创造了什么戏剧效果？人物是否有时间利用所获得的认知来改变自己？顿悟是故事的高潮吗？

4.问你在练习2中所选取的主角同样的问题。如果你向主角提出一个不同的问题，故事将会发生什么变化？具体表现在哪里？

第十九章

关于主角的问题：秘密、死尸、梦游患者

如果私底下问作家们，许多人都会承认，坏人和配角比主角更好写。这个问题存在于许多书中，包括一些名著。为什么这么多主角，比如格利佛、甘迪德、奥利弗·退斯特、乔纳森·哈克，都是全书中最平淡的角色？

大多数情况下，主角的平淡无奇是作者的失败——他对人物的需求和背后的动机理解得不够深入。主角过于平淡，也可能是因为前提不够精彩或故事的基本问题定义不清。也存在其他的原因导致读者或观众不买账，接下来我们就会讲到。

主角精神世界的挣扎

如果故事主角挣扎于克服内心的内疚、懦弱、错误观念，那么就不存在一个现实的对手。而且通常来说，前提和

前提的反面都是建立在同一个主角的活动上。

也许（应该）存在幽灵——我在第七章解释过这种人物类型，在 21 章讨论配角的时候也会对此做进一步分析。幽灵会帮助主角面对和解决内心的冲突。但是主角的对手就是自己。

要让冲突戏剧化，就要明白选择必须出现在人物面临的问题中，这样做很有效。把选择锚定在某个具体的东西上，最好是另一个角色或目标，才可以在情境中演示冲突。

再一次以电影《午夜牛郎》举例：乔渴望亲密关系，但是他所经历过的抛弃和背叛让他对别人有一种深刻的不信任。因此他必须把自己伪装成骗子以使自己免受欲望的折磨。故事的前提是：乔只有敢于面对失去的痛苦才能够获得渴望的爱。前提的反面是：乔只有利用别人才能够让自己不再受羞辱和伤害。乔没有对手，他是自己唯一的敌人，他与自己对抗。

乔的困境是是否应该敞开心扉，直面痛苦。每种选择都对应一个角色。如果乔选择不面对痛苦，继续戴着面具行骗，他可以与雪莉这样的富婆共度一生，她们会付钱给他，甚至愿意让他陪伴在左右，但她们绝不是真正的伴侣。他也可以选择直面痛苦和失去，去照顾即将死去的朋友里佐。

《午夜牛郎》的精彩之处在于平静地演绎乔的困境。我们猜他会选择雪莉，她聪明，机智而又迷人，经济也富裕。她对乔的关心简单而又不带任何评判，也许有点公事公办的味道。而里佐就像下水道里爬过的老鼠，让人不愿意靠近，而乔以女士杀手自居，尤其无法忍受这点。另外他还瘸腿、一贫如洗、满口谎言、脾气火爆。他揶揄乔很愚蠢，还取笑他说等他们到达迈阿密给他拉皮条。乔有什么理由迟疑呢？当他有需要的时候，是里佐给了他帮助。他们都很贫困，因此产生了独特、持久的感情。乔不能抛弃里佐，尤其在他病重时。但代价很昂贵，远远超过许多人的极限，所有这一切塑造了乔的英雄形象。

许多爱情故事也存在类似的设置，预设主角无法克服阻碍敞开心扉。同样，主角的生活中也没有对手，只有一个问题：他能否克服内心对于背叛、拒绝、羞辱、抛弃的恐惧？

疗愈类的小说也遵循同样的逻辑。在这种类型的故事中，悲剧的是，主角和对手都是同一个人。比如 1945 年讲瘾君子的《失去的周末》（*Lost Weekend*），还有 2011 年的《性瘾者》（*Shame*）。戒除心瘾重新变得清醒的过程，是通过人物来呈现的，这样的故事最精彩。

要注意：无论什么时候，演绎人物的内心时，为了凸显解决方案而操纵故事发展，只会让故事沦为教条式的陈腔滥调。如果对人物过去经历的影响缺乏详细具体的把握，故事通常会变成病历本般的东西。比如处理人物为什么总是害怕被拒绝和被羞辱，或者人物为什么陷入上瘾所带来的快感中无法自拔，让深渊把自己吞没等问题时。

　　在描写人物对抗自己内心的疯狂想法时，也需要考虑同样的问题。在这方面最值得学习的作品就是英格玛·伯格曼的《犹在镜中》（*Through a Glass Darkly*）。卡琳可能患有精神分裂症，父亲、兄弟、丈夫代表着她面对的外在压力。但他们并不是情绪的化身，每一个人物都饱满而特别，他们的行为举止符合自己独特的个性，而不仅仅是某种心理学哑剧表演。

　　以上例子的共同点在于，人物缺乏对手。后果则是我们要避免花费过多的笔墨描写人物的思考过程，避免对人物内心冲突的演绎不够引人入胜。解决方法就是用问题构建人物面对的冲突，然后让所有答案通过具体的人物呈现出来。

主角不知道或不敢想自己想要什么

　　很多主角在故事开始时对自己想要的东西感到困惑或害怕，这个问题在第五章已经深入探讨过。这类问题的解决方案和处理主角的内心冲突差不多：把主角的不同需求，真的假的、对的错的都锚定在某个具体的东西上——

最好是人。

特别是，给主角设置一个拙劣的目标，某个他认为自己想要的东西，然后让他不断经历失败，最终从所有的错误中获得真正的幸福的暗示。在选择拙劣的目标时切忌武断，目标必须反映出主角有面对真相的倾向，同时要为人物最终认识到自己想要的东西做铺垫。

普蕾莎丝·琼斯刚开始浑然不知自己渴望爱，她只是竭尽所能抚慰脾气暴躁的母亲。当普蕾莎丝接触了那些真正关心她的人之后才逐渐明白自己之前不过是在做无用功。

考验来自谜团或灾难，而不是对手

在一个南方小镇上住着一位中年教师，她因为要照顾痴呆、口蜜腹剑、难以讨好的母亲而困在一种无性无爱的生活中。[《巧妇怨》（ *Rachel, Rachel* ），由斯图尔特·司登编剧，改编自玛格丽特·劳伦斯的小说。]

一个年轻人早上一觉起来发现自己变成了一只蟑螂。[《变形记》（ *The Metamorphosis* ），弗朗茨·卡夫卡著。]

父亲和儿子必须通过一片将有灾难发生的疆域为自己寻求某种庇护。[《长路》（ *The Road* ），科马克·麦卡锡著。]

在每一个故事里，主角所面对的都不是强大的对手而是难以克服的困境，挡在路上的却不是另一个人。这类主题更深刻，主角所面临的困难是"他是谁"的核心问题，所探讨的是他的生活和人生意义的问题。

　　我们所能读到的最为古老的故事就涉及这一主题了。包括《奥德赛》《无名的裘德》(*Jude the Obscure*)、《时光机器》(*The Time Machine*)、《黑暗之心》(*Heart of Darkness*)、《美声》《穿梭阴阳界》，等等。

　　这些困难几乎是不可能解决的，作者很容易被困住，在思绪的泥沙中转动轮子。主角迷失在危机中，看不见更深层的问题，这会让故事变成一系列倒霉事的流水账。

　　解决方案同样在于看到困境中的具体问题。我可不可以在母亲去世之前恢复之前的生活？我的家人在我变成昆虫后还会不会一如以往地爱我，帮助我？如果我和儿子努力存活下来，会不会依然被当人看？一旦问题确定，把正确答案和错误答案锚定在不同的目标、处境或人物上面，迫使主角去一个个面对。

　　这样的故事中存在情境式的对手，他们会出现在故事的不同发展阶段，阻碍主角。但最重要的那个问题，依然潜伏于故事中，就像心中的刺，直到最后一刻才会消失。

　　瑞秋·卡梅隆是那个被留下来照顾老母亲的大姐。她对自己最好的朋友说："我已经处在人生的中场了。"她觉得之后面对的是通向死亡的滑行。她苦苦挣扎，想要从母亲、朋友、孩提时期的邻居身上得到爱——所有绝望的尝试都让那漫长的滑行有了一些意义。

在《变形记》中，格里高利·萨姆沙需要面对的所有问题都建立在一个问题之上：如何在人群中处理自己遭遇的奇怪状况？在某些时候，不同的人会阻碍他的行动。这种冲突对所有人而言都是一种隐喻：一方面是自由和自由的异化，一方面社会性和人的自我伪装。只有死亡才可以解决这种矛盾。

在科马克·麦卡锡的《长路》中，父亲挣扎着如何在噩梦般的现实里保持人类的体面。能够定义冲突的就是这个问题，而不是残酷的地形或其他。即便食人族、掠夺者、强盗都消失不见，这个父亲依然会饱受良心的谴责，也许那些毁掉其他人的莽荒也会毁掉他。

另一部设置一样但更商业化电影的是《惊变28天》（28 Days Later）。一群好心的笨蛋闯进了动物研究实验室，不小心释放了一种可以让人变成杀人狂魔的病毒。但潜在的问题预示着这一切并不是幸存者和被感染者（这样的人有很多）之间的一场大屠杀那么简单。故事的核心问题就是：当一个人不认识自己时，活下来的意义是什么？幸存下来的主角吉姆、赛琳娜、汉娜找到驻守在曼彻斯特附近的军队，用广播告诉人们，已经找到了解决传染病的方法，但这时他们才发现，士兵们的解决办法是让那些被传染的人饿死，重新占据这座小岛。这是故事的转折点。虽然敌人变了，但所面临的问题还是一样。

为了让情景式的危机不演变成戏剧化的困境，有时给主角一个明确的外在目标是明智的选择，这可以让人物的活动看起来不那么偶然，同时与目标相呼应。每一次死里逃生都需从某个角度回应核心问题：我需要做什么来对抗危机？

外在目标和内在需求之间的关联性不够的情况

正如我在上文提到的，有必要在主角的外在目标和内在需求之间建立联结，不能做到这一点通常说明作者没有抓住重要关系。

无论主角想从外部世界获得什么（解救人质、和灵魂伴侣结婚、在灾难中生存、越狱、回家），都能够体现人物的内在需求，虽然可能人物暂时意识不到这一点。外在目标代表主角希望维护的某种具体生活方式。内在需求则是那种生活方式之所以重要的原因。内外的关系能使主角发生成长和转变。

在电影《谜一样的双眼》（*The Secret in Their Eyes*）中，本杰明·埃斯波西托回到布宜诺斯艾利斯，来到之前做调查员时工作过的律师事务所，向前老板艾琳展示自己写的一部关于 25 年前调查过的一起凶杀案的小说。这件案子并

没有得到解决 —— 正如本杰明与艾琳之间的爱情。本杰明的社会地位没有艾琳高，他认为自己配不上艾琳，对她表现出的好感视而不见。艾琳读了他的小说，斩钉截铁地说：缺一个结果。这个评论算一种挑衅，具有双重意义，既与谋杀案有关，也与爱情有关。本杰明想继续调查当年到底发生了什么，只有这样他才能完成自己的小说，同时他也想确定自己与艾琳是否还有机会在一起。三条故事线相辅相成：过去的案件与恋爱史、本杰明寻求案件真相的过程，及弄清是否还有机会和艾琳在一起的过程。

乔·康奈利的《穿梭阴阳界》是一部构思巧妙，细节详尽，文笔优美的好作品，主题是关于紧急呼救的 —— 每一次呼救都让弗兰克感到痛苦，他想忘记自己曾经没能救活萝丝，而她一直纠缠着他，只要他一个人待着，她就会出现在他的视线里，看着他一次次疯狂地冲出去拯救一个又一个生命。后来弗兰克接诊了一个病人，并帮助他安乐死，这让他最终接纳了自己的不完美以及死亡的必然性，与萝丝和解。这是电影的高潮，它融化了弗兰克的英雄主义执念和内疚。

有一些作家，比如李·查德（Lee Child），则对于这种"内心有子弹"的英雄不以为然，这些人物的行为会受到内心创伤的影响。李认为作者过于强调意义，会导致情节不自然，矫揉造作。无论主角是狙击手、律师还是护士，大多数情况下，人物行为的动机都可以简单归结为工作需要。当然，也可以说也存在一种内在需求，那就是把一件事情做好的追求。

事实上也有一些时候，作者所设置的内在需求非常平庸，让故事效果大打折扣。最后，从我刚刚引用的两个故事中可以看出，一个可以接受的故事和一个令人难忘的故事的差别就在于，作者能否看到主角外在经历和内在需求之间的关系，并把两种需求严丝合缝地联结起来。

主角是美德的化身（或受人喜爱的神话英雄）

从戏剧的角度看，《新约圣经》中耶稣的传说并不是乐观的。虽然在许多人看来，他是至高无上的英雄，他神圣的平静带来的不是斯多葛式的坚强，而是超自然的宁静——即便在忍受着可怕的激情和死亡的残酷时也面不改色。但耶稣最动人的，是那些不同寻常的脆弱时刻——当他面对放贷者的怒火时、当他在赫西马花园中满心狐疑时、当他面对十字架大声控诉主的失职时——主啊，主，你为什么弃我而去。耶稣的形象在这些时刻最为栩栩如生。

而固执、懦弱、暴脾气、多疑的彼得留给我的印象最深刻。耶稣为了保护他砍掉了一个人的耳朵，而在这之后，他竟然否认自己认识耶稣。冒着亵渎神明的风险，我必须承认彼得是《福音》中最有趣的角色。抹大拉的马利亚也不能与他相提并论。

不幸的是，圣洁的救世主才能转世为骑士英雄，比如加拉哈德。他高贵、勇敢、心灵纯洁，但即便他做了那么多伟大的事情，也难以逃避沦为毫无价值的角色的命运。如果夺去他的马和剑，他就是一个普通人，一个无名无姓的小人物，梦游般走过中世纪的道德剧。因此观众更有兴致了解他的恶行也就不足为奇了。

文学作品中有名的普通人还包括伏尔泰笔下的老实人、格列佛，以及狄更斯式的英雄人物：匹普、奥利弗·退斯特（《雾都孤儿》的主人公）、大卫·科波菲尔，这些人物在那些卑劣、粗俗、恶毒的配角陪衬下无一例外稍显苍白无力，故事中通篇都是美德发光发热的无聊叙述。与此同时，配角和反派表现得愚蠢、自大、居心叵测，却很有意思。如果反派起主导作用，主角只是被动地回应，故事则会更无聊。

正如前面所说，会出现这种问题的部分原因是主角的需求没有得到充分的满足，人物就像是棋盘上被推着往前走的卒子。

另外如果主角一直被迫做出反应，而反派才是起主导作用的人物，那么你一定错误理解了冲突。剥夺了主角防卫和攻击的权利，你所得到的就只是一个高尚的受害者，也许是有史以来最乏善可陈的角色。

　　然而概念不清的不只有人物内心的需求。那些让故事变得有深度、复杂的冲突何在？具体来说，就是那些人类共有的不那么完美的特点何在？比如唯利是图、玩世不恭、缺乏耐心、贪欲……因为某些道不明的原因，我们总觉得英雄身上不该有这些弱点。

　　我们还特别讨厌主角身上出现憎恨的情绪，即便是针对某个罪有应得的人或广义上的邪恶不公——除非当另外一个人把主角逼得实在忍无可忍时。不理性的憎恨只会出现在非主角身上，他有黑魔法知道怎样惹毛你，为你带来一个又一个人性的谜团。这些人物通常折射出我们身上不愿承认的方面。除非你是佛陀，否则总会存在让你抓狂的人，你想要好好教训他、侮辱他、嘲笑他、折磨他。承认自己曾经有过这样的想法也并不可怕。人不就应该是这样的吗？

　　如果少了人性中的冷酷、刻薄、堕落，人物塑造就必然会出错或全盘失败。布兰奇·杜波依斯是美国戏剧中最棒的主角之一，她小气、不诚实、控制欲很强，然而这一切让她那无法释放的狂暴显得更有说服力。《第二十二条军规》中的尤萨林也同样，他身上不具备加拉哈德那种典型骑士的勇猛品质，但在战争中，他所表现出的求生欲却顽强得吓人："要么永远活下去，要么拼而一死。"《沉默的羔羊》中的克拉丽丝·斯塔林是公正执法和小镇优良行为的代表，但汉尼巴·莱克特却嗅到了她内心蠢蠢欲动的小心思。

　　我们之所以总是喜欢把主角关在美德筑成的监狱里，是因为有一个老生常谈的要求：主角必须是可爱的。是的，在小说或电影中，读者或观众要在主人公身上花费大量时间，没有人愿意在一个烦人、花言巧语、哭哭啼啼的醉鬼身上浪费时间。但是，他们同样不愿意在一个稚嫩的童子军身上浪费一下午。

　　无论是反派还是英雄，对我们而言，与人物产生共鸣比喜欢他更为重要。而一个精心刻画的人物，只有身处让人信服的困境中——面对一个坚不可摧的对手——才会让人产生同理心。我们同情这样的人物，哪怕他不完美。很多故事会那样的方式展开：主角痛苦地发现自己从未意识到的行为带来了意想不到的伤害、不公与虚伪。现实与理想的冲突，成为故事的核心线索。最终，主人公找到了自己无法放弃的价值观，没有它生活中只有失败、灾难和痛苦。

　　以前面几章已经研究过的三个故事来举例说明：

　　　　□电影《卡萨布兰卡》中，瑞克·布莱恩从乌加特那里拿走了两张通行证，当警察杀死乌加特时，他却只是袖手旁观。他残酷地羞辱伊尔莎，还暗讽她一定会背叛自己的丈夫维克多·拉斯洛。他不愿意把通行证卖给拉斯洛，还让他去问伊尔莎个中原因，希望通过这样的方法破坏他们的关系。

□电影《唐人街》中，杰克·吉蒂斯因为被冒牌的伊芙琳·莫雷摆了一道，职业形象尽失。为了找出是谁欺骗了他，他采用了一切职业生涯中有所顾虑的方法：对警察撒谎、非法侵入、损害公共财产（县记录本），他甚至武力对付真正的伊芙琳·莫雷，一个无助的女人。

□电影《迈克尔·克莱顿》中，主角的整个职业生涯都是在为别人做无罪开脱，但同时，他聘请了一个与黑帮有关的高利贷者为一家餐馆融资；他对明显想跟他亲近的儿子不屑一顾；他背叛朋友，宁愿相信对方的咆哮完全是因为躁狂症而与真相无关；他破坏犯罪现场，并接受了 8 万美元的贿赂；他掩盖他人的罪责，然后又像之前一样回到赌桌前。

每一种不良行为都会导致一场危机，迫使主人公以一种更为客观的方式审视自己的行为和生活。人类惯于为了所谓的正当目的为自己的不道德行为开脱，运用这种人之常情，可以帮助作者避免说教，从而创造出另一种复杂性。这也再次揭示了理想道德与现实之间的矛盾。最为重要的是，通过引发失败，它创造了一种张力，迫使人物诚实地看待自己。

如果你仍然担心主人公那些不太正确的特质会让读者

或观众没法共鸣，可以再考虑运用反思、悔恨或幽默进行调和。当我们意识到人物有反思和怀疑能力的时候，往往愿意原谅他的大部分过错。幽默则展示了人物的自我意识，以及对生活的热爱，尽管有一些情节不那么让人感到愉快。托尼·索普诺虽然是个反社会主义者，却依然能够吸引观众，很大程度上归功于他旺盛的食欲和狡黠的机智。

即便像纳博科夫《洛丽塔》中的亨伯特·亨伯特这样一个潜在的令人反感的角色——他是一个恋童癖患者，也利用一个简单的方法博取了我们的同情——他能够压制自己的欲望。这也是为什么我们能够接受约瑟良缺乏爱国主义，甚至有些懦弱——他渴望从责任中解脱出来的痛苦愿望总是被否定。我们乐于同情那些无法实现自己愿望的人。把这个小技巧放在手边，它不仅可以让你把一个不那么可爱的角色变得吸引人，还可以给那些已经偷走我们心的角色增加一些关注和戏剧性。

当主人公几乎是作者的替身时

再次重申，这里所说的问题更多地出现在执行时，而不是构思时。每个作者都在某种程度上把自己或自己的生活当作灵感来源。没有人能比卡夫卡更完美地体现这种倾向，尽管卡夫卡极力否认他作品中有任何自传意图。但并不是每个人都能够做到苛刻无情。如果不能保持这种情感上的距离，你就有可能不自觉地让人物免受痛苦和逃避审视，而这些正是人物吸引人的原因。

不幸的是，我们通常不喜欢折磨自己。而让人物不受一切冲突的影响，则必然创作出不愠不火，平淡无奇的作品。

我们对自己的认识比对故事中人物的认识存在更多盲点。这在现实生活中可以帮助我们摆脱困境，但如果我们对主角的认识也有这么多盲点，则这往往会让人物过于平淡。

如果你真的能对自己既公平又无情，请全力以赴。否则，请不要以自己为原型创作人物，挑别人吧。

选择错误的人物做主角

正如我在第 17 章提到的，在选择主角时，要记住读者或观众的同理心会被最危险的角色吸引，尤其是当人物必须失去我们都非常珍视的东西时。

在电影《银翼杀手》（ *Blade Runner* ）中，主角里克·德克卡德（哈里森·福特饰）曾是一名银翼杀手，负责杀掉与人类没有差别的仿生人。地球上不允许仿生人的存在，但有四个仿生人在魅力超凡的罗伊（鲁特格·豪尔饰）的带领下重返地球，寻求延长生命的办法。退休的德克卡德被迫去追捕叛徒并杀死他们。

视角方面的选择让观众的共鸣从德克卡德转向了罗伊。首先，德克卡德的任务是杀人，他会受到威胁并必须接受这种威胁。他的不情愿是显而易见的，而且永远不会消失，这使他的行为看起来不正义而更像唯利是图。相比之下，罗伊想要活下去——即便是非仿生人也能够理解——尽管他做了"可怕的事情"，但也表现了令人信服的遗憾。他毕竟是一个人造生物，他的冲动是由别人创造的，他对自己造成的痛苦有某种悲伤的困惑。这再次使他表现得更像"人类"。尽管这部电影向我们呈现了引人注目的视觉效果和有趣的概念，但本质上却充满矛盾，它分裂了我们的同情，让结局莫名其妙，这似乎并不是有意为之，而是因为剧本创作团队完全不知道该如何收尾。

多个主角

重复的同情与虚焦会出现在拥有交叉或平行故事线的故事中，在这样的故事中每条故事线都有主角。对于没有经验的作家而言，往往不了解如何铺排故事，或过度专注那些没有主角的场景。后一个问题通常可以重新构思解决。前一个问题更严重。

观众在故事的高潮中感受到的戏剧性和情感来自对主

角的移情和认同。让读者或观众在高潮场景中分割自己的同情，或在关键事件中漏掉关键角色，这样的结果只能让观众感到失望。

因此，当存在多个主要角色时，大多数作家会选择其中一个作为主要戏剧活动的旗手，有效地起主导作用。其他角色将处于次要地位，哪怕他们之间只有轻微的差别。

一个例子是罗伯特·斯通的《狗士兵》，虽然戏剧化的行为——因为严重误解，计划将一批海洛因从越南运到美国——是由琼·匡威发起的，他最终把包裹交给了更有竞争力的买家锐·希克斯，而希克斯将会把海洛因交给匡威在伯克利的妻子马吉。虽然匡威、马吉和希克斯在叙事上都得到了关注，但故事中主要的动作都是由希克斯驱动的，他提供了主要的视角，而且他的死亡为故事带来了高潮，匡威和马吉则为故事提供了结局。

另外一种方法是让平行故事有自己的弧线和独立的结局。比如昆丁·塔伦蒂诺（Quentin Tarantino）的《低俗小说》（Pulp Fiction）。为了给故事制造观众所期待的高潮，在故事的后半部分增加了角色朱尔斯·文菲尔德（塞缪尔·杰克逊饰），虽然他在电影快接近尾声的一个次要场景中出现，但他扭曲的反思却是电影良知的体现。他的故事线与电影故事线的结合提供了我们想要的戏剧性结局，让我们产生一种满意的感觉。

当叙述者和主人公不同，但都是故事中的人物

虽然我们会在关于观点的章节中对这个问题有更多的讨论，但是在这里还是想简单地解决潜在的问题，即分散的焦点的问题。

在第五章中，在我们讨论那些无法满足自己真实欲望的人物时，建议让这些人物对某种东西产生痴迷或狂热的情绪，作为他们欲望的外在驱动力。

这类人物的例子包括亚哈船长和杰伊·盖茨比，而《白鲸》和《了不起的盖茨比》都是由主角以外的人物叙述的。鉴于亚哈船长和盖茨比的自恋和自欺欺人的本质，让他们来讲述自己的故事，视角可能会出现明显的扭曲——除此之外还有一个细节问题，这两个人物最后都死了。但由于两位叙述者都参与了故事中的行动，读者就会评估他们在故事中所扮演的角色。将叙述者限制在观察者的角色，即可解决问题，无论是《白鲸》中的伊希梅尔还是《了不起的盖茨比》中的尼克·卡罗威，都重点强调他们的局外人身份。伊希梅尔是以亚伯拉罕的儿子命名的，在伊希梅尔出生的时候，他被迫和他的母亲黑加尔在沙漠中游荡。他是"裴廓德号"新的船员，他有强烈的好奇心并关注细节，这反应在他对船上所发生的一切事情的描述上。尼克·卡罗威则是一个中西部人，他对盖茨比庄园里发生的

一切都抱着谨慎的态度。任何一个叙述者占领场景的能力都是有限的，与他们所讲述的传奇故事当中的主人公相比，他们显然是小角色。

练 习

1. 回到你在第十七章练习 1 中选择的三个主角。主人公为了实现主要目标需要承担哪些风险？他的行为、动机或解决方法是否会随着冲突的加剧而改变？如何改变？

2. 在这三个主角中，有没有主角在故事一开始不知道或害怕自己的真实欲望？是什么行动导致他们意识到自己的真实欲望？这种洞察的戏剧性效果是什么？

3. 从你自己的生活中选取一个事件，将其戏剧化，主角以你为原型。你觉得最难描述的个人缺点、弱点或局限是什么？这个故事需要人物做什么？（如果你所选择的活动不需要描述个人缺点或弱点，那就选择另外一个。）当你发现这个人物身上的弱点时，要密切关注：你笔下的人物有没有和你相似的地方？既然你认识到他们和你的相似之处，你能想到提高写作技巧的方法吗？

4. 仔细思考一个有多个主要人物或故事线的故事。是否有一个人物为故事提供了主要的焦点？谁才是真正的主角？你怎么看出来的？故事的高潮部分发生了什么？谁在现场？谁受影响最深？在高潮和结局之间，其他角色会发生什么？

　　5.仔细思考这样一个故事，叙述者与主人公不同，但也参与了故事的活动。故事的焦点是否经常从叙述者转向主角？这会造成同情的分裂还是戏剧性的扩散？为什么或为什么不呢？

第二十章

制造冲突的人物：反派

我想说的是，从一个更为广阔的现代观点来看，不必把那些动机单一，有着撒旦般的骄傲与激情的坏蛋塑造得那么绝对。我们又有多大的自由度来评判一个凡人的阴暗面呢，犯错的时候，人的热情和人的聪明才智总是被目光短浅的智慧出卖。

—— 约瑟夫·康拉德，

《在西方的目光下》(*Under Western Eyes*)

为对手辩护

反派具有超强的力量能够否定、毁灭、夺去主角想要的东西。反派的目标与主角的目标平等对立，而且他的动机以抗衡主角为前提。因为主角的人设是通过他所克服的困难来树立的，因此一个矛盾的、易变的、扁平的或不可信的对手只会使主角取得的成功显得太廉价。反派迫使主角超越自我，发掘出内心深处忍受痛苦的勇气和取得胜利的决心，凝视黑暗的灵魂，获得洞察力，从而做出决定性的改变。

因为人性就是这样——我们总认为自己想要的都正当合法可以理解——因为主角是我们立场的象征，因此我们倾向于从消极的角度看待对手。但正如我在十七章所提到的，最吸引人的戏剧不是坏人对好人，而是好人对好人。因此，如果作者不只是为反派的观点辩护，而是去拥抱它，故事就会更让人着迷。当我们明白冲突的一方不是注定要失败，我们在这个角色身上投入的情感和他的对手一样多的时候，问题就变得复杂起来。

反派们可能永远不会投降——连环杀手、纳粹分子、恐怖分子、猥琐儿童犯、神气活现的怪物、太空来的外星人、疯狂的科学家、残酷的父亲、暴躁的母亲、自私的孩子、贪婪的地主……诸如此类邪恶的代表可能不会随便屈服。

但是，这并不意味着要避免反派追求你和观众可能认为明显错误的东西——甚至为此在道德上妥协。也不意味着你要让自己融入坏人的世界，为反派的恶行寻找正当理由，让他的行为变得不仅有利，而且在道义上，逻辑上都正确。

虽然战争和犯罪故事最容易屈服于善与恶的诱惑，但也不能在道德上过于简化。

可以说，所有文学作品中最伟大的战役，并不是大天使迈克尔对抗路西法、圣乔治对抗巨龙、贝奥武夫对抗哥伦德尔、山姆大叔对抗希特勒。而是阿喀琉斯在特洛伊城墙外与赫克托的战斗——虽然赫克托或许赢得了同情，但这两名战士都没有引起我们完全的忠诚或敌意。然而，他们的勇气和技巧都激励着我们。当阿喀琉斯杀死了赫克托，亵渎他的尸体，把他绑在战车上绕城墙游行，好让所有特洛伊人为自己作证的时候，他提醒我们，希腊人并不是不合格的英雄。战争背后不仅有英勇，也有恶意和憎恨。

理查德·普莱斯的《黑街追缉令》拔高了犯罪小说的标准，不仅是因为它的现实主义、完美的对话和生动的细节，还因为两个对手——毒枭邓纳姆和侦探洛克·克莱恩站在了同样的道德高度。我们完全沉浸在他们二人的世界里，以截然不同的方式支持他们。

雷切德是电影《飞越疯人院》中的一名护士，她对法西斯的执迷不只是因为顽固和卑鄙。她确实深深地相信，没有强力的秩序，她所照顾的病人将遭受痛苦，混乱只会加重他们的病情。这让她与麦克墨菲发生了冲突。麦克墨菲认为理智在于自我表达和内心的自由：他看重乐趣。麦克墨菲是鲁莽和暴力的。在这两种性格的冲突中，只有一方会胜出。

然而（我听到你在呼喊），难道观众的情感不应该得到宣泄吗？如果高潮时我们感到矛盾，怀疑自己的忠诚是否放错了地方，怎么可能达到高潮的效果呢？

这样想就是误解了悔恨的道德意义。我们有许多必须做的事，尽管我们可能更想做其他事。当主角击败一个让我们同情的对手时，只是在提醒我们，每场战斗都涉及另一个人。要记住，这并不是一个可怕的事实。

当反派是真的恶魔

当然，在某些情况下，反派代表的是真正邪恶的东西。犯罪小说尤其会涉及贪婪、暴力、腐败、对权力的渴望、对痛苦的漠视、残忍的诱惑等。这一切怎么能被认为是好的呢？世界上没有口红——无论涂得多厚，可以美化一个恶棍。

但是那些恐吓南方黑人的乡下人和老好人，驱赶布尔什维克、吉卜赛人、同性恋和犹太人的党卫军，甚至那些鬼鬼祟祟，吓唬女人的普通人——正如一句老话所言，他们也有母亲。他们总是能为自己做的事辩解，虽然这让人反感。但他们也喜欢温暖的床和热气腾腾的饭菜；也能够感受春天的风在皮肤上吹过，能闻到刚冒出土的青草的香味。

　　一位警察朋友曾透露，他从来不觉得他逮捕的罪犯和他有多大的不同，最大的不同是，他知道自己有未来，能够想象自己将来很长一段时间的生活，而大多数被他关进监狱的年轻人最多只能看到眼前几个小时的未来。关于邪恶，最可怕的事情不是它可怕，而是因为这是人性。

　　许多新手作家看不到或拒绝看到主角阴暗，不讨人喜欢的一面，总是努力使主角表面上看起来很受人欢迎，因此也经常看不到配角的可取之处，使他们成为平庸的坏蛋。

　　你越能理解反派是如何以及为何要为所犯的错误辩护——这对他的世界观为何重要，为何他选择了这条路而不是另外一条路——人物就越有说服力，故事就越有戏剧效果。《唐人街》中的诺亚·克罗斯代表了不受控制的权力之腐败，但是他显然不这么认为。他对自己说：他代表未来。这样的未来代价可相当高昂。

　　即使反派以他人的痛苦、背叛他人、甚至折磨他人为乐——比如莎士比亚《理查三世》中格洛斯特的理查——他也许认为自己的施虐成性、自私和冷漠是人类高贵和启蒙的标志，别人，尤其是弱者和多愁善感的人则无法看清这样的自然法则（倘若真的是这样，他不会是第一个这样想的人）。

　　他可能发现，反叛者路西法的例子比忠诚的大天使米迦勒的例子更令人信服——我们都支持反抗强权的人。他可能目睹了战争或牢狱之灾，因此认为这就是生命的真实面目，其他任何事情都只是被社会所接纳的胆小行为。

或许他可能正遭受哲学家西蒙娜·薇依（Simone Weil）所说的苦难。这种苦难超越了痛苦，因为它存在于社会层面，而不仅仅是生理或精神层面。奴役、强奸、虐待折磨是苦难。受害者不仅仅要忍受莫名而巨大痛苦，还会因此遭到羞辱和排斥。

在薇依看来，苦难把灵魂置于黑暗之中，在那里没有什么人、什么事是可爱的，甚至自己——尤其是自己，也不值得爱了。遭受苦难的人最多只能保存一半灵魂。一个人一旦陷入黑暗中，他从此就不再相信爱的可能了。《白鲸》中的亚哈船长就是一个例子，这是以《圣经》中的约伯为基础刻画的角色，结局很悲观。

但是一些更小的，人为的苦难也会造成致命的后果。电影《理查德·普莱斯的华丽人生》中的特里斯坦·阿塞维多因为醉酒、变化无常的父亲、贫穷的耻辱而痛苦不堪，以至于遭遇抢劫时，他开枪打死了不愿交出钱包的嬉皮士。这一切看起来毫无理由，愚蠢冷漠，不值得被理解与尊重。但是当我们对他的日常生活有了更多了解的时候，我们就能明白，他的生活毫无希望可言。这并非为他的行为辩护，但可以让一切符合情境。当他最终被理解时，让我们产生了道德和社会的共鸣。在《侦探马蒂·克拉克》（*Detective*

Matty Clark）中，主人公没能战胜一个怪物，他穿越到混乱的现代纽约，发现了这种毫无意义的致命暴动有一个悲伤、讽刺、悲剧的原因——人类。

市面上有那么多优秀的回忆录，作家没有理由刻画出性格模糊的反派。沃尔特·谢伦伯格（Walter Schellenberg）的《迷宫：希特勒反间谍首领的回忆录》（*The Labyrinth: Memoirs of Walter Schellenberg, Hitler's Chief of Counterintelligence*），吉米·勒纳（Jimmy Lerner）的《你来的时候什么都不要带：监狱里的一条鱼》（*You Got Nothing Coming: Notes from a Prison Fish*）或吉尼·赛克斯（Gini Sikes）的《八个球童：暴力女孩帮派的一年》（*8 Ball Chicks: A Year in the Violent World of Girl Gangs*）等都是素材。

但是主角和反派的行为都一样合情合理，他们难道不会因为太相似而变得不那么引人注目吗？没有强烈的对比和冲突，故事难道不会成为一片灰色的模糊吗？只要你还记得这两个角色是平等的，深挖两种截然不同的生活方式，就不会。写出那些让生活变得有意义的互相冲突的观点，把家人、下属和上司的身影都放进这两种生活方式中，这样一来差别很快就会显现出来。

在《迈克尔·克莱顿》中，两个旗鼓相当的对手都是律师——一个众所周知个体差别不大的职业。不同的是他们一个是男性，一个是女性。一个是凭直觉做事的赌徒，另一个有洁癖，注重细节的控制狂。一个穿黑白套装，一个穿大地色系的衣服。一个很放松，一个总是如履薄冰。对手不必恶语相向，与主角完全不同。

正如你应该理解主角讨厌什么一样，你也应该确切地知道反派喜欢什么。让这份爱变得高尚——他的孩子、家庭、荣誉、生活方式，可以增加这个角色的重量，让他变得更吸引人。与主角的恨一样，对手的爱也能制造反差和脆弱，这是他必须保护的东西。再一次以诺亚·克罗斯为例：他想要保护自己唯一的女儿，这不是讽刺或虚伪，这是一种真实的信念。这也是人物在我们心中萦绕不去的原因。

当反派长时间退出舞台时 —— 线索和下线

在那些涉及谜团的故事里，主角必须找出真相或真凶——最俗套的例子就是找出杀手，在故事的最初阶段，可能只有一些暗示或线索。尽管最终我们会发现反派是麻烦或谜团的来源，但不能轻易地揭穿真相。如果他已经露了马脚，那么他是否真正参与其中我们并不知道。

主人公必须远行完成艰巨任务的故事中也存在类似的设置。在这种情况下，只能看见反派制造的阻碍，通常是远程操控或通过他人之手行动。在谜团中，是线索暗示了反派的存在：他的暴力行为是野蛮的，还是像外科手术般精密？有关证据是无意泄露还是精心设计而留下的信息？武器是随手可得的一般物件、专业工具还是什么更另类的独创物品？线索反映了反派的性格，在构思时要仔细考虑。

在演绎这样的场景时，记住，你可以选择让反派的代理人加强或弱化对手的性格。一个怪物释放了其他怪物，或者纳粹派遣了一群没有面孔的国防军步兵，很少能带来戏剧性的惊喜。在电影《唐人街》中，步履蹒跚的懒汉穆维希和花心的虐待狂彼此再相似不过，但他们呼应了诺亚·克罗斯截然相反的两个面：马尔维西尔对应克罗斯的谦逊和的装腔作势、米吉特对应有钱人的品位。这种反差和对立提供了多样性，激发了我们的兴趣，强化了反派的性格，增强了悬念。

相反，《迈克尔·克莱顿》中反派与下线彼此十分相像——几乎是一模一样，就像同一个角色的两个版本，只是分开了十年——以至于产生了一种可怕的蜂群效应。如果同样性格的人物超过两个，效果就会削弱，甚至显得很傻。简而言之，仔细思考问题，考虑你想要的效果以及什么最适合这个故事，考虑多样性及创造惊喜。

反派会改变吗？

反派从未改变的"规则"反映了该角色的常规用途——

他是罪恶的化身。坏人往往被认为是心理变态或具有反社会人格的人。但主角的对手可以发生改变，尤其在双方都有意义地挑起冲突的戏剧中——比如善与善的较量中。

需要提醒你的是：如果对手具有心理上的复杂性和改变的能力，很有可能会分散观众对主角的注意力。然而，这只是一个提醒，而不是禁令。

即便在标准的西部片里，比如根据埃尔莫·伦纳德的故事改编的《决斗犹马镇》（*3:10 to Yuma*）中，所谓的反派也能够改变。这在以动作为基础的影视剧中是很少见的，但这也恰恰是我们认为这部电影之所以成功的一个原因。在这个故事中，亡命之徒本·韦德随着故事的发展而成长，虽然他亡命徒的本性从未改变——有点老套和牵强——但他逐渐钦佩起退役兵和运气不好的农民丹·伊万斯。这种转变促使他重新调整自己的行为，这对故事的结局至关重要。

练 习

1. 选择三本／部有明确反派的小说或电影。用康拉德的话来说，思考是什么品质让他免于成为"彻底黑化"的人？他改变了吗？

2. 用同样的例子，这些反派是否有替身、代理人、下

线？这些人在他出场前如何执行他的命令？他们的性格与
他相比怎么样？有什么相似或不同？如何运用这种对比在
故事中制造悬念或惊喜呢？问你们正在创作的对手同样的
问题。

第二十一章

同一阵营的其他人：次要角色们

次要角色如何次要？

E. M.福斯特（E. M. Forster）在《小说面面观》（*Aspects of the Novel*）中首先提出了圆形人物与扁形人物的概念，他认为前者比后者形象更为饱满。但在评论集《小说机杼》（*How Fiction Works*）中，詹姆斯·伍德（James Wood）对福斯特的这种比喻和理论提出了质疑。

伍德把人物分为"透明人"和"不透明人"：前者能被彻底理解，后者则不能。同时，他认为"透明人"虽然也表现出了自己的机智，但一切都是为了叙事而服务的。狄更斯的小说中有很多这样的人物：尤赖亚·西普、丹尼尔·皮果提、米考伯先生、叶利米·弗林特文斯等。这样的人物相对于"不透明人"而言有局限性，但是只要他们不变得卡通化，仍然可以成为纸上引人注目的人物。

　　伍德的意思是，透明人算是一种人物类型，总是充当特定的作用。他们的透明程度很大程度上取决于他们的作用，而他们的作用决定了他们在故事中的存在感。

　　这一章我们要探讨的角色是幽灵、亡魂、关键同盟等，他们在故事中都有特定的作用。他们使主角的需要、恐惧、希望、遗憾、力量和弱点更加戏剧化。他们能够让主角珍爱的生活方式和道德更为丰满。

　　人物的复杂性让主角或反派变得生动，这在他们与次要角色的互动中能够得到最佳呈现。与迈克尔·克莱顿有互动的次要角色很多，比如他的儿子亨利、他的侦探哥哥吉恩、吸毒的兄弟吉米、放高利贷者加贝·扎贝尔、患有双向情感障碍的律师亚瑟·艾登斯、律师事务所的主要合作人马蒂·巴克、斧头手巴里·格瑞森等，他们会引发不同的事件并让主角做出不同的回应。主角因为各种人际互动而跃然纸上，向我们展示出不同的方面和变化。

　　虽然次要角色的作用是为了戏剧性，但为了避免落入窠臼，他们必须超越自己的角色。这就要求次要角色拥有独特的个性、情感变化、和主角一样的自由度，同时必须控制来自优秀次要角色的威胁：喧宾夺主。

　　次要角色的作用通常是重叠的，因为他们差不多只是工具。关键盟友可能会背叛主角，反派可能会改变心意变成盟友。这为主角提供了发展人物和制造惊喜的机会。读者和观众更青睐那些能够冲破樊篱取得突破的角色。

　　次要角色是戏剧传统的一部分，因此必然会让读者和观众有所期待。作者越能看到他们的独特性，就能越好地创造惊喜。这些角色可能只起到次要的作用，但是如果你让他们的努力也显得次要的话，故事就不会完整。正如伍德所言，他们可以是透明的但只要性格足够独特，就足以让人感兴趣。

　　下面是对各种角色的分析。虽然作家的创造力是第一位的，但这些角色的类型最为常见，也最有戏剧用途。

幽　灵

　　在第六章中，我们探讨适应性防御机制时，首先讨论了幽灵和亡魂的作用。幽灵是一个笼统的说法，它可以指任何发生在过去，但是继续影响主人公的道德、情感或心理的事物。在这里，我说的不是抽象的东西，而是具体的角色。最好将主角的道德、情感以及心理通过特定的人物体现出来——他们制造了他现在所背负的包袱。

　　有时候幽灵确实是鬼魂，比如《穿越阴阳界》中的萝丝，她是从事急救工作的主角弗兰克没能救活的那个女孩。她代表了他所面临的道德危机：拥有拯救——有时候也会夺去——别人生命的能力意味着什么。

　　同样，在《推销员之死》中，威利·洛曼的弟弟本刚刚去世，但他一直萦绕在威利的幻觉中，提醒他这辈子都没有获得过任何成功。

幽灵可以是多个角色，可以活着，也可以死去，就像乔·巴克的例子一样。弃他而去的母亲、小镇荡妇疯子安妮，还有各种各样享受他的身体却从不关心他灵魂的青少年——尽管他们都还活着，但都只存在于让人不安的回忆中。他的祖母萨利·巴克去世了，但她从未爱过他。这些人物表现出的虚情假意，残酷的虐待共同构成了他所面对的灵魂危机，故事也因为这些人物变得丰满起来。

幽灵还可以出现在叙述视角中。父母和家庭成员通常扮演这样的角色，他们代表一直未曾消失的来自过去的负担。《巧妇怨》中的母亲代表了小镇的公正和不可推卸的家庭责任，它们构成的枷锁把女主角困在没有爱的中年。《普通人》中的母亲、《我不为父歌唱》（*I Never Sang for My Father*）中的父亲、《玻璃动物园》（*The Glass Menagerie*）中的母亲和跛脚妹妹，都用独特的方式扮演着同样的角色。

幽灵就像的过去一样，过去越是复杂、压抑，你就越需要在人物塑造的过程中加入更多细节。

归来的亡魂

归来的亡魂是指那些有意或无意间帮助主角解决幽灵

的角色。它包含了各种各样次要角色，从喜欢的对象到伙伴，从客户到导师，有时候甚至包括对手。在梳理主人公的外在行动与内心成长的冲突之间的差异时，归来的亡魂被证明是最有价值的角色。

在《哈克贝利·费恩历险记》(*The Adventures of Huckleberry Finn*) 中，哈克明白无论是想获得自由，还是做一个真正的人，没有逃跑的奴隶吉姆的陪伴和牺牲，这一切都没有可能。吉姆的宽容、勇气和忠诚与哈克父亲的虚伪形成鲜明的对比。吉姆不仅仅是一个同盟，还是一面镜子。

在乔治·艾略特的《织工马南》(*Silas Marner*) 中，小女孩艾比扮演了归来的亡魂，她教导悲愤的隐居者塞拉斯主动放弃，幸福从来都不会失去。

回顾一下我们在这本书中所使用的其他例子：伊芙琳·莫雷在《唐人街》中不仅是伙伴，帮助杰克解决谜团，也是他所爱的人，帮助他处理内心深处的愤怒与怀疑。在高潮的时候，这两条故事线交汇在一起，杰克、伊芙琳和对手诺亚·克罗斯都同时出现在同一个地方，这使得双方的冲突都同时得以解决。

在电影《迈克尔·克莱顿》中，患有双向情感障碍的律师亚瑟·艾登斯的精神崩溃导致了棘手的外部问题，也引发了良心和身份的危机。就像在《唐人街》中一样，冲突的两条线在高潮时交汇并使问题得以解决。自从亚瑟被杀后，他就成了亡魂。

在小说《贼城》中，列夫既要面对自己对死亡的恐惧，又要面对童贞被夺去的耻辱。柯尔雅和维卡不仅是他最重要的盟友，教他重要的生存技能，还帮助他克服害羞和恐惧，让他明白一个最基本的事实：战争之所以重要，是因为要保护我们所爱的人。

归来的亡灵不同于其他次要角色，它对于角色的影响力无论在深度还是恒久性上都不一样。主人公可能纯粹在外部的压力中成长，但是如果没有来自他人的挑战或支持与监督，他是能否有所转变，超越以前的局限，是值得怀疑的。常言道，无论是在小说中，还是在现实生活中，我们都不了解自己。

抗衡性的角色

归来的亡魂的作用是为了让主角获得洞察力或迫使他处理内心问题，抗衡性的角色则是为了让主角保持现状，甚至会把主角拉回尚未逃脱的困境或陷阱中。如果故事中有幽灵，他也通常兼任幽灵的角色。

不良的伴侣与情感，没有进取心的朋友或其他情感操纵者——所有这些角色都提供了一种引力，限制主角向前进步。抗衡性的角色经常与归来的亡魂发生直接冲突，较量谁将对主人公产生最持久的影响。

在《小偷王子》（改编成电影《城中大盗》）中，道格·麦克雷的城市密友圈——无情的老板、前女友克里斯塔，甚至囚禁他的父亲都在勒索他的灵魂，他们诋毁他想过更好生活的想法。

在《绝命毒师》里围绕着杰斯·平克曼的那群人想把他拽回无聊、没有安全感、充满内疚和恐惧的生活，从而导致他旧病复发。

有时候，抗衡性的角色带来的影响也不完全是负面的，他们只是代表传统或常态的吸引力，而归来的亡魂则代表了改变的可能性，他们具有平等但又相反的吸引力。

在法国经典电影《天堂的孩子》（*Les Enfants du Paradis*）中，哑剧演员（简·巴普蒂斯特饰）在伴侣娜塔莉和迷人的加朗斯之间左右为难。娜塔莉恬淡寡欲，控制欲强，是个粗野的乡下女人，是妻子。加朗斯是一个充满魅力的女演员，他梦想的象征。

在伊迪斯·华顿（Edith Wharton）的《纯真年代》中，也出现了类似的设置，纽兰特·阿彻在他的妻子梅所代表的家庭责任、资产阶级与女伯爵艾伦·奥兰斯卡所代表的情欲享乐和波希米亚的自由之间徘徊。在这个故事中，这些角色都有所超越。梅愿意给他想要的自由，后来她承认，他为了家庭责任而放弃自由的行为很无私。同样，女伯爵也不愿意给梅带去痛苦，虽然他们之间互相吸引，她还是拒绝了纽兰特的求婚。

重要盟友

　　和归来的亡魂一样，重要的盟友也包括各种人：导师、爱人、伙伴、专家、旅伴、值得信任的兄弟姐妹、忠诚的仆人等。在故事的某个点上，主角需要依赖重要的盟友所提供的支持、专业技能、清醒的判断（理智的声音可以对抗破坏性的激情）等重新获得力量。如果某些支持、帮助或专业知识涉及主人公的内心冲突——那么这个关键盟友也将承担起亡魂的角色，具有双重身份。

　　通常这个角色能和主人公形成鲜明对比或起到陪衬作用。当重要的盟友同时也是导师时，这一点尤为重要。主角可以从他身上获得智慧，甚至神秘的知识。通常情况下，两个角色的年龄、性别、阶级、种族或国籍之间存在差异，凸显主人公与导师之间的差距。

　　在许多写作指南中，我们可以读到这样的内容：重要的盟友通常在第一幕要结束时或是第二幕开始时出现，然后在第三幕开始时消失或死去，这样英雄就能够凭借一己之力获得解决方法，把故事推向高潮（或者获得复仇的动力，因为对手通常要为盟友的消失或死亡负责）。和所有

的公式一样，这是有用的指导，但也可能成为陷阱。正如
你从后文的例子中所看到的，许多关键盟友都会在第二幕
幸存。

　　但重要盟友的去世通常会成为故事中最感人的场景之
一，会产生很强的情绪感染力。这一点在无私的牺牲中体
现得尤为明显。如果盟友之前感到害怕和怀疑，与主人公
并肩作战，建立起一种由尊重、感激和爱形成的纽带，牺
牲时效果则更明显。通过盟友的去世，可以深入刻画主人
公与死亡的相遇（可以延伸到观众）。在《雾都孤儿》中，
奥利弗与狡猾的道奇相处的经历是故事中最引人入胜的情
节，奥利弗令人反感的天真最终被街头经验丰富的道奇中
和了。道奇不仅教他如何偷东西，在大街上生存，给傻瓜
评分，还教他如何赢得费根和的南希的注意与认可。如果
没有道奇，我们可能会对奥利弗失去兴趣，因为纯真很少
像世故那样让人感兴趣。

　　在《罗密欧和朱丽叶》中，害羞而浪漫的罗密欧和俗
气、暴脾气的马库修之间的友谊不仅仅制造了精彩的对话。
马库修也是罗密欧为了复仇杀死朱丽叶的表妹蒂博尔特的
主要导火索。我们很难想象，如果没有马库修的影响，罗
密欧的复仇之心会上升到嗜血的程度。

　　有时候，重要的盟友是伴侣，比如达希尔·哈米特
《瘦子》（The Thin Man）中的诺拉，她或许没有给尼克任

何具体的支持，但她确实刺激了尼克的良心，促使他做出他最擅长的事情：解决问题。

在犯罪小说里，主角有时因形势所迫不得不采取极端的行为。罗伯特・B. 帕克（Robert B. Parker）小说中的斯宾塞、沃尔特・莫斯利（Walter Mosley）小说中的伊泽・罗林斯、詹姆斯・李・布尔克（James Lee Burke）小说中的大卫・罗宾谢克思……这些主角都靠影子般的人物犯下暴行——这让主角杀人时没有悔意，无须犹豫。斯宾塞有霍克，伊泽有毛丝，大卫有柯乐特・普赛尔，这些凶残的伙伴让主角既能打败反派，又不需要让自己"黑化"。主角依然能保持某种道德上的优越感。在世俗的看法中，当我们面对邪恶，杀戮通常是不可避免的，考虑到主角拥有道德反思的能力，他会站在读者一边，陷入不安和悔意中，而对杀手来说这毫无必要，只会适得其反。换句话说，把冷酷无情的杀手设置为主角的伙伴，不仅能让读者感受到复仇的快感，同时又不会让主角变得残忍而自甘堕落。

当然不只是主角有盟友。就像英雄有他们的同伙一样，恶棍也有下属和走狗。犯罪小说的乐趣之一，就是能呈现各种各样的角色，粗鲁的、博学的、愚蠢的、笨手笨脚的、狡猾的、不可靠的，或者邪恶的。

有时候对于走狗的描写不会那么极端，甚至可以带一些喜剧色彩。走狗可以使反派显得人性化，也可以通过对比把反派妖魔化，或者两者兼有。走狗在故事中所扮演的角色可以是反派暴行和冷酷的化身，他可以是反派的司机、兄弟、牧师。如果他死去，也许会引发无罪辩护、同情甚至是喜剧化的解脱。最好，在主角追逐错误的目标时，他还能够起到辅导作用，又能够在反派的情感画板上投下独特有趣的阴影。

许多角色不只有一个重要盟友。想一想《指环王》中的弗洛多，他身边有一众身怀绝技的同伙；或是电视连续剧《火线》中围绕在阿文·巴克斯代尔身边的那些值得信任的，独特的走狗，他们构成了人物的生活圈。盟友就是主角或反派能在精神或情感上与之较量的人，他能从他们身上学到必要的技能、获得新的智慧，他们能够帮助主角或反派实现目标或其存在是为了凸显主角或反派的失败。想一想主角正在经历什么冲突，找出那些帮助他、团结在他身旁的人，然后让这些角色以自己的方式真实地存在，而不是成为情节的提线木偶。

背叛者和同情者

背叛的行为充满了令人揪心的情感控诉，任何做出背叛行为的角色都需要站在舞台中央：布鲁图斯、理查德三世、包法利夫人。但是背叛也为故事的逆转创造了绝佳的机会，如果作家不知道什么样的人物会背叛，往往就会失去这样的机会。

要想有效地渲染背叛，就必须先建立信任，同时激发转变。否则你就会简化戏剧性，背叛应该是一种惊人的震撼，混杂着愤怒、憎恨或恐惧。

在《理智和情感》中，约翰·威洛比发自内心地追求玛丽安，最终不仅赢得了她的心，也赢得了整个达什伍德家族的支持。他鼓励她公开示爱，也回报同样的深情。如果威洛比没有这么真诚，我们也不会觉得他欺骗的刀刃如此锋利。虽然他声称爱过玛丽安，但他不想过贫穷的生活，因此毫无预兆地抛弃了她，并在伦敦娶了一个有钱的女人，同时公开暗示玛丽安一定会因为对他还有感觉而发狂。当他不得不向她坦白这一切的时候，他像所有弱者那样，声称自己别无选择。

不是只有主角和盟友会遭遇背叛。"有同情心的打手"常常出自犯罪小说，但角色特征超越了类型。这样的角色与反派有关联，但又是主角的朋友或同情主角。因此，他可能会向主人公提供一些关键信息或者对他面临的问题有一定的了解，因此又是一个重要的盟友。他几乎总是在第二幕结束时死去或消失，他的道德感模棱两可，带给主角希望的曙光，也让故事变得有趣。

在德斯蒙德·劳登德（Desmond Lowdend）的《贝尔

曼和真相》(*Bellman & True*) 中，犯罪分子萨尔托聘请了
前计算机安全专家席勒，作为他抢劫银行阴谋的关键参与
者。席勒在这个案子中卷入得越来越深，之后，萨尔托冒
着很大的危险保护席勒和他儿子的安全，他们两人都成了
人质。

但正如我所指出的，这样的角色不一定局限于犯罪故
事。本质上，这是一个使者或中间人，他会同情或喜欢主
角：战俘集中营中偷偷地为因犯提供额外口粮的守卫、对被
告产生好感的助理检察官……这些角色为主角提供了获取对
手信息的途径，也可以替他辩护。这样的角色面临着被看作
背叛者的风险，从而营造了一种戏剧化的张力和悬念。

访客和陌生人

这两种角色都为我们提供了从外部的视角看待故事中
所发生的事情的机会。他们与外来者类似，但他们不是叙
述者。他们只是观察者，但这对主人公了解环境是挑战，
也是机会。

在《杀死一只知更鸟》中，迪尔·哈瑞斯迪尔（以作
者童年时期的朋友杜鲁门·卡波特为原型）的到来，让史
考特在那个夏天有机会以全新的眼光审视她在亚拉巴马州
梅科姆县令人恼怒的单调生活。迪尔的想象力天生就很丰

富，因无处探寻，把目光锁定在过着隐士般生活的布·拉德利身上，迪尔把布形容成一个妖怪。迪尔的好奇心驱使史考特和他的哥哥杰姆鼓起勇气去探索布的秘密基地，这个行为无意间让布从藏身之地暴露，走进史考特的生活。

在电影《巧妇怨》中，瑞秋是一个 35 岁的老姑娘，居住在一个南部小镇上。她的内心因为两个陌生人的到来而颤抖，一个是到处布道的传教士，他的布道充满魅力，给她的生活带去了曙光；另一个是尼克·卡孜力克，瑞秋孩童时期的朋友，他从城市的新家回来，想在这里"做点什么"。

群　众

主角和反派想捍卫的生活不是抽象的，而是由各种各样的人组成的，这些人能够反映主角的喜悦、秘密、道德、责任、遗憾。他们包括家人、朋友、邻居、教堂成员、同事、商业伙伴、竞争对手、牌友——名单长得见不到头，但出场的人物显然是有限的。必须选择必要的人物。

从人物塑造的角度来说，最为重要的一点是，这些角色反映出各种各样影响主人公行为的反对力量，具体来讲就是他们以不同的方式在保护或捍卫故事中其他人物所代表的生活方式。

无论是《生活多美好》（*It's a Wonderful Life*）中贝德福

德郡福尔斯市的市民、《卡萨布兰卡》中被困的难民、《唐
人街》中杰克的同事达夫和沃尔什、《美声》中被困在别
墅里的人质和恐怖分子，还是詹姆斯·克拉姆利（James
Crumley）的《错误的案子》（*The Wrong Case*）中充满独
特想象力的酒吧生物，这些人物之所以会存在，是因为生
活中他们可能会存在。他们能够放大其他次要角色的情绪
或产生对比。他们的需求、他们遵守的承诺、他们背叛的
秘密、他们所提供的援助、他们反复讲的笑话不仅仅透露
出他们的生活，也透露出主人公所承受的社会重担和隐忍
背后的赌注。

托尼·瑟普拉诺让观众彻底沦陷的原因就在于角色的多
面性，围绕在他身边的其他角色让这种多面性完美地呈现出
来，有值得信任的吝啬鬼、被人利用的儿子、天生讨人喜欢
的杀手、值得信赖的顾问荷西·拉布金等。

他的两个孩子尤其值得一提，因为他们体现出父亲性
格中的另一面。

梅多是一位找到自我的公主。她助长了父亲的自恋，
也反抗他的权威。她比父亲更聪明，拥有他身上的大部分
优点，但她是一个女孩——这是她的诅咒，也是她想要逃
离的东西。她永远也不可能成为父亲外部世界的一部分，
在那个世界她只能假装无忧无虑，理解自己的兄弟，羞涩
地拒绝朋友的请求。她引发了托尼的骄傲和羞耻、保护欲

和无力感，他们互动的场景探讨了这种两面性。

　　梅多是一颗闪亮的明星，而安东尼却几乎完全生活在父亲的阴影中，他们两人形成了强烈的对比。托尼想要一个儿子，但安东尼明显缺乏追随父亲步伐的特质。因此这个角色就由托尼的侄子，克里斯多夫代替了。安东尼让托尼不得不面对自己的失望，压制膨胀的自我，学会耐心地面对失落。但安东尼也引发了父亲身上孩子气的性格，这让托尼看起来讨人喜欢：他们一起玩耍，吃东西或是看电视时关系最好。当托尼渴望被拥护时，就会找儿子帮忙，然后一起处理问题。

　　访客或陌生人为主角的世界提供了一种外来人的视角，而小圈子里全是局内人。他们代表了日常生活的忙乱和烦恼、世界的道德，也为主角提供了色彩、对比和深度。通过他们你会发现需要深入探讨主角的心理特征，尤其是社会特征，然后权衡哪种元素最为重要。

练　习

　　1. 回到之前关于主角和反派的章节，从那时的练习所选择的小说或电影中，找出最重要的配角：

　　　　·是否存在一个幽灵，仍然给主角造成困扰？

· 是否存在一个归来的亡魂迫使主角以积极的方式应对或解决冲突？

· 现在是否存在一个抗衡性的角色阻碍主角获得洞察或改变？

· 这些角色如何帮助主角应对或解决内心冲突？

分析一下在特定场景中如何实现戏剧化。哪些一致或不一致的点外化了这些冲突，让主角能够专注于此。

有没有重要的盟友？他们是以何种特定身份呈现的：导师？爱人？伙伴？专家？知己？忠诚的仆人？他们是否也是归来的亡魂？

再一次，分析这些角色在特定场景中如何促使主角或对手去追逐目标，让每个人的复杂性生动地呈现出来。

2. 问你现在所创作的作品练习 1 中的问题。

3. 翻阅书架上的书和你自己的作品，找出以下每一种次要角色的例子：

· 背叛者

· 同情之重

· 访客

· 陌生人

和之前一样，对主角或反派同时存在的场景进行分析，找出主角情绪的复杂性和深度是如何通过与其他角色的互动呈现和发展的。

4.从你前面选择的作品中，找出超越之前练习中的重要次要角色，分析他们如何让主角和反派的独特生活方式跃然纸上。如果删去其中某个角色将会失去什么？

5.回顾一下第十三章和第十四章有关人物心理特征和社会特征时所做的练习。这种练习为你塑造必要的次要角色提供了什么启示？这些次要角色所扮演的角色是什么？哪些可能的角色被抛弃了？为什么？

第四部分

技　巧

第二十二章

角色的碰撞

以场景为中心

在探究次要角色如何引出主角的情感复杂性时，存在一个看不见的参与者：场景。正是因为戏剧化的动作场景，角色才会互相吸引、被迫权衡做出选择、承担责任、负重向前。场景外化了每个角色心中相互冲突的情感、价值观，让人物采取具体的行动进行回应。新手作家经常会回避场景的刻画，因为场景刻画让人焦虑、恐惧。他们选择逃避，错误地认为写作的目的就是实现审美的愉悦和便于理解——让事情显得不那么乱。

澄清事实很必要，控制构思也很必要。但澄清和控制是为更深的情感真相服务的，而不是为描写日常生活。真相经由冲突被刻画出来，而冲突可以在场景中被最有效、最简单、最直接地展现。

在阿瑟·米勒的《代价》中，沃尔特和维克多·弗朗茨兄弟在父亲死后开始对抗，彼此舌战，争辩谁才是那个做出正确决定及付出最多的人。沃尔特待在父亲身边，因为孝心忍受着让人绝望的贫穷。维克多则在外面打拼，取得了个人成功，却因此远离家人。他们彼此心中都有怀疑和不确定性。对沃尔特而言，维克多代表了自己对于留下来的意义的怀疑，在父亲死后，他的牺牲看起来似乎毫无意义。对于维克多而言，沃尔特代表了成功及从未有过的稳定情感。米勒把他们面对面地放到房子里，撕去面具和道德的伪装，让他们像拳击手一样真实地对抗。这两种方式都可以说明问题，相比人物独自进行反省，有冲突的场景显然更为有趣。

场景之所以让我们感觉更可信、更有启发性，是因为冲突明显，情感外露。在《代价》中，我们清晰地看到了这部剧的前提，两种不可调和但同样合理的道德选择之间的对抗呈现于我们面前。对每个角色来说，重要的东西都存在危险。有人会获得，有人会失去。一个人如何应对这样的竞争，决定了他是谁。

在我们采取行动回应思想和情绪前，它们只是纯粹的可能性。一旦它们变成行动，就不能再收回。行动给我们承诺，在内在生活和外在经验之间建立联系，把我们从孤独中拖进人群涌动的竞技场。无论好坏，我们的行为将我们永远锚定在这个世界上。

场景构成

从结构上来讲，每一个场景都包含三个关键因素。

场景设置：场景开始时，会显示角色之间的状态。通常会出现一个悬念，一个两难的问题或为冲突打下基础。

转折点：一个意想不到的事件——一个行动或决定——在某种程度上迫使角色发生重大变化。

结果：场景的高潮，由转折点所带来的新局面。依次为基础设置下一个场景（或作为这条叙事线上的下一个场景）。

仔细思考一下以下例子：

场景设置

□一群巴斯克分离主义分子聚集到一起，计划诱拐驻马德里美国大使的小儿子。

□一位记者参加一场在那不勒斯的豪华派对，他穿过拥挤的人群，遇见了一个让他一见钟情的女人。

□一个盗贼必须在客人回房之前砸开汉普顿斯海滨度假客房的保险柜。

转折点

□某同伙在权衡了绑架行动的风险和利益之后，不同意这个绑架计划。

□在记者打算去找他心仪的女人说话时，被引荐给了她的丈夫，一位受人尊敬的画家，比他的妻子大很多，身体状况非常差。

□海滨度假屋的住客突然回来了。

结　果

□那个不同意绑架计划的人在团伙头目的威胁下不再吭声，他知道自己已经被列入清除名单中。

□虽然存在风险，但记者还是尽量让画家的妻子答应与他单独待在一起。

□盗贼被迫藏在房子里，无法逃出去。

从角色的角度来看，还有三个很重要的因素：

目标：在这个场景中，角色的需求是什么？

□不愿参与绑架行动的人希望同伙意识到他们的计划多么愚蠢。

□追求者想与让他心动的女人在一起。

□盗贼想在不被人察觉的情况下打开保险柜，离开这个房子。

阻碍：阻碍角色实现目标的力量

□绑架头目支持绑架行动，他的地位和领导力让这次行动势在必行。

□记者倾心的女人已经结婚了，而且她的丈夫受人尊重，身体虚弱，至少在外界看来，需要她的照顾。

□盗贼只有非常短暂的时间逃离人们的视线。

行动：角色为了克服阻碍，继续追逐目标所采取的策略

□不愿意参与绑架行动的人试图说服团伙头目，让他明白这个绑架计划太草率野蛮，不明智。他希望至少把这个计划缓一缓。他私下想，时间会让人变得更谨慎，让人有所反思，重新思考。

□记者通过证明自己没有非分之想，打消了女人对他的防备心。他先跟女人的丈夫谈话，然后要求她当向导带他参观这个城市，他认为她对这个城市的看法对他正在写的文章至关重要。女人依旧很慎重。讽刺的是，她的丈夫要求她答应记者的请求。

□盗贼猜想房屋的主人不会留意，就从屋顶上

砸了一个洞，从上面进入房子，解决了所有费时间
的问题。（当然也让他在发现住客突然回到房间时来
不及在藏身前关上保险柜的门，而墙上被破坏的痕
迹必然会暴露他，这也为下一个场景做了铺垫。）

在角色不断尝试克服阻碍的过程中，可能会采取很多
行动——每一个行动或反应都是一记节拍，而每一次失败
的尝试都代表了一个转折，直到场景设置中的两难境地或
疑惑被解决（结局）。大多数情况下，场景以主角未能实现
目标或部分实现目标而结束，这促使他重新思考策略或重
新评估目标。从某种意义上说，这样的失败也是一种胜利，
因为它迫使主角向内看，让他思考未成功的意义。这就是
主角变得更强大、更睿智、更坚定的原因。

在每个场景的结尾，有时是场景中，主角都会内心有
所触动或经历改变，做出接下来的决定。情绪和想法总是
以这样的方式为动作服务，通过原因和效果、动作和反应，
推动场景向前发展。

在每一个场景中，最好不要长时间耽于情感反应或内
心斗争，除非这种对行动的减速是你刻意而为。通常情感
反应和选择都暗含于人物的行动中。

比如，以希望勾搭上年老艺术家妻子的记者为例：首
先他被艺术家的妻子吸引，然后决定如何接近她。他是否

应该直接走过去介绍自己？他是不是应该更谨慎一些，向这里的熟人打听一下她的背景？通过这些方式，他了解到她的处境，感到有些失望或退缩。然后，在与她丈夫见面的时候，他又感到羡慕、内疚或厌恶。也许他和其他人一样敬佩他，但是依然觉得存在机会。也许他瞧不起这个老人，觉得这种婚姻是一种羞辱。无论如何，他都认定她是在浪费自己最好的年华。他认为她被困住了，她的婚姻只是无聊的存在，她需要一个人帮助她走出麻木的日常生活。

在场景中，你可以直接描写思考的过程，但存在使行动受阻的风险。或者你也可以让它作为潜台词出现，通过记者的一言一行或其他细节表现出来。最好的选择是在这两种方式中获得一种平衡，进行适当的反思，揭示出人物的想法和感觉，其他则通过对话和行为来呈现，让读者或观众去填补空白，这会让他们有更深的共鸣。

新手作者通常不知道细节如何体现人物的想法和情感。细节不仅仅指外表，也包括人的言行举止。对于任何作家而言，去掉所有纯粹的外在描写，看一看人物剩下什么差别，是一种很好的训练。具有讽刺意味的是，当不再考虑文字的意义之后，散文要诗意得多，因为文字的顺序、节奏和辅音的碰撞，元音的呼吸更重要。

更深的情绪和思想探索，通常发生在补充性场景或连续的几个场景之后，以某种总结性的行为或反思结尾——

尤其是紧张而戏剧性强的情节。读者或观众需要喘息的时间，角色本身也需要时间来处理问题、做出决定、制订计划。偶尔，为了增加变化，它也会穿插到场景中，但最好不要过长。即便是描写情感、思想和决定，保持简短也是明智的选择。编辑第一时间想要删掉的总是解释性的内容。

故事中不断激化的冲突发生在强调戏剧行为的场景和强调情感和思想的缓冲环节之间，它通过简单的反应来推动故事的发展。

平衡动作场景和内心世界

平衡戏剧化的行为和情感、思想，何时及如何打破这种平衡取决于你的艺术目的。

文学作品通常更注重描述而不是戏剧性，从寻常之中获得灵光和顿悟，让我们意识到看似波澜不惊的日常生活中蕴藏的惊奇、恐惧或美好。有时候，文学作品会让事件形象化，凝固于永恒。不过有的作品虽然很可爱，却也会显得缺乏生活气息——刻画过度的时候尤其如此。

然而，解决办法不是不假思索地串联起事件中的行为，让事件像一节节朝悬崖快速行进的车厢。一旦明白思想和感觉服务于行动，事情就会明了，变得更为可控。

凯特·阿特金森的《何时会有好消息？》第一章的结局

是一次让人心碎的犯罪活动。故事以六岁女孩乔安娜的视角展开，她是袭击行动的唯一幸存者，这场袭击夺走了她的妈妈、姐姐、年幼的弟弟还有家里的狗。和阿特金森所有的小说一样，这部小说人物的内心活动十分清晰，这似乎与我前面强调行为的理念相左。

乍一看，乔安娜的想法困扰于家庭琐事，小孩子心性。但琐碎和意识流不一样：这个小姑娘想弄明白妈妈失败的婚姻意味着什么，她怪自己不像姐姐一样能干。就在她彻底失去家人之前，她一直想要找到自己在家庭中的位置。

在理查德·普莱斯的《黑街追缉令》中，杀人犯侦探罗科·克莱因凌晨两点回到家，抱起婴儿床里没入睡但毫无怨言的两岁小女儿，他抱着她在公寓里走来走去，甚至从冰箱里拿伏特加喝了一口。当他用双手轻轻摇晃女儿时，不仅想到了自己父亲糟糕的育儿方式，也认识到自己多么努力地想做一个更好的爸爸，他害怕失败。这表明他愤世嫉俗，也泄露了他的脆弱。他想要成为一个好父亲，也努力在做。这时他的行动并没有停滞，而是一直轻柔地摇晃着女儿，从窗户望向灯火通明的城市，对出租车、大桥、瘾君子和狼人说晚安。

在理查德·福特的《地形》（*The Lay of the Land*）中，弗兰克·巴斯科姆比形容自己为了与第一任妻子复合所精心准备的衣服为"罐头梭鱼夹克"，他担心这会让他看起来像"某些来上飞行课的乡巴佬"。整段文字都充斥着衰老引起的不安，每一个细节都与一个关键问题有关：我不知道安会怎么想。他期待着被认可，试金石是失去和死亡。

在这些例子中，想法和情感描写都展示了人物内心中的挣扎，同时又包含：

·行动、决定或关键事件；

·同一个场景中外界行为的讽刺性评论；

·人物的难言之隐。

这种内外冲突是另一种形式的戏剧性。

内心世界和外在行动之间的张力也创造了矛盾：让人物撒谎或言不由衷，同时又向读者揭示出他的所思所想。在帕特丽夏·海史密斯的《天才雷普利》中，汤姆·雷普利互相冲突的内心独白混杂着恐惧，他说的那些明显毫无道理的话制造了一种推动读者继续读下去的张力，雷普利模仿那些他所羡慕的人的技巧也越发精湛，最终他变成了那样的人。

练　习

1. 从你最近喜欢的小说或电影中选取一个场景，并将其分解：场景中每个主要角色的目标、障碍和动作是什么？场景的设置、转折点和结果是什么？

2. 针对你目前正在创作的作品中的一个场景做练习1。

3. 找一本你最近很喜欢的小说，试着找出由某个角色的想法和感觉组成的部分。回到之前的场景中，试着辨别它的戏剧性事件如何引出内心描写。这段文字是对前一个动作的情感反应还是对选择的分析，或是兼而有之？在角色的反思中，主角是否倾向于做出决定或改变心意？

4. 针对练习1中选择的小说或电影，你能识别出哪些角色是主角内心冲突的具体化或外化？

5. 同样的，针对练习1所选择的小说或电影，找到人物内心活动和外在行为相矛盾的地方。它是如何实现的？它的效果如何？从这种对比当中，我们可以对人物有什么了解？

第二十三章

人称：视角

选择视角：三个关键的问题

初出茅庐的作家往往会错误地判断建立和维持视角的重要性，关于视角，从一开始就让读者信任至关重要。很少有什么事情比视角的不确定性更让人不安，如果读者能够依赖视角人物，他们会感到安心，从而信任故事和作者。无论发生了什么改变，你都需要以一种读者能够理解的方式来证明改变的正确性，而不该应让人困惑不解。

你可能会本能地选择自己的视角，也可能你通过广泛的实践与试错，努力找出能够激发最大的同情，最客观或最具讽刺性的视角。无论这是自然的结果，还是痛苦探索的结果，通常来说都需回答这三个问题：

· 为什么要讲这个故事？

· 谁有权讲述它？

· 应该如何讲述？

换句话说，关注"什么"（事件和人物）和"在哪里"（设置），用视角解决故事中"为什么""谁"以及"如何"等问题。

没有哪一种特定的观点能够解决这些问题。不同视角之间的区别很微妙，而且每种视角都有优缺点。但作者需要做出选择，这意味着无论你的决定是什么，都有收获和损失。

为什么要讲这个故事？这个问题不是在写作层面（你为何写作），而是在故事层面提出的，答案则在那些被故事中的事件深深打动、震惊、伤害或改变的人物身上。无论故事是从主角（第一人称），从他人（第三人称）还是从全知视角讲述，视角总会以这样那样的方式占据影响点。

没有所谓的冷漠的视角。你可以选择任何适合你目的的视角——事件中得到最多或失去最多的那个人，一个充满好奇心的人或一个倒霉的旁观者。尽管这个角色参与到事件中很可能是偶然的，但他与泄密者的接触却不可能是偶然的。他会提出自己的观点，因为有些事情对他很重要。

谁有权讲这个故事？改变最深刻或迫切需要采取行动的人，最危险的人——一般来讲是某个主要角色，通常是主角。他们在关键事件上拥有优势和绝对权威。一些写作指南的建议更实用：在大多数场景中，尤其是最具有戏剧性的场景中，视角应该由主角提供。读者想要体验事情本身，让他们间接地了解肯定会让人失望。

在《杀死一只知更鸟》中，史考特讲述整个故事，但是关键的情节——试图私刑处死汤姆·罗宾森——聚焦于阿提克斯。作者必须找到一种方式把史考特放入这些场景中，这样做让故事变得可信，有说服力。

也许最明智的建议是：无论视角人物是谁，他必须出现在高潮场景中。如果没有出现，那他必须在这个场景中抛出有意义的赌注，这样才会让间接述说的故事具有吸引力、趣味或讽刺意味。

有时候，问题的关键不在故事中的事件，或事件所造成的毁灭性影响，而在于事件的意义。而讲述故事的目的就是为了探索或挖掘意义。在大多数情况下，一个叙述者，不仅仅叙述事件，也与事件所造成的影响角斗。如果你接受这种的挑战，你的叙述者必须像其他角色一样充实，他的需求、局限、偏见、秘密和创伤，你都要有深刻的理解。否则他讲故事的理由就会显得不确定，含糊不清，从而破坏故事本身。

无论叙述视角是主角还是旁观者，不变的要求是对事件的投入。要么解决疑惑，平息道德上的不安，理解发生了什么，要么简单地刻画从猫鹊（产于北美的一种鸣禽）

的角度所看到的一切。结果是否权威取决于是否投入。

故事该怎么讲？你希望它具有讽刺的疏离感吗？道德的不确定性？感情的直接性？漫画式的距离？轻描淡写的影响？替代视角的对比？吵闹的奇谈怪论？花点时间认真思考一下你想要达到的效果，这可能会让你产生新的观点或让你确信刚刚想到的方法是正确的。

"发生了什么"和"在哪里"在很大程度上决定了你的视角：故事是私密的还是从容的（第一人称或第三人称的效果通常最好）？是否穿越空间和时间（意味着多个第三人称或是一个无所不知的视角）？

在决定视角时，看看最近最打动你，对你影响最深的书，研究一下它们的视角是什么。你也许会发现有一种方法让你着迷，或依靠你的直觉找到合适的视角。

但如果你对不同的方法持开放的态度，并且想要探索不同故事的视角和效果，请记住，所有视角的问题都与如何回答三个关键问题有关：为什么、谁、如何。它可以帮助你简化决定，用一种可控的方式来创作。

客观模式和主观模式

无论选择哪种视角，都需要决定在讲述故事的过程中，以何种方式、在何种程度上介入视角人物的思想和感觉。

决定可能会在开始、结束或中间做出，但我们在这里讨论它，是因为它与下面的观点有关，现在讨论，之后创作会变得更容易。

客观视角聚焦于外界，然而并不绝对。如果需要表达思想和感情，这样的描述方法就缺乏参与度，好像这一切并非人物的亲身经历，而是观察来的。用得好，这种方式带来的疏离感可以限制对事件的解释，能够增强事件的情绪感染力。这与前一章的观点相呼应：解释得越少，冲击越强，除非你表达得不清楚或故作神秘。少即是多，除非功力不够。

一般来说，被描述的事件越具有内在的戏剧性张力，采用客观视角的效果就越好。海明威是这方面公认的大师，其他从记者转行写小说的作者，如琼·迪迪恩（Joan Didion）和彼得·德克斯特，也经常巧妙地采用这种方法。

相反，主观视角可以直接了解视角人物的想法和感情，它的优势在亲密感，风险则在作者很容易过度解释，或沉迷于心理状态中，分析而非描述。

主观模式也被认为是"近距离"视角。人们常说，这就像我们"从人物的肩膀上望过去"或者是栖息在他的思想和身体上。我们和角色"在一起"，而不是"看着"他。

不要非此即彼。选择某种视角不代表彻底放弃另一种视角。如果你小心地控制，可以自由进出。而且，正如前文所述，思想和感情也可以被客观地描绘，用冷静、分析性的语气表达主观意愿，效果往往更好。

优秀案例可参考海明威的故事《在另一个国家》（*In Another Country*）。故事的叙述者是一个在意大利医院接受治疗的美国人。故事主体是他与乐观的医护人员及绝症病友的互动。这个美国人是少校，曾经的国家击剑冠军，现在只拥有残臂。叙述以严格的客观视角展开：表面的动作，对话。海明威只是简单地把重心聚焦于叙述者的内心世界——他因为是美国人而获得勋章，意大利人却需要付出更多。海明威用一种冷静的方式来描述这些感受。例如叙述者说，如果病友们意识到他的不同是一种欺骗，所有人毫无例外都会离开他。然而，当我们回到外部描写，基调是毁灭性的，写的都极端的例子：因为战争而变得残疾的年轻人，被粗暴地夺去未来，他们绝望地想要重新适应，在新闻中被加冕，然而大多数人都失去了双手，妻子则死于肺炎。

这种模式依然可以是严格客观的，但是要巧妙地介入叙述者的思想，只要刚好能够让他与他所描述的人之间保持一种尖锐的，带有羞耻色彩的距离就好，它可以让痛苦更加具体，还能够强化最终效果。

这很有效，因为从远到近，从客观到主观的运动都根植于角色：无论是第一人称还是第三人称，一旦人物立起来，如果处理不当就会感觉到作者的侵入。前一秒，我们还在角色的脑海中徘徊，下一秒，我们就站在与它有一定距离的

远处，探索场景，权衡环境，分析每件事情的意义。确切
地说，到底是谁在讲述这一切呢？粗枝大叶的作家就会制
造这样的凌乱。一个无所不知的叙事者可以避免这种情况，
但是这种视角是最具有挑战性的，我们将在下文介绍它。

第一人称

　　第一人称通常被认为是最自然的视角，因为平时我们
就是这样讲述自己的故事。作者一般是某个故事中的人物，
通常是主角，或是某个能够公正地描述事件的人。

　　这种视角的优点是自然和即时。自然，是指讲叙述不
是被动的。我们平时可以毫不费力地使用这一技巧：

> 　　我昨天去拜访茱莉亚，想让她知道如果詹姆斯
> 不能恢复的话，她可以依靠我。她告诉我一切都好，
> 但她永远都不会忘记我为那个可怕的女人保守詹姆
> 斯的秘密。如果我出现在她门前，她会尖叫。

　　第一人称还有一个特点在于即时性 —— 我们与叙述者
在一起。由于叙述者通常是在回忆所发生的事情，所以往
往缺乏即时性。或者以一种反思的语气来叙述，而不是直
接参与行动，即使是最优秀的作家，也会因此感到困扰。

　　在已经知道故事结局的情况下，只有懂技巧的人才能不让这种先知渗入故事中，夺去紧张感和悬念。比如，我们知道叙事者活了下来，这是一个秘密，想解开这个秘密就得专注于场景而不是解释。

　　一个伟大的创作者手中，第一人称能够发挥出巨大的作用。比如康拉德、玛丽莲·罗宾逊（Marilynne Robinson）、安德鲁·西恩·格利尔（Andrew Sean Greer）、戏剧家乔纳森·莱瑟姆（Jonathan Lethem）和加里·斯特恩加特（Gary Shteyngart），犯罪小说家詹姆斯·克拉姆利和劳伦斯·布洛克（Lawrence Block）。侦探小说中经常使用第一人称叙述，第一人称可以呈现出丰富的、反思的、实用的、幽默的声音。

　　第一人称还有一个好处：叙述者的思想、感觉、记忆和情感都可以被看见。更妙的是，表达起来并不难，能够自然地随着叙述流动，没有必要添加"他认为"或"她想知道"之类的插入语。

　　但是，正如每个花园都会有蛇。每个用第一人称讲述的故事都有一些难以避免的限制。

　　·没有视角人物参与的事件，如果不通过另外一个人来讲述，就可能无法构建场景，无论转述得多么巧妙，总归会让人沮丧。

·你无法从外部评论叙述者某个瞬间的感受，你可以采用让他照镜子等方法，但你更应该把这种外貌描写的缺席当作一次挑战——你需要在他的叙述声音中体现他的性格。没有外貌描写，读者更容易将自己投射到人物身上，从而对故事投入个人情感。

·在描述故事中的人物、事件和物理环境时，你被限制在叙述者的态度和世界观里。因此，作者的侵入感会特别明显。

·故事不能揭示视角人物所不知道的信息。正如你受制于他的世界观，你也受制于他的认知。违反这一规定意味着作者以叙述者的身份含蓄地进入故事中，打破了虚构的幻觉，让读者产生疑问。

尽管第一人称存在以上问题，但依然可以最大限度地接近近距离的惊奇感。周日，雷叔叔开着别克车出现在你家门前，他拖着自己的坏腿走上门廊的台阶，瘫倒在摇椅里，从你母亲的手中接过一杯柠檬水，抚摸着小狗，给自己卷一支烟。他告诉你一个自己的故事。

特例：不可靠的叙述者

这种技巧的运用凸显了主观性的不可避免，并通过在叙事中制造不确定性创造出次要情节。

很多叙述者都不可靠，比如《杀死一只知更鸟》中过于年轻的史考特、纳博科夫《微暗的火》(*Pale Fire*)中的主人公查尔斯·肯博特、朱利安·巴恩斯(Julian Barnes)的《终结的感觉》(*The Sense of an Ending*)中那种历史的隔离感也不可靠。

第一人称叙事者越独特，他的视角就越有可能代表一种偏见的"扭曲"，这个词在《了不起的盖茨比》中被尼克·卡罗威奉为至宝。在第一页，尼克不经意间让我们看到了他的盲点，他误解了父亲。相反，他说自己会保持判断力，同时用自以为是的优越感抨击他描述的人——除了神秘莫测的盖茨比——他有时轻蔑，有时又近乎孩子气地迷恋他。菲茨杰拉德不仅仅是向我们讲盖茨比的故事。他戏剧化地描绘了一个保守又自以为是的中西部人如何误解他在长岛北岸遇见的世界。

约瑟夫·康拉德《在西方的目光下》以一个无名英语教师的角度来叙述故事，叙述者对主人公拉祖莫夫混乱的内心进行了极其详尽的描述。他认为自己有权这么做，因为他能看到拉祖莫夫的日记，这本日记归他所有，他也认识拉祖莫夫圈子里的几个人。尽管如此，我们只能够通过叙述者"西方人"的视角来了解拉祖莫夫的内心世界。最后，我们想知道拉祖莫夫的故事有多少能被我们或叙述者所理解，我们有什么共同的偏见。是否存在很多，甚至是最基本的东西，没有被我们理解。

叙述者可能因为精神疾病不可靠，比如《飞越疯人院》中的布罗姆登酋长和彼得·凯里（Peter Carey）《偷窃》（*Theft*）中的休·布恩。可能因为个人缺点而不可靠，比如《麦田的守望者》；或因精神分裂而不可靠，比如《搏击俱乐部》；可能因为吸毒而不可靠，比如《赌城风情画》；可能过于个人化的视角而不可靠，比如《发条橙》（*A Clockwork Orange*）和《收藏家》；或者因妄想证明不合法的事情合理而不可靠，比如纳博科夫《洛丽塔》（*Lolita*）中的亨伯特·亨伯特——他还大言不惭地说："你一定期望看一个杀人犯讲故事。"

无论视角为什么不可靠，这样做的目的都是让读者警惕，提醒他们事情从来不是他们所看到的那样。虽然一直存有疑问，但鲜活的故事还是能让读者一直读下去。想要不再怀疑的读者可能会觉得这很无趣，但在所有叙述视角中，这种方法最能深入地融入角色。

其他特例：第二人称和第一人称复数

这些视角都独特又不常用。但在我看来，它们都是第一人称秘密含蓄的用法。

第二人称想获得的效果是让所描述的内容普世化，鼓励读者将自己融入角色的行为中。

> 你走进教室，希望教授在你有机会瞥一眼教学大纲和一两页课文之前不会注意到你。

在这种情况下，角色会显得宽泛、模糊、不真实。或者是让叙述者与自己疏远，展现角色的特异性。

> 你走进候诊室，在老年人、患风湿的气喘病患者和患梅毒的同性恋之间找到自己的位置。

这会把注意力转移到叙述者身上，应该谨慎选择。

写指南的作者们将永远感激杰伊·麦金纳尼（Jay Mclnerney），因为他写了《如此灿烂，这个城市》（*Bright Lights, Big City*），我们可以用它举例。洛丽·摩尔（Lorrie Moore）的短篇小说集《自助》（*Self-Help*）也是一个很好的例子。

有一种有效而深刻的方法，可以参考《奥斯卡·瓦奥短暂而奇妙的一生》，这部小说有一章是以罗拉，奥斯卡的妹妹的角度来讲的。以第二人称开场：

你妈妈叫你到浴室去。

贝利西亚上身赤裸，她的胸罩"像扯破的帆一样挂在腰间"，她让罗拉摸摸她的胸部有没有肿块。女孩抗拒，但被迫服从驱使，她发现了"皮肤下面的结"。

在那一刻，出于某些你永远无法理解的原因，你被一种感觉征服，一种预感，那就是你生命中的某些东西即将被改变。

罗拉用"你"而不是"我"强调的不仅仅是"灵魂出窍"的不信任感，对肿块的恐惧，还有她对生活的理解的转变。它为罗拉提供了一种有效地将自己一分为二的方式：曾经她是一个孩子，以后将成为一个女人。

在杰弗里·尤金尼德斯（Jeffrey Eugenides）的《处女自杀》（*The Virgin Suicide*）和凯特·沃尔伯特（Kate Walbert）的《我们这类人》（*Our Kind*）中，第一人称复数的使用都发挥了绝妙的效果。这两部小说都建立了一种双向的，无意识的和谐，没有过多的主观判断。无名的叙述者无处不在地关注着群体中的个体，然后后退用共同的视角揭示共同的信仰及共同的误会。叙述者能被识别，同时又藏在那个渺小的词后面：我们。

第三人称

凡是听过童话故事的人都知道第三人称视角：从前有个樵夫，住在森林深处。在你学会使用第一人称前，可能已经在故事中理解了第三人称，每天我们都用它来谈论发生在其他人身上的事情：

> 杰克昨天又被解雇了，因为和另外一个巡路员打架。吉尔说她受够了，她要走了，这次永远不会再回来。

这是迄今为止使用最广泛的人称，也是最容易控制的——因此也是新手作者最明智的选择。但这并不是老练的作家们不能再用的技巧。使用第三人称的小说包括福楼拜的《包法利夫人》、乔治·艾略特的《米德尔马契》、乔纳森·弗兰岑（Jonathan Franzen）的《纠正》（*The Corrections*）和迈克尔·翁达杰（Michael Ondaatje）的《英国病人》（*The English Patient*），这些都是杰出的作品。

第三人称的优势有：

> ·能够从外部描写视角人物（但正如我们讨论第一人称时提到的那样，这并不是一种绝对的优势）。

·你不会被死死地困在视角人物的世界观里。然而，这种优势也需要小心对待。作者的侵入通常会让文章显得凌乱，这是作者对文章控制不够的表现，应当避免。当然，如果你想要保持更为客观的视角，努力保持对于视角人物的立场的感知，密切关注他的态度、他所知道的一切，让转化尽可能毫无痕迹。

·你可以保留关键信息，制造悬念。

第三人称的缺点一般被认为是以下几种：

·即便亲密模式或主观模式的使用可以稍微拉近视角人物和读者的距离，但是它们之间依然存在一定距离。

·记忆、想法、印象、观点以及其他内心活动的转变更少灵活性。第三人称通常需要通过以下这些话来引出内心活动，比如"他认为""她想弄明白"，这会引起人们对人物的注意，同时也会干扰语言的流动。精神或情感印象必须植根于角色，否则将会演变成作者入侵。

一般来说，在特定的场景、章节中最好清晰地界定视角人物的立场，在没有进行明确的转换之前，不要随意转换视角。

不只是视角转换需要小心处理。第三人称带有一些主观视角的特征，可以更紧密地传达人物的想法和感觉，也可以更为客观地描述事件，与外在世界更好地联接。视角发生改变的时候，很容易出问题。和第一人称不一样的是，这里并没有一个叙述者把直接的场景描述转化为反思。视角转换时读者会看到作者的干涉，从而影响对故事的投入。

有时把第三人称叙事看作电影演职员表中那个随时可以进入和退出的隐形人更实用——它能够随时记录想法和感觉。但是正如描写太多会让场景支离破碎，在主观视角和客观视角，表象和内在之间来回转换也会显得过于刻意。最好事先与视角人物保持一定的距离，并在整个场景中一以贯之，可以为了一些特别的效果而跳出这个模式，但也要尽可能地减少这种变化。

以下文字中的两个人物就是很好的例证，他们分别是罗克、马利克，出自《他们知道我在跑步吗？》。

　　他轻轻地把床单从她熟睡时温暖的肩膀上拽下来。她希望在他收拾衣服溜出去之前被叫醒。"这种东西的保质期并不长，"她曾经告诉他，"我想要充分利用自己的机会。"

他们相差20岁，考虑到他只有18岁，这简直就是犯罪。他意识到可能有一些术语可以解释这一现象，因为他没有母亲。不过，在他心里，这种感觉很简单——他们都很孤独，他很喜欢她，她似乎也很喜欢他回来，他喜欢滚床单，有时候她也会放纵自己。性爱总是有教育意义的，他们很少例行公事，经常别出心裁，尤其是有一回她打开了两瓶酒。如果这有什么问题，他想，就让其他人去担心吧。任何与他有过重要关系的人都比他年纪要大——音乐家、图书管理员、警察等等。为什么这次会有什么不同呢？

她背对着他，侧卧着睡觉，打呼噜的时候枕头紧紧地贴在下巴底下。

在这里，我们以第三人称开始，从罗克的主观视角近距离叙述。一些细节勾起了回忆——马利克想抓紧时间，因为她知道他们的关系不会长久——这促使罗克重新思考。这段文字清楚地表达了他在短暂的记忆中所感受到的东西。扩展是为了读者着想，作者提供上下文。从某种程度上来说，这个技巧的作用在于，以一种仍能够传达这个年轻人声音的方式，表达更详尽的想法，而我们只是稍微后退了一步，思考了一下这段关系以及他对这段关系的感受。然后我们通过描写她睡觉的细节回到当下。

你越能很好地将背景和人物设置插入，读者就越能体验到故事的流畅性。当然，让这种插入尽可能简短也是明智的。

单一视角和多重视角

单一视角能够在读者和视角人物之间形成一种强烈的联接，让叙述保持连续性。读者很少会感到迷惑，不会因为背弃已经建立信任的人物的立场而后悔。

它的限制性在于无法刻画视角人物缺席的场景。这种限制性可能会催生惊喜，但是也会阻碍埋下伏笔或悬念，因为单一视角只能看到眼前的事情，读者同样会因此受限。

多重视角的优势是能够描写那些主角缺席的场景。能够提供事件的各种角度、形成冲突、埋下伏笔、构建复杂性、制造悬念或实现讽刺的效果。每一个角色都应该有自己的基调，这是通过声音来传递的，所以基调的改变也会产生喜人的变化。

多个第一人称为作家提供了绝佳的展示技能的机会，因为各种声音必须精巧而不同。比如彼得·凯里的《偷窃》以及厄休拉·勒古恩（Ursula le Guin）的《黑暗的左手》（*The Left Hand of Darkness*），他们都使用了交叉第一人称，类似的例子还有杰克·阿诺特的《皮包公司》和福克纳的《喧哗与骚动》(这部小说结合了多重第一人称和第三人称)。

多重第三人称是小说中另一种常见的视角。它灵活而自然，为多样性提供了巨大的可能性。一般来说，聪明的做法是限制视角人物的数量。我通常会把数量限制在 3 个以内，只要保持简短的原则，从一个次要角色中分离出来的视角有时会产生惊喜或对比的效果。

全知视角

很多初学者会分不清楚多重第三人称和全知视角。它们的区别是，多重第三人称出现在某一特定场景、片段或章节中，一次只会出现一个视角。全知视角则没有这样的限制，无所不知的叙述者一直存在，他能够出现在任何地点，任何时间，任何人物的思想中。

过去，全知视角是一种比较受欢迎的视角，在 19 世纪的许多小说中占主导地位。尤其适用于狄更斯、托尔斯泰和哈代等作家史诗般的叙事，在乔治·艾略特和简·奥斯汀等作家的小说中也运用得很好。加布里埃尔·加西亚·马尔克斯（Gabriel Garcia Marquez）、萨尔曼·鲁西迪（Salman Rushdie）、安·帕契特等也是大师 。

全知视角叙述者是一个没有名字但了解一切的人。他站在一个能够看到一切，知晓一切的高度来讲故事。

这一视角的优点在于它无处不在，无所不谈，以及它的推测一般比较可靠。叙述者的知识面很广，当他像一位明智的家长一样，以慈爱和谨慎的态度关注人物的具体细节时，效果最好。局限性则在于，容易陷入反思，与行动较远。近距离接触故事人物的思想和心灵，实际上会削弱读者的同理心，因为它的焦点太分散了。

全知视角要求有强大的叙述声音，这不是一个适合初学者的视角。当它能有效地传递出独特的人物感而不需要披上一层可识别的"我"的外衣时，效果最显著——作者也无须刻意匿名。更确切地说，叙述者听起来像一个熟练的说书人，叙述所传达的亲密感来自叙述者的敏感，声音的人性化以及具体细节。

电影和电视中的视角

影视中的视角有非常重要的影响。在影视中，导演和相机扮演着全知叙述者的角色，通过在一个场景中使用多个镜头，能够产生视角、语调和情绪的变化。摄像机以文字无法做到的方式促进了这种运作的流畅性。

从这个意义上来说，剧本就像戏剧和小说的混合体，有一个无所不知的叙述者。场景的变化不仅仅取决于主角是谁，还取决于我们从谁的角度来看。

但在观众的耐心和理解力被考验之前，可以被接受的视角数量依然是有限的。多数情况下，在整个故事中，我们从始至终只会跟随一个角色，也就是主角，比如《唐人街》。这是编剧罗伯特·汤深思熟虑后的选择。每个故事都依赖主人公，这也是事实。最好尽可能保持主人公的视角。这意味着，从隐含的第三人称视角写剧本在大多数情况下是明智的。

在电影中，第一人称通常以旁白的方式呈现。在有经验的电影人手中，比如比利·怀尔德（Billy Wilder）的《日落大道》（*Sunset Boulevard*）或大卫·芬奇（David Fincher）的《搏击俱乐部》（*Fight Club*），旁白能够产生与小说中第一人称同样的亲密感，只是它通常更像全知视角，缺乏叙述主题。它的缺点和小说中的第一人称一样：倾向于告诉，而不是展示。

虽然主观镜头可以提供类似于小说中第一人称的感觉，但它有时会让人觉得做作。如果汉弗莱·博加特（Humphrey Bogart）在《黑暗通道》（*Dark passage*）中没有演好自己的戏份，观众们就会厌倦主观镜头所产生的隧道视觉效果，暗自渴望艾格尼斯·穆尔黑德（Agnes Moorehead）能抢走这部电影的风头。

但镜头的布置更多是从视觉或语境的角度考虑的，不涉及角色塑造，而且大多数制片人和导演都不希望编剧来决定镜头的角度。视角是由场景中的戏剧性决定的。这是我们在故事中的坐标函数，或者更简单地说，这取决于哪个角色是场景的开始、最重要的画面，或动作的焦点。

练　习

1. 选三部小说，想一想开头我们所提到的三个关键问题：为什么要讲这个故事？这个视角能达到什么效果？如果故事从不同的角度来讲述，会有什么不同？

2. 从你正在写的文章中选取一个独立的片段，再思考以上三个关键问题。你对于视角人物的选择是否明智？还有谁会站出来充当这个角色？这将如何改变故事的质量？哪些事件因为视角人物不在其中，很难或无法叙述？

3. 针对练习 2 中正在创作的作品，将视角人物从第三人称改为第一人称，反之亦然。之后思考：故事改变了吗？这种差异是否改善了或削弱了故事？是否改变了与视角人物的亲疏？是否让叙述更自然？

4. 从第一人称的故事或小说中选取一个片段，寻找从主观到客观的过渡，反之亦然。过渡是如何实现的，运动的色彩效果是什么、语言如何变化？让你信服还是让你迷惑不解？无论哪一种情况，原因是什么？对用第三人称所写的故事或小说进行同样的练习。

5. 将练习 4 中第一人称和第三人称的结果进行比较。你能注意到它们在处理转变方面有什么不同吗？如何不同？不同的转换方法如何强调所使用的视角的优点或局限性？

6. 以一本采用全知视角的小说为例，比如托马斯·哈代（Thomas Hardy）的《苔丝》（Tess of the D'Urbervilles），安·帕切特的《美声》等，找出那些最为明显的"全知"的部分。这个叙述者的声音与其他人物的声音相比有多特别？如何将全知视角改写为多重第三人称视角？你会因此错过什么？

7. 以影视剧本为例，从不同的角度分析前五个场景。场景中有多少种视角？是否太多？焦点是否太分散？场景中不同视角呈现的方式如何？你怎么知道哪个角色是场景中的焦点？

第二十四章

语言即态度：语言风格

确定作者的语言风格

语言风格可能是写作要素中最多变的。这是最难学、最难教、最难培养的。它融合了风格（措辞和节奏）、世界观和态度。它是通过语言所表达的独特个性。

虽然语言风格是一种微妙的、狡猾的、几乎无形的东西，但对你的写作而言却是具体的，你可以通过一些练习来训练这项技能。你可以在詹姆斯·弗雷（*James Frey*）的《超棒小说这样写》（*How to Write a Damn Good Novel*）中找到答案，而我最初是从作家、前拳击手弗洛伊德·萨拉斯（Floyd Salas）那里学来的。

萨拉斯通过把《罪与罚》（*Crime and Punishment*）等书整本打印出来，自学了写作。书中的字、句子、节奏帮助他发展出一种语感，之后在创作时一直伴随着他。

弗雷的练习则没有那么费劲，但本质是一样的。他建议那些觉得自己的语言风格含糊不清的学生去读喜欢的作家的作品，每天早上花半小时抄一段他们的文字。弗雷看到自己的学生通过这种方法获得了独特的语言风格，他一点也不惊讶，这是在模仿后逐渐磨砺出的真实的语言风格。

另一种方法是读一段你所珍爱的作者的作品，然后走到书桌前，试着回想它，而不去参考原著。你会学到很多东西，这不仅关乎你的记忆力，也与你用什么语言来描述，使故事戏剧化有关。

这些练习在你头脑中创造了一个傀儡，一个你崇拜的作者的替身。当你逐渐消化吸收，这些作者就成了内在评论家或读者的化身。约瑟夫·查金（Joseph Chaikin）在《演员的存在性》（*The Presence of the Actor*）中谈到了内在观众的重要性——让一个既支持你又对你有所要求的人坐在座位上，激励你写出最佳作品。演讲者每次上台，都会想象马丁·路德·金坐在观众席中，这会让你产生一种为自己的表演奉献一切的愿望。

查金把这比作莎士比亚写国王之前必须得到他们的允许，萧伯纳写哲学家前须问询对方的意见。当我重写的时候，通常会先读一段自己最喜欢的作家的作品，然后再动笔，这样我才能保证自己站在一定的高度，从本质上来讲，就是把另外一个作者变成想象中的读者。很多作家都会说他们是为自己写作，这样做有仿冒的风险，但只有为其他人而写，确保故事是讲给另外一个人听的——尤其是我们所尊重的人，才能避免孤芳自赏、虚伪或陷入平庸。正如我在其他地方所说的那样，你自己并不了解自己。你笔下的人物也一样。

　　不用担心这会让你变得善于模仿。除非你抄袭，否则完美模仿他人的可能性非常小。我听过的最佳写作建议是：聪明地剽窃。你不可能偷窃另外一个人的语言风格，只能发展自己的语言风格。与小说相比，语言风格在影视中的意义更小，但是也从未缺席。是语言风格让《火线》区别于《盾牌》（*The Shield*），《绝命毒师》区别于《摩登家庭》（*Modern Family*），托尼·吉尔罗伊（Tony Gilroy）的电影剧本［《谍影重重：伯恩身份》（*The Bourne Identity*）、《德里洛斯·克莱本》（*Dolores Claiborne*）、《迈克尔·克莱顿》］区别于迪亚布罗·科迪（Diablo Cody）的作品［（《朱诺》（*Juno*）、《詹妮弗的身体》（*Jennifer's Body*）、《年轻人》（*Young Adult*）］——这些作品之间不仅仅是故事风格有差别，语言风格也有差别。使用与小说相同的练习，但是用脚本代替书本，你会逐渐看到自己语言风格的发展。

人物刻画中的语言风格

在上一章讨论多重第三人称时，我曾强调过，以什么方式塑造视角人物很重要，视角人物需要有读者能够识别的独特语言风格，从而让读者识别出谁的视角在控制舞台。这类似于管弦乐队的作曲家为特定乐器（双簧管、小号、小提琴）创作独奏，让它独特的曲风脱颖而出，同时也不破坏整首曲子的基调。山姆·夏普德（Sam Shepard）曾说，他在自己的剧中精心设计了一个爵士乐乐队，让人物分别扮演钢琴、萨克斯管、演鼓或贝斯等。

态度尤其重要。通常，态度调整——让人物更固执、更缺乏耐心、更宽容、更忧郁——会立刻改变音高，呈现出不同的音色。调整同一场景中其他人物的态度，让人物之间产生差异，呈现出组合的效果。

你可以在《他们知道我在跑步吗？》中找到这种变化。故事中的人物依次是墨西哥边境的无名牧场主罗克·蒙特尔沃、18 岁的美国萨尔瓦多，还有罗克 20 岁的哥哥戈多，一个在伊拉克战争中受重伤的兵。首先是牧场主：

> 天亮了，牧场主站在厨房的窗前，看着两个身影踉踉跄跄地闯过沙漠灌木丛。彼此挽扶着，他们似乎都受伤了。牧场主想，门廊的灯光是他们整晚

前进的方向。从数英里外便可以看见。他们从蜿蜒
穿过墨西哥山脉的小路一直延伸到这里。

我们和这个男人一起望向窗外，我们甚至在他的思想
里。这些语言显然属于他。然而，我们也感受到了一定的
距离，这不仅仅是因为语言生硬，句法简单，而是因为他
是牧场主，且没有名字。虽然有一些模糊的元素——他的
视角，他的思想，我们仍然与他保持轻微的距离，这有助
于我们在书中与他互动。

然后，我们分析一下罗克：

罗克在黎明前的寂静中坐起来，他被一个讨厌
的梦惊醒了：凶恶的狗，凄凉的黄昏，黏糊糊的潮
湿的血，还有一种奇怪的感觉，他带着某种宝贵的
东西，某个他必须努力奋斗才能够保住的东西。他
用一只胳膊撑着站了起来，从马利克身旁瞥了一眼
床边的闹钟。三点半，幽灵出没的时间。他揉了揉
眼睛，赶走睡意，告诉自己该走了。

与牧场主坚硬的外在形成鲜明对比的是，我们看到了
罗克更柔软，更内在的一面，与他的昏睡、梦想和他对死
亡的暗示一致。

接下来，看看年轻的前海军：

> 整件事到底是怎么回事，戈多想。他仰着头，把罐子里最后几滴水吸干。这就是那个没人想让你知道的恶心的小秘密吗？他把空杯子捏碎，扔到地上，杯子发出咔哒咔哒的声音，他打了一个嗝，用手背把那伤痕累累的嘴唇擦干。看清楚吧，恶心的东西：整件事情的关键是让你明白自己能够忍受哪一种罪恶感。

愤怒定义了戈多，斯多葛学派定义了牧场主，爱幻想的坏男孩定义了罗克。

语言风格的独特性延伸到对物理环境的描述中，因为在任何情况下，我们都是从人物的角度来审视场景的。再分析一下对环境的描述，分别来自牧场主、罗克和戈多：

> 那只被拴住的公鸡摇摇晃晃地走动，叫个不停，试图警告陌生人走开。他们依然走了过来。他想，就这样吧。你并不想这样。他把咖啡放在水槽里，走到通往门廊的门口，拿起放在那儿的猎枪，朝房间里打了一发，往外面走去。
>
> 天空中点缀着一缕缕白云，东边发白，西边则是

暗紫色。这里到处都是胭脂仙人掌，树形仙人掌，多刺仙人掌。黑色的古代铁树在豆科灌木丛和约书亚之树之间到处生长。

他跳起来，朝门口走去，把几支茶烛踢得满地都是。在昏暗的走廊里，并列摆放着一些木制架子，上面摆放着一些没有烧制的罐子、碗、花瓶——马利克·戴特威勒，精致的陶瓷制品。陶土闻起来又湿又冷，让他想起了新鲜的枫木，一首抒情诗从记忆中悠然升起：房子是黑的，我的思想是冷的。

他重重地走下门廊的台阶，雾凉了他的皮肤，附近的湿地让空气潮湿。他在昏暗前院的一棵金合欢树下徘徊，看着走廊的灯光亮起来，她的身影出现在门口。他胆怯地鼓起勇气挥手告别。她没有向他招手。

兔耳电视在房间里闪烁。当然，这个时候没有什么可看的电视，只有一些傻瓜都能看透的新闻，重播的节目。他把声音压得很低，但是脑海中浮现的不是寂静，而是常见的动物园大屠杀。

他提醒自己，正如人们所说的那样，要关注身体当下的感受。松软的床垫在他的重压下叹了一口气。腋臭和脚臭增添了他的男性味道。他身体的其他部分都残废了。在大量基本的个人训练之后，他变得坚强而又圆润，带着70磅重的装备在炙热的沙漠中笨重前行，肌肉发达，整个人很粗犷。现在，180磅排放物堆在整个床上，一团糟，满身的伤口流着血，还有恼人的感染。

牧场主说话的语气尖锐刺耳，节奏轻快，就像在沙漠中生活了一辈子。他态度敏锐，充满怀疑，很有自我保护意识，但不严厉，也没有仇恨。罗克背叛了他轻狂的青春和鲁莽，他的话语节奏是切分音的，强调了他音乐家的身份，但在接近尾声的时候，声音中也有柔和，折射出他内心浪漫的愁绪，他希望马利克叫他回来。戈多吵吵闹闹，支离破碎，比其他任何一个人都更突出他的态度——痛苦，但又不乏幽默。他悲伤而又聪明，一个年轻的战士沦落到受害者的地步，他憎恨这一切。

导致人物塑造不够连贯的一个主要原因，就是用了不适合人物的表达。作者把这个人物变成了傀儡，因为他太执着于一个特定的短语、主题或动作。这样做的作者认为：这是出于故事需要。这也许是正确的，但接下来必须要深入思考这个人物如何以及为什么不得不按要求说话或做事。让自己沉浸在故事中，通过人物的眼睛来看问题。

在影视中，你只能通过动作和对话来定义某个人物的独特风格，因此需要更简洁与精确。你可能需要起草剧本中没有用到的场景，借此感受人物的语言风格，这样你就可以做出最好的选择或把它作为某个场景的跳板。比如我上面所举的例子中用到的三个角色，你可以从牧场主的思考方式推演出他的说话方式。罗克怒气冲冲地走出去，然后停下来等待，看马利克是否会叫他回去，这与他的性格特点有关。戈多满是疤痕的脸、扭曲的啤酒罐堆积如山、一直工作的电视机、因战争而伤痕累累的身体、内心的蔑视和苦涩，这一切都在告诉我们他的态度，以及时机到了的时候，他会如何说话，如何做事。

一旦你拥有了写作者的语言风格，通过练习，自然而然就能够塑造出人物的语言风格。运用同理心，你就能够进入他们的角色中，他们也会来到你身边。

练　习

1. 如果你希望自己能够找到灵感，你会把谁视为你理想的读者？你的父亲？你最喜欢的老师？你信任的朋友？你敬佩的作家？你尊重的政治家？基督？撒旦？

2. 如果你按照詹姆斯·弗雷的建议每天早上抄写半个小时，你会选择抄哪五本书？

3. 回顾这五本书，看看作者如何运用语言风格来塑造人物？每个人物的语言风格有何不同？他们遣词造句时语言的音乐性和节奏如何？构成他们世界观的具体信仰和恐惧是什么？他们的态度是咆哮还是歌颂？

4. 对你现在正在写的作品做同样的练习。从风格，世界观、态度等方面来评估你的人物。你能做什么来增强他们的特性，并让他与他人区分开来？你将怎么给他们做一次"态度调整"，以增强他们的独特性？

第二十五章

词汇即行为：对话

对话即动作

编剧沃尔度·绍特（Waldo Salt）最近也在写对话，他更喜欢在人物说话之前，把戏剧性的动作和关键场景展现出来。剧作家哈罗德·品特（Harold Pinter）则说，他的戏剧总是与沉默有关。这种沉默指显性的一句话也不说，也指自我隐藏。这两种说法都揭示了对话的基本真理：在对话的背后藏着一些真正的问题，是推动和牵引冲突的关键。对话不是闲聊，而是互相劝说、戏弄、嘲笑、挑战、试探、奉承、纠缠、乞求、欺骗、操纵、责骂。

在每一句对话中，人物都在为身份而竞争，以他们自己的方式表现跌跌撞撞通过误解的迷雾。他们隐瞒。他们剥去骗局的外衣。他们确认，反复检查。他们泄露可怕的秘密或释放烟幕弹。

　　这就是潜台词。要让对话正确地进行，你就必须知道语句背后的含义。你越清楚对话中沉默背后的风暴（人物的地位，他们对彼此的感知，之前发生一系列事件以及他们接下来会发生的事），你就能更有力量地揭示出真实对话中所发生的事情。而且人物使用的词语可能和潜台词相矛盾，但你需要通过动作与事件暗示真正的问题所在。

　　即便是独白也会展示某种行动，几乎所有莎士比亚剧中的独白都是以改变心意或决心行动而结尾。

　　然而，对话不仅仅是动作。人物通过方言或俗语展示自己的背景；通过句法、语法和单词的选择来展示受教育水平；通过快速或平静来表现情绪状态；通过无心之言、错误来展示内心活动……在创作人物的对话时，你在挖掘其生理、心理和社会性本质方面所做的工作将会派上用场。这是精神世界呈现于外部世界的主要方式。

　　但运用潜台词不是逃避或违背人物本身。我们通过动作建立起读者对人物的期待，但是突然人物拒绝了这种期待，说出一些惊人的自白，犯下无耻的错误。再一次证明，揭示无意识最好的工具是制造矛盾，对话只是一个小工具。

　　对话必须植根于人物。不是作者认为应该说什么，读者或观众需要知道什么，或故事在某阶段需要什么信息，而是角色内心深处想要说什么。

　　当你回过头修改对话时，最关键的是要剖析潜在的行为，确定人物想对彼此说的话，以便剔除不必要的，过度强调的部分。对话是写作中最需要修改的地方，因为它需要同时完成多重任务：推进行动、提供信息、解释人物的性格、呼应之前的提示、预示未来发生的事。正是其功能的多样性，使对话变得如此重要。另外还有一点非常重要：它必须听起来很自然，同时又要避免落入模仿真实对话的陷阱。

逼真和其局限性

优秀作家常将无意中听到的谈话记录下来。很多时候，当作家走到自己的书桌前，试图把素材写成一个场景时，发现自己是在削足适履，东塞西放，不知为何这么难让它看起来恰到好处。

对话不是演讲，它需要看起来真实，但不一定是真的。它比真实的语言更紧凑，更少重复，更少循环，更不平庸。录下你和朋友之间的对话，抄写下来。作为对话，它基本毫无价值。

对话必须以书面语言捕捉真实语言直率、精彩、流畅的变化，而不拖泥带水。具有讽刺意味的是，最有效的方法往往是把事件剔除在外。即使最尖锐的演讲也有许多不必要的重复。对话可能会因为冗余重复而显得单调乏味。

可以使用戏仿、文字游戏、讽刺、轻描淡写和夸张等间接手法，让潜台词发挥关键作用。把一件事替换成另一件事，结果常常出乎意料地能增强情绪感染力。这种惊喜能够让读者感受情绪，而不是简单地被告知。

海明威《白象般的群山》(*Hills Like White Elephants*) 的力量就来自于这些修辞技巧的运用，故事中男女双方都没有提到女人怀孕的事实。男人也没有提出堕胎，但他们犹疑不决而不缺乏诚意地表明了自己的立场。他躲在对她的关心背后，几乎把她当成一个好斗的孩子。她看透了他的心思，对他虚情假意的关怀深恶痛绝，但还没有做出决定。他们表面上对彼此说着客气的话，但读者忍受着与他们一样的疏离感。

尽管真实的对话可以给对话带来真实性，但你只能通跟擅长写作的作家学习创作对话。这背后隐藏着一个微妙的事实：要想学会如何写作，你必须阅读，而不是倾听。

你需要从你最喜欢的作者那里收集信息。没有比你钦佩的作家更好的老师了。以擅长描写对话而闻名的现代美国作家包括菲利普·罗斯 (Philip Roth)、琼·迪迪恩、埃尔莫·伦纳德和理查德·普莱斯等。正如我在前一章提到的，我们要向心目中的榜样学习，直到形成自己的语言风格。

提升现实感的具体技巧

具有讽刺意味的是，我们可以从真实的谈话中学到如何避免对话创作的失败。

潜台词迫使我们去寻找话语之下的动机、需求、欲望和行动。虽然人们日常对话中经常会隐瞒一些内容，但很少会像创作对话的作者那样意识到。

由于人物之间会相互竞争，阻挠对抗，所以对话常常是断断续续的，新手作家往往会忽略这一点。记住，每个人物都有自己的目标。第二个人物可能会强调自己的观点，而不仅仅是回应第一个人物，甚至他所说的话可能与对方的需求一点关系都没有。

宣战式的声明或打口头网球都是糟糕的对话——每一次发声都会得到对方的回应。很快，这样的对话就会变得费劲而做作，就像老师和他钟爱的学徒对唱一样。人物必须推进对话。

> "如果有一个该死的非竞争条款，为什么还要抗争？"
> "强尼知道一个律师，只要他走进法庭，法官自动就会认为这个案子没问题。他声名在外。"

第二个人，轻轻带过第一个人的问题和怒火（如果法官愿意听你诉讼，而不是把它扔出去，你就有可能通过非竞争条款），马上转到第二个点上：他的朋友强尼认识一个律师，他可以让法官站在他那边。

有时候说话的人会跑到自己前面，跳过想说的部分。比如他不会说："不要跟我提去救济院，我不会接受的。吉米，不会接受你的提议。"可能会说（尤其是沮丧的时候）："不要跟我说救济院的事情。不。不要你说。"这句话听起来棱角分明，语义不完整，甚至是错的，但是它给我们关于人物的暗示，这是完整的句子没法做到的。

还要记住，人们互相隔绝，聊天时很多时候不会倾听。这就会造成断句、跑题、不连贯。如果用得恰当而聪明，且不太频繁，这些策略可以制造现实感。用多了则适得其反。在真实的对话中常听到无主语的句子，书面对话中也越来越多，尤其是这种问法：今晚去学校？想让我帮你拿吗？这都是不正式的用法，可以用来暗示人物彼此很熟悉等。与之相对应的是，另一个人物采用更正式的问法：你今晚要去学校吗？你想让我帮你拿吗？

其他可以用来提升现实感的技巧包括（不要使用过度）：

- 转换话题：这是人物忽略另一个人说的话时常用的方法，因为他不感兴趣、逃避或是有更紧迫的事情想要谈。第一个人想继续对话，而不被岔开或阻碍。

·不请自来的建议：当人物试图表达自己的观点时，让另一个人给他一些不想要的建议，让他感觉到被忽视，被虚假的善意所奴役。

·讲一件更重要的事：通过讲一件更重要的事淡化第一个人讲的事："那没什么，你应该听听那天晚上发生在我身上的事情。"也许无意中，就让第一个人说的话变得没有意义，大打折扣。

·结束他人的话：这又是一个地位游戏，通过下意识地暗示对方要讲的是不重要的事来贬低对方。

·解释另一个人所说的话，通常这样开头："你是想告诉我……吗？"或者"让我看看，是否理解了你的意思"。这和释义不同，可能是一种试图理解对方的方式。

·修复与他人的情感，一般会说："会解决的，你会明白的……你为什么要这么沮丧？……你没有哭吧？"看起来是移情，实际上却是一种拒绝，一种阻止麻烦或倾诉的方式。

·问一个问题，然后不听答案："如果这种事情从未发生在你身上，那么你真幸运。"这给人一种看起来感兴趣，实际上不在乎的印象。问问题是一种姿态，而不是渴望答案。

在对话的战争中，技巧在于先发制人、回避或佯攻。

如果运用得当，可以增加对话的现实感，但就像其他任何事情一样，如果不是主动的，就会显得很勉强或自作聪明。

语言标签

目前公认的做法是，表现对话时尽可能只用：他说、她说、罗伯特说、罗威纳说，等等。原因是，"说"这个字在页面上几乎是隐形的，不会在脑中留下印象，因此不会阻碍读者阅读。如果需要有所变化，那么"回答""回应"等词也不会太突兀，"提到"也可以。

颠倒顺序可以达到喜剧的效果，还可以增加变化，但过度使用就会显得矫揉造作和造成错误。

描述音量大小时，低音量的词比高音量的词更有必要，比如耳语、低语、咕哝等。一个感叹号就可以表示尖叫、叫喊，甚至是怒吼，而过于强调它们的区别往往相当于把肉汁做得太咸了。

诸如"哭喊""陈述""要求""咆哮""嘶嘶""反驳""宣布""禁止""抗议"等词都被认为是过时的（它们已经和 D. H. 劳伦斯一同死去了），更不用说它们臭名昭著的兄弟们："惊呼""规劝""强烈反对"。有时新手会用这些词来达到喜剧或讽刺的效果，但无论如何，节约使用总是明智的。

更糟糕的是那些加入了动作的混合词，比如"揶揄地笑着说""咯咯笑着说""轻轻地笑着说""嘲弄地笑着说"。
试试一边咯咯笑一边说话吧，只有一个词适合这种情况：
咳嗽。

海明威影响了无数美国作家，他同样建议不要在"说"
后加副词：她关切地说、他嘲讽地说、简认真地说、山姆开
玩笑地说……它们通常会分散对谈话本身的关注，这没有
必要。无论副词的效果是什么，都应该由对话本身来呈现。

话虽如此，我曾参与过与英国作家戴维·休森（David
Hewson）和苏格兰作家丹尼斯·米娜（Denise Mina）的
讨论，美国人对这种语言规则的痴迷总是受到抨击。米娜
在听了我这番长篇大论十分钟后，终于拿起话筒，用她爱
尔兰口音打趣说："我坚持要用副词。"

即使是明智的规则也注定会被打破，打破规则同样明
智。有些副词效果很好，因为它们能够表达出更微妙的思
想或冲突，即便如此，我还是经常回头思量，发现没有副
词其实也能够应付自如。

"非常合身。"她挖苦道。

"你从来没有这么可爱过。"她邪恶地说。

"我亲爱的醉鬼妈妈来了。"她温和地说。

"我爱你。"他痛苦地说。

　　这些副词是否必要取决于单一语境能够在多大程度上制造冲突和讽刺的效果。如果可以，删掉。（我的通则是：当你有疑惑时，不要去想它。）

　　更好的办法就是使用节拍——简短的动作、场景或舞台背景。这种技巧的优点在于将场景植入时间、地点、情感、逻辑的背景中。令人惊讶的是，作家们常常只关注那些会说话的脑袋，就好像房间、温度、天气——甚至是人物们正在忍受的东西都神奇地消失了。一个人叹了一口气，看向他人，与另一个人目光相遇，咬着嘴唇，把一缕头发捋到耳朵后面。这多么乏味，像一连串毫无意义的抽搐。

　　对话可能会自动地创造出场景，只要有可能，就随它去。如果人物迟疑或反思、节奏停顿、插入动作或人物对周围环境的短暂关注，对话自然被打断了，或要说话已经说完了。

　　注意使用上下文来识别说话人，并利用以下场景中的设置：

　　　　她终于动了，把脸埋进枕头里，强忍着打呵欠。她抬起头，转过头来低声说："是你。"

　　　　他在昏暗的灯光下，仔细端详她的脸部轮廓，形状独特的眼睛，少女般的睫毛，胖嘟嘟的鼻子。"你在期待……"

　　　　她眨了眨眼睛，更清醒了，低声说："希望春天永恒。"她对着头发出刺耳的咳嗽声。

罗克等待她继续说下去。"喔?"

"我想跟你说——在你走之前，帮我一个忙好吗?"。

他们之前做爱时散发的麝香的味道依然存在，与散落在硬木地板上的十多支蜡烛散发的淡淡花香混合在一起，火焰已经熄灭了。"你还是继续睡觉吧。"他说，回忆起之前的情境，周围到处都是细小的火舌，它们打滚，摇晃，尖叫，阴影在光秃秃的白墙上颤抖着。马利克是一名佛教徒，她对弄这种仪式很有天赋。

"不，我是认真的。"她的声音因为困倦而变得含糊不清，她舒舒服服地扭动着身子，又在枕头里打了个哈欠。"这样很好。"

"似乎，我做错了。我是说，你半睡半醒。"

"看在上帝的分上，罗克。全都错了。这就是它如此美味的原因。"

真的，当然是这样，事实就是如此。他摇摇头。"你知道我的意思。"

她翻了个身，眨眨眼睛，用手指拨开凌乱的黑发，露出方形的脸。"醒着，更好?"

"别发疯了。"

"谁说我疯了?"

"我只是——"

"嘘，吻我。"

另外一种技巧就是设计一个子情节，即平行事件，以某种方式反映出主要人物之间所说的话，并让它在后台运行，以便对话进行时某个或几个角色能够注意到。

比如，想象一对夫妻在咖啡馆吵架，男人看着房间另一头的年轻女子。他认为她在等某个人，一个情人——她的恋情开始了，而他的恋情却正在崩溃。但随后，她开始看表，望向窗外。她的情人放她鸽子了。这些观察影响了这个男人与他自己女朋友的互动——他的措辞不仅仅是为了回应她，也折射出了他对陌生人的所思所想。他认为他们的处境相同。在那一刻，他对陌生人的感觉几乎超过了女友。最后，陌生人背上包，走到人行道上，眯着眼睛看着太阳。她被抛弃了，他想，就像我很快就会被抛弃一样。但随后有人跑了上来，气喘吁吁，不停地道歉。是她的母亲，牵着一条狗。他全错了，当他的情人再次嘲笑他自恋时，他意识到自己错了。

方言、脏话和语气词

方言最好少用，尽量不要用双重否定，不要过度表达，也不要过于关注形式，而牺牲了内容。

即使是修女说的脏话——纸面上的，也会更快失去意义。尽可能让对话没有脏话依然充满力量，如果要使用脏话，就让它们充满意义。

正如在第十六章中所讨论的，有时候一些语气词——"我的天啊""滚出去""听听这个""明白我的意思吗"——如果使用得当，可以给人物增色。然而，就像大多数铃铛和口哨一样，使用得太多很快就会变成刺耳的声音。

创造角色的多样性

特别是有多个角色的场景，有必要在对话中制造不同和反差。当人物的阶层、教育或经历相似时，要做到这点会很难——比如同班同学或兄弟姐妹。

在编排人物如何在纸面争夺空间时，要记住他们想要的是什么，并让他们自由发挥。他们所追求的东西会具体地体现于行为中，即便他们努力地想要掩饰这一点。

詹姆斯·乔伊斯的《死者》(*The Dead*) 是最好的例子。这篇小说中每一个人物都有自己独特的语言风格，虽然他们属于同一群体——家人和朋友们聚在一起庆祝圣诞节。如果《白象般的群山》能够教给你所有有关潜台词的技巧，《死者》则可以教给你如何写群戏的所有技巧。

关键在于每个人物的态度，它们使人物具有独特性，与群体形成反差。加布里埃尔——希望看起来不那么自负；格瑞塔——悲伤而优雅的自信；莉莉——容易受人利用的坏脾气；布朗先生——行为不端正；凯特阿姨——恐惧焦虑，害怕弗雷迪·马林斯会醉醺醺地出现在面前。一旦人物被如此生动地介绍，就能在群戏中毫不费力地呈现。最后，不要忘记山姆·夏普德在上一章中提到的建议，把人物想象成二重奏、四重奏、五重奏中的不同演奏者，每一个人都有自己的音质和节奏体现出来。在这个场景中，谁是钢琴演奏者、谁是贝斯手、谁能在鼓上敲出节拍、谁能在军鼓上加重音？

练 习

1. 从一本对你的写作有影响的书中选取一段你欣赏的对话。分解场景中每个人物的目标、障碍。同时分析这些要素如何反映在对话中。人物的态度如何反映在对话中。场景中，人物流露出了哪种情绪？对话揭示了人物的什么背景？他的受教育程度、地区背景、经济地位、道德或政治倾向、工作或职业等如何在对话中反映出来？

2. 对你正在写的作品进行同样的分解。

3. 以练习 2 中相同的场景为例，使用至少三种技巧增强对话中的现实感。你如何运用符合每个角色目标的技巧？它对场景动态或角色刻画造成了什么改变？

4. 选择一段你写的长对话，去除所有的语言标签。说话人是否依然容易辨认？如果很难，那么如何使用节拍、背景或描述代替语言标签来解决这个问题呢？

5. 从一本书或一个剧本中选取一个多角色对话场景，分析使用了哪些独特的语言风格和态度倾向来呈现每个个体的独特性。

经审视的生活：人物和我们自己

正如我在讨论冲突时提到的那样，丹尼斯·狄德罗在他的小说《拉莫的侄子》中对人类个性的独特性提出了质疑。他认为这不过是封建迷信时代的残留物——有一点灵魂论和虔诚的味道。作曲家拉莫的生活就是这种思想小说化的代表，他总是不停地被迫讨好赞助商、安抚观众、对音乐家让步、敷衍债权人、奉承情人。狄德罗说我们总是认为自己扮演的角色是由社会环境决定的，因此在不同的地点、不同的时间，我们需要扮演截然不同的角色。对真我与神性我们犹疑而不确定，我们更像蜂群，围绕着一个空洞旋转。

这种不安的想法——陌生的虚无感，生活没有重心，从来没有消失。尼采有一个著名的说法：行动者不过是附加在行动上面的虚无——行动才是一切。海德格尔相信自我，但他认为这是一种成就，而不是天赋。这是某种我们努力达成的结果，而不是找到的东西。萨特（Satre）的名言是"存在先于本质"，他摒弃了任何有关自我本质的概念，像海德格尔一样认为，我们通过日常生活的挣扎来创造自我身份。只有虚无的针孔——意识，一个警惕的没有实体的我——存在其中。

萨特的虚无类似于佛教的无我，在没有实体的平静中逃脱了欲望的折磨。在佛教中，不可逃脱的欲望是内心的匮乏，更富有色彩的说法是欲望如同饿鬼。是把意识锚定在物质世界所造成的。我们努力通过俗世的满足来平息饥饿或匮乏：权力、财富、爱、性、荣耀和快乐。但这只会增加食欲，就好像用盐水解渴一样。

当人物对我来说变得更加坚实、更加生动、自由和真实时，我有时候也会体验到狄德罗、萨特和佛教徒所描述的那种虚无感。无论我们对自己的认识多么坚定，另一个"我"总在背后徘徊、观察、评价、追踪。

虽然这种无处安身的自我意识并不是那么绝对，但我还是担心有一天醒来发现自己变成了一只甲虫，有时候我确实觉得不踏实。如果我的人格、我的灵魂都不存在，如果我不是我，那是谁在问这个问题呢？

这场辩论从人类诞生之日起，就以这样或那样的形式在进行，在这本书中我们也以不同方式与它会面。一方面，我们敬畏道德的庄严，承诺对人类的核心品格负责任。另一方面，我们一直有意或无意地顺应环境。我们被自己不理解的无意识冲动折磨，而且大多数时候都不自知。我们自相矛盾。我们失去希望和期待，甚至背叛自己。细看之下，核心人格这整个概念更像是一种理想，而不是现实。也许，有了专注和自律，我们能够更接近理想化的自己。

换一种说法：我们究竟是创造了自己还是发现了自己？这个问题我们在第一章谈过，不过是针对纸上的人物，而不是自我。问同样的问题意味着什么呢？谁在问？谁来决定正确答案是什么？

每一种关于人类行为准则的学说都无法解释精神自由，无论是柏拉图唯心主义、神学、科学决定论，还是你的莫德阿姨的理论。如果一切都已注定——就像以前一样——那么我们的优柔寡断、焦虑、计划、选择不就是幻觉，是无知的表演了吗？

永恒的真理和精神自由之间的冲突一直让我们困惑。一方面，哲学家尼采、海德格尔和萨特认为，没有人能够到达真理的先验层面，生活从根本上来说也是一场不间断的时装演练。我们发现不了自己，也没有什么可以被发现。我们通过创造日复一日的生活来创造自我。

但是，如何解释良心以及羞耻感：这只是一个假人在声讨另一个骗子吗？如果这是真的，那将是毁灭性的吗？

作为一个作家，你通过建立自己独特的语言风格来塑造自我的连贯性，但即便是这样，我确定你将会发现，这种连贯也是诡异的。

不可否认，我形成了习惯，拥有自身的经历，收银台的那个女孩认出了我。我不会在高速路上拐错弯，然后发现自己变成了温斯顿·丘吉尔。我也不会被刻在石头上。我依然是一个谜，或至少是一个移动的目标，直到生命的最后。

当我们把人物推到不可预见的极限时，一些奇妙而陌生的事情就会在心中发生。当我们测试人物、动摇人物、摧毁人物、让人物恢复活力时，我们的内心也会发生类似的事情。我们对风险的理解，对勇敢、勇气的需要也加深了。想象的生活不是真实的生活，但我们如果不理解那在现实生活中意味着什么，就没法想象一个人物的挣扎。未经审视的人生不值得过，但是经过审视的人生不仅仅要经受住审视，还必须要值得。作者的经历影响了笔下的人物，但他们反过来也影响了他。以一种难以捉摸，微妙而重要的方式，我成了想象中的自己。

这听起来似乎在故意扰乱你的理智。不是的。我的意思是，虽然自我感觉很稳定，就像身体或确切的名字一样，但那并不是真的。生活充满不确定的杜撰。对于艺术家而言，把自己和人物限定在一定的动机和行为模式中是平庸而落伍的。一个先于死亡到来的自我定义——尽管从道德上看令人满意，但从根本上来说缺乏创造力。

　　就像你必须让人物从可预见性中解脱出来，让他们拥有成长和改变的自由一样，你必须给自己同样的自由，让自己随心所欲地改变、拥抱意外、保持自由。你的生活是艺术画布的调色板。大胆一些。否则只能成为无聊的人。

　　如果万事万物都是一种探索，那就没什么绝对的错误。如何调和不切实际的创意与现实？

　　与其他人生活在一起，就要求我们承担责任。事实上，正是身处人群中才让我们面对真相：我们并不了解自己。身份认同是临时的，公共的。一个为自己写作的作家实际上是在为鬼魂写作。读者把作者固定在艺术生活中。这是一种契约，如果有用的话。如果我们的目标足够高远，读者会帮助我们保持诚实。从众一定会扼杀人的灵魂，正直也很重要。但总是需要一个人来告诉你这些。

　　正如人物在冲突、需要、紧张中成长，我们通过行动发现自己和自己的局限性。我们所做的行动决定了我们是谁。

　　换句话说，道德是不可逃避的，因为我们必须做出选择，也必须生活在由他人组成的社会中。我们无法逃脱与周围人的联系，也无法预见行为的一切后果。行为所激起的涟漪漫延到已知和未知的领域，在时间和记忆中回荡。当你把人物从欲望和冲突的夹缝中释放出来时，你会在自己的生活中感受到这一切，就像一阵风吹过你的身体。如果你诚实而深入地工作，就会在字里行间发现自己。

正如我在这本书开篇所讲的那样，每一篇小说都要探讨四个核心问题：

> 我是谁？
>
> 我从哪里来？
>
> 我要到哪里去？
>
> 生命的意义是什么？

这些问题不仅仅适用于人物。它们也适用于你。而这种探索是持续的。

对我而言，探索这些问题就是作家之路。如果这段旅程有什么普遍的真理，只要在路上，你就会知道。留心那些领路人，关注你欣赏的作家，研究他们的作品，向他们学习，像一个嫉妒的情人一样关心他们的作品。在他们的作品中探索生命的价值和冒险。注意细节，聪明地偷窃。剩下的，只能靠自己了。

还剩关于人物的最后一个难以捉摸的真相。也关于你。在这个决定性的时刻，人物必须找到内在的野心，发挥创造力。从这个意义上来说，创造艺术是一种英雄行为。每一天，伴随着从内心之墙凿出来的每一句话，你站起来，蹒跚前行，变得更勇敢、更睿智、更有爱心。你改变自己。站在不可预知的未来边缘，在那一页的空白面前，你就是英雄。

不要迷茫。未来还会发生更多事情，一切皆有可能。

图书在版编目（CIP）数据

把人物写活 / (美) 大卫·科比特著；易汕译. --
北京：九州出版社，2020.11（2024.10重印）
　　ISBN 978-7-5108-9347-6

Ⅰ.①把… Ⅱ.①大… ②易… Ⅲ.①人物形象—小
说研究—美国—现代 Ⅳ.①I712.045

中国版本图书馆CIP数据核字(2020)第153478号

THE ART OF CHARACTER

Copyright © 2013 by David Corbett

Pulished in arrangement with the Fielding Agency, LLC. Through The Grayhawk
Agency Ltd.

Simplified Chinses edition copyright: 2020 Ginkgo (Beijing) Book Co., Ltd.

All rights reserved.

著作权合同登记号：01-2020-5014

把人物写活

作　　者	［美］大卫·科比特　著　易汕　译
责任编辑	周　春
封面设计	柒拾叁号
出版发行	九州出版社
地　　址	北京市西城区阜外大街甲 35 号（100037）
发行电话	（010）68992190/3/5/6
网　　址	www.jiuzhoupress.com
电子信箱	jiuzhou@jiuzhoupress.com
印　　刷	天津中印联印务有限公司
开　　本	889 毫米 × 1194 毫米　　32 开
印　　张	11.75
字　　数	207 千字
版　　次	2020 年 11 月第 1 版
印　　次	2024 年 10 月第 7 次印刷
书　　号	ISBN 978-7-5108-9347-6
定　　价	45.00 元

★ 版权所有 侵权必究 ★